I0633472

Das Streben des Drachen

Lochguard Highland Drachen
Buch 7

Jessie Donovan

Mythical Lake Press, LLC

Impressum

Das Streben des Drachen
Englisches Copyright © 2019 Laura Hoak-Kagey
Deutsches Copyright © 2025 Laura Hoak-Kagey
Deutsche Übersetzung von Anna Drago und Katrin Dolle
Mythical Lake Press, LLC
www.JessieDonovan.com

Cover-Art von Laura Hoak-Kagey von Mythical Lake Design

ISBN: 9798891560727

Die Stonefire Drachen und Lochguard Highland Drachen Serien sind miteinander verflochten. Da so viele Leser nach der Lesereihenfolge fragen, habe ich sie in dieses Buch aufgenommen. (Diese Liste gilt ab Oktober 2025.)

Dem Drachen geopfert (Stonefire Drachen #1)

Den Drachen verführen (Stonefire Drachen #2)

Die Drachen offenbaren (Stonefire Drachen #3)

Den Drachen heilen (Stonefire Drachen #4)

Den Drachen wiedererwecken (Stonefire Drachen #5)

Das Dilemma des Drachen (Lochguard Highland Drachen #1)

Vom Drachen geliebt (Stonefire Drachen #6)

Der Drachenwächter (Lochguard Highland Drachen #2)

Dem Drachen ergeben (Stonefire Drachen #7)

Das Drachenherz (Lochguard Highland Drachen #3)

Vom Drachen geheilt (Stonefire Drachen #8)

Der Drachenkrieger (Lochguard Highland Drachen #4)

Dem Drachen helfen (Stonefire Drachen #9)

Den Drachen finden (Stonefire Drachen #10)

Vom Drachen ersehnt (Stonefire Drachen #11)

Die Drachenfamilie (Lochguard Highland Drachen #5)

Skyhunter gewinnen (Stonefire Drachen Universum #1)

Kapitel Eins

Dr. Layla MacFie tat ihr Bestes, sich auf den Berg von Papierkram auf ihrem Schreibtisch zu konzentrieren, während sie auf Mitternacht wartete.

Nicht, weil sie gern spät arbeitete, sondern heute war die Nacht, in der Chase McFarland vorbeikommen wollte, um bei der Installation einiger geheimer Überwachungskameras zu helfen.

Ihr Drache meldete sich zu Wort. *Ich sage, nutze die Zeit, um dich umzuziehen und unsere Frisur zu retten.*

Vielleicht möchtest du ja Chases Blick auf uns locken und ihn dazu verleiten, uns zu küssen, aber nicht ich. Der Laborkittel, das Hemd und die Hose sind in Ordnung.

Ihr inneres Tier schnaubte. *Du kannst versuchen, alle anderen zu täuschen, aber mich täuschst du nicht. Wir haben die gleichen Träume. So wie diesen hier.*

Ihr Drache ließ Bilder in ihrem Kopf aufblitzen, wie Chase ihre Hände über ihrem Kopf hielt, während er tief in sie hineinstieß, was sie zum Stöhnen brachte. Ihre Körper glänzten vor Schweiß, und jeder von ihnen schrie, als sie gleichzeitig zum Orgasmus kamen.

Layla warf ihren Stift beiseite und knurrte. *Hör auf! Chase tut uns einen Gefallen, mehr nicht. Und egal, wie oft du versuchst, meine Meinung darüber zu ändern, dass ich ihm widerstehen will, es wird nicht funktionieren.*

Was dich zu einer Idiotin macht, und das will schon was sagen, da du die meiste Zeit brillant sein kannst.

Sie runzelte die Stirn, als sie überlegte, ihren Drachen in ein mentales Gefängnis zu werfen. Zum Teil war Layla schuld am Verhalten ihres Drachen. Schließlich brauchten Drachen halb-regelmäßig Sex, und es war Jahre her, seit Layla mit irgendeinem Mann geschlafen hatte. Hauptsächlich wegen des plötzlichen Ansturms von Verantwortlichkeiten, seit sie zur Chefärztin von Lochguard befördert worden war, und sie war einfach zu müde gewesen, um zu lächeln oder zu versuchen, einen Mann ins Bett zu bekommen.

Aber ihr Drache war auch nicht ganz unschuldig. Das verdammte Tier schien sich auf einen Mann zu konzentrieren, den sie nicht haben sollten. Nicht nur, weil er so viel jünger war als sie, was normalerweise bedeutete, dass er wahrscheinlich die Flucht ergreifen würde, wenn es schwierig wurde, sondern auch, weil Layla, wenn möglich, ihre Partner außerhalb des Clans finden musste. Als Chefärztin des Clans musste sie nahe, aber zugleich distanzierte Beziehungen zu allen pflegen. Das machte es einfacher, wenn sie sie für eine Operation aufschneiden oder im Bruchteil einer Sekunde Entscheidungen über Leben oder Tod treffen musste.

Ihr Drache meldete sich wieder. *Vielleicht gibt es einen Grund, warum Chase uns schon so lange mag. Wenn er unser wahrer Gefährte ist, ist das dann etwas, das du verpassen möchtest?*

Sie blinzelte. *Das hat man fast noch nie gehört, dass eine ältere Frau die wahre Gefährtin eines viel jüngeren Mannes ist. Du weißt, dass der Instinkt für eine Sache existiert – die Spezies am Leben zu erhalten. Selbst wenn ich offen für ein Kind wäre – was mein Zeitplan sicherlich nicht zulässt –, besteht aufgrund meines Alters ein viel größeres Risiko.*

Wir sind fünfunddreißig, nicht fünfzig. Das ist jung genug.

Sie rieb sich die Stirn. *Hast du den Punkt überhört, in dem ich gesagt habe, dass ich kein Kind will? Kein anderer Arzt ist erfahren genug, um sich in meiner Abwesenheit um Lochguard zu kümmern. Und es müsste jemanden hier geben, der mir bei einer Schwangerschaft hilft, ganz zu schweigen von der anschließenden Erholung.*

Gregor würde zurückkommen, um uns zu helfen, wenn wir ihn fragten.

Gregor Innes war zuvor Chefarzt von Lochguard gewesen. Dann hatte er seine wahre Gefährtin in einer Drachenwandler-Ärztin vom Clan Stonefire im Süden Englands gefunden und lebte jetzt dort mit ihr und seinem neugeborenen Sohn. Layla war immer glücklich für ihren ehemaligen Chef gewesen – und war es immer noch. Aber sein Ausscheiden hatte sie auch extrem unterbesetzt zurückgelassen, besonders mit all den schwangeren Gefährtinnen und neuen Kleinen, die in den letzten ein oder zwei Jahren geboren worden waren.

Sie antwortete ihrem Tier: *Nein, wir können ihn nicht bitten, zurückzukommen. Gregor hat genug, um das er sich kümmern muss, und es wäre eine Katastrophe, einen Mann für irgendeinen Zeitraum seiner Familie zu entreißen. Dieses Risiko bin ich nicht bereit einzugehen.*

Du bist also lieber allein, isoliert und lebst ein Leben wie ein Roboter?

Moment mal, Drache, das ist unfair. Du versuchst es zu leugnen, aber wir beide lieben es, anderen zu helfen. Einem Roboter wäre das nicht wichtig.

Bevor ihr Tier antworten konnte, füllte eine vertraute männliche Stimme ihr Büro. „Du runzelst ja ganz schön die Stirn, Mädel. Und da ich ein paar Minuten zu früh dran bin, kann es nicht um mich gehen."

Layla hob den Kopf und begegnete Chases Blick aus seinen dunkelbraunen Augen.

Der leichte Aufschwung seiner Lippen und die

Intensität seines Blicks sandten einen Ansturm von Hitze durch ihren Körper sowie ein kleines bisschen Verlangen.

Was würde sie nicht darum geben, in jeder Hinsicht einen Partner zu haben, mit dem sie alles teilen könnte. Sie liebte ihren Drachen, aber die innere Hälfte war ein Teil von ihr und konnte ihr bei den meisten Dingen nicht helfen. Das war nicht dasselbe wie ein Gefährte.

Nein. Layla konnte keinen Gefährten nehmen. Es war ihre Pflicht, sich um den Clan zu kümmern.

Sie räusperte sich und stand auf. Vorsichtig darauf bedacht, den Schreibtisch zwischen ihnen zu halten, sagte sie: „Ich mache mir Sorgen um die ständig wachsende Liste gestohlener medizinischer Vorräte, das ist alles."

Er zog eine hellbraune Augenbraue hoch, die mehrere Schattierungen dunkler war als sein blondes Haar. „Du warst noch nie eine gute Lügnerin, Layla."

Sie verfluchte schweigend ihre Unfähigkeit zu täuschen und richtete sich höher auf. „Ich war ja schließlich kein Hooligan in meiner Jugend, Chase."

Er grinste frech. Layla gab ihr Bestes, seine Grübchen zu ignorieren, als er sagte: „Es hat so mehr Spaß gemacht. Der alte Clanführer war ein echter Hardliner, aye? Und da meine Mum und mein Bruder zu gut waren, um ihn zu verärgern, musste es doch jemand tun."

Sie schnaubte. „Du hast nur versucht, Finn zu imitieren."

Finn Stewart war Lochguards aktueller Clananführer und einer von Laylas größten Verbündeten. Als Jugendlicher war er jedoch ein ziemlicher Unruhestifter gewesen. Das konnte er immer noch sein, aber seine Gefährtin und seine Clanverantwortung hatten ihn erheblich gebändigt.

Chase zuckte mit den Schultern. „Niemand konnte seinem Talent, Unruhe zu stiften, mithalten, aber ich denke gern, dass ich nahe dran war. Ganz zu schweigen davon, dass ich während meiner geheimen Reisen nach Inverness mehr Menschen gesehen habe als die meisten anderen, und das erforderte seine eigene Art von Geschicklichkeit, um mich unbemerkt hinauszuschleichen."

Sie schüttelte den Kopf und lehnte sich einen Bruchteil gegen ihren Schreibtisch. „Ich würde sie nicht als geheim bezeichnen, geschweige denn unbemerkt. Deine arme Mutter musste einmal einen Suchtrupp aussenden, als du nicht Bescheid gesagt hast und morgens nicht wieder da warst."

Sein Ausdruck wurde sofort ernst. „Das bedaure ich wirklich, aye."

Layla hatte schon immer einen Instinkt gehabt, der es ihr ermöglichte, zu spüren, wenn jemand Informationen zurückhielt. Das war einer der vielen Gründe, warum sie so eine gute Drachenwandlerärztin war.

Und ihr innerer Alarm klingelte ziemlich laut in ihrem Kopf.

Ihr Tier meldete sich zu Wort. *Bring nicht seine Mutter und ihren Bastard von einem Ex-Gefährten zur Sprache. Das würde jede Chance zunichtemachen, ihn nackt zu sehen.*

Chases Mutter war kaum in der Lage gewesen, ihr Cottage zu verlassen, als ihr Gefährte sie vor ein paar Jahren verlassen hatte. Egal, was sie versucht hatten, sie war allein geblieben. Sowohl Layla als auch ihr ehemaliger Chef hatten vermutet, dass Gillian an gebrochenem Herzen sterben könnte. Gillian McFarland hatte es jedoch irgendwie überstanden, von dem Mann, den sie liebte, verlassen worden zu sein, wahrscheinlich zu einem großen Teil, weil ihre beiden Söhne Zeit mit ihr verbrachten, wann immer sie konnten.

Angesichts der Tatsache, dass ihre Söhne wahrscheinlich der Grund dafür waren, dass sie in Lochguard geblieben war, als Finn sein Ultimatum gestellt hatte – seine Führungsposition akzeptieren und die Entscheidung, Beziehungen zu Menschen aufzubauen oder allein dazustehen – ergab es einen Sinn, dass sie sie Stück für Stück in das Land der Lebenden hatten zurückbringen können.

Und wenn Layla kleinkariert wäre, würde sie Chases Mutter zur Sprache bringen, um die Stimmung zu trüben. Doch das war nicht Laylas Art. Ihr ganzes Leben konzentrierte sich darauf, Menschen ganz und glücklich zu machen. Sie konnte es nicht ändern – selbst, wenn sie es versucht hätte.

Also konzentrierte sie sich auf den Gefallen, um den sie Chase bitten musste. Sie ging um den Schreibtisch herum, wobei sie genau darauf achtete, etwas Abstand zwischen sich und dem Mann zu halten, und ging zur Tür. „Komm, du musst müde sein nach einem ganzen Arbeitstag mit der Verkabelung des neuen Lagerhauses. Je eher ich dir zeige, wo ich die Kameras haben will, desto besser."

Belustigung tanzte in seinen Augen. „„Du kennst also meinen Dienstplan? Interessant. Behältst du alle im Clan so im Blick? Wenn ja, könntest du meinem Bruder vielleicht ein paar Hinweise geben oder ihn mit Informationen füttern. Seitdem seine Gefährtin schwanger ist, ist er größtenteils nutzlos geworden."

Layla schnaubte. „Ich fordere dich heraus, ihm das ins Gesicht zu sagen."

Er zwinkerte und, verdammt, wie jedes Mal zuvor, ließ diese Geste Laylas Magen kribbeln.

Er sagte stolz: „Das habe ich – schon viele, viele Male."

Da Chases älterer Bruder Oberster-Beschützer in Lochguard und für die Clan-Sicherheit zuständig war, konnte sie sich nur vorstellen, wie der ruhige und knurrige Mann die Hänseleien seines Bruders ertrug. „Weißt du, ich wollte immer einen jüngeren Bruder haben, aber jetzt bin ich mir nicht mehr so sicher. Ihr neigt dazu, das Leben eurer älteren Geschwister unglücklich zu machen."

Er schmunzelte. „Ich denke gern, dass ich Grant vielmehr dazu bringe, sich ein wenig zu entspannen. Die ganze Verantwortung hat ihren Tribut gefordert. Und während viele Leute Angst haben oder sich ein wenig vor ihm ducken, ist er für mich einfach mein Bruder." Er neigte den Kopf etwas. „Ich bin sicher, deine Schwester hat dich genauso aufgezogen, aye?"

Die Leute sprachen selten über Laylas jüngere Schwester. Yasmin hatte dem Druck ihrer Eltern nach einer arrangierten Paarung mit einem Drachen im Iran nachgegeben, wo die Familie ihrer Mutter ursprünglich hergekommen war. Seit Jahren hatte niemand mehr von ihr gehört.

Da Layla nicht an Yasmin denken wollte und daran, wie sehr sie ihre Schwester vermisste, wechselte sie das Thema. „Komm, es ist spät. Lass uns gehen, bevor jemand mit einem Notfall durch die Türen platzt."

Sie ging an Chase vorbei und achtete darauf, ihn nicht zu berühren. Das wäre allerdings der einfache Teil. Aus irgendeinem Grund brachte er sie dazu, über Dinge zu sprechen, über die sie sonst nie sprach, wie über ihre jüngere Schwester. Und sie konnte nicht zugeben, wie schön es wäre, einfach eine Drachenfrau und keine Ärztin zu sein, eine Frau mit ihrer eigenen Familie, Vergangenheit und Problemen.

Ihr Drache knurrte. *Du verbringst deine ganze Zeit damit, andere glücklich zu machen, aber wir haben es auch verdient. Chase könnte die Zukunft sein, die wir brauchen.*

Nicht in der Stimmung, noch einmal mit ihrem Tier zu streiten, warf sie ihren Drachen schnell in ein mentales Gefängnis.

Layla hatte sich vor langer Zeit für ihren Lebensweg entschieden, und sie hatte die Medizin gewählt, Ende der Geschichte. Außerdem fiel es ihr schwer, ihre Meinung zu ändern, sobald sie eine Entscheidung getroffen hatte. Und warum sollte sie das auch wollen? Sie hatte die Macht, fast so viele Menschen zu heilen und ihnen zu helfen wie der Clanführer.

Alles, was sie tun musste, war, eine kurze Weile allein mit Chase zu überleben, und dann konnte sie sich wieder mit Arbeit ablenken.

Also ging sie schneller auf ihr Ziel zu und überprüfte nicht einmal, ob Chase ihr folgte oder nicht. Je früher sie diese Aufgabe beendete, desto eher konnte sie zur nächsten übergehen und wieder alle Gedanken an den Mann aus ihrem Kopf verbannen.

Während Chase McFarland Layla den Korridor entlang folgte, konnte er nicht anders, als auf ihren Po zu starren. Schon, er war unter ihrem Laborkittel versteckt, aber Chase hatte ihren ganzen Körper und all seine Kurven auswendig gelernt.

Das hätte jeder Mann mit einer wahren Gefährtin getan, die er vielleicht nie haben würde.

Drachenwandler erreichten mit zwanzig Jahren die volle Reife. Und am Tag nach seinem zwanzigsten Geburtstag hatte Chase einen Blick auf Layla MacFie geworfen und war von einem alles verzehrenden Bedürfnis und Verlangen getroffen worden, diese eine anstelle von allen anderen haben zu wollen. Er hatte zuerst dagegen angekämpft, aber bald erkannte er das Unvermeidliche – Layla war seine wahre Gefährtin, die, von der das Schicksal glaubte, sie sei seine beste Chance auf Glück.

In den letzten zwei Jahren hatte er irgendwie die Kraft gefunden, sich dagegen zu wehren, sie zu küssen und einen Rausch zu beginnen, der erst mit einer Schwangerschaft enden würde. Und während einige Männer den ständigen Forderungen ihres Drachen nachgaben und sich später den Konsequenzen stellten, wäre Chase nie eine solche Person. Genau diese Situation hatte seiner Tante und seinem Onkel ein Leben voller Elend beschert, und er würde das niemals einer Frau antun.

Sein Drache schnaubte. *Wir sind nicht unser Onkel. Außerdem hat Layla uns in letzter Zeit mehr bemerkt und kann vielleicht nicht widerstehen. Sag ihr die Wahrheit. Ich bin es leid, zu warten.*

Vor zwei Jahren hatte Chase versucht, seinem inneren Tier vorzuschlagen, eine andere Frau zu finden. Sein Drache hatte gebrüllt und wäre bei der Idee fast wild geworden. Er wollte Layla und nur sie.

Und so hatte Chase Selbstbeherrschung und Geduld gelernt, was ihn viel schneller hatte reifen lassen als all seine Freunde oder andere in seinem Alter.

Er antwortete seinem Drachen: *Nein. Ich habe versucht, charmant zu sein, habe sie besucht und ihr den Hof gemacht, wie du es wolltest. Das hat nicht funktioniert. Jetzt machen wir es auf meine Weise.*

Sein Drache schnaubte. *Das bedeutet mehr Warten. Und uns ihr zu beweisen, reicht vielleicht nicht aus. Sie braucht ein bisschen Ermutigung. Vor allem, da sie stur ist, und zwar so sehr, dass sie an dem von ihr gewählten Weg festhält, unabhängig von den verdammten Konsequenzen für ihr eigenes Wohlergehen.*

Manchmal hasste Chase es, wie genau sein Drache Layla im Laufe der Jahre Aufmerksamkeit geschenkt hatte. Dadurch wurde es schwieriger, einen Streit über das Mädel zu gewinnen.

Aber er würde nicht aufgeben. *Sie braucht jetzt unsere Hilfe. Selbst du kannst ihr das nicht absprechen, aye? Also keine Sexfantasien oder Lustausbrüche mehr. Egal, was du vielleicht denkst, unser Schwanz kann keine Überwachungskameras installieren.*

Es würde Spaß machen, es auszuprobieren. Vielleicht würde es Layla sogar beeindrucken. Wenn wir das hinbekämen, stell dir nur vor, was wir mit ihr tun könnten, wenn sie nackt wäre.

Er widerstand einem Seufzer. Jeder machte

Chase das Leben schwer damit, dass er ein frecher Unruhestifter war, aber sie wussten nicht, dass sein Drache viel schlimmer sein konnte.

Zum Glück blieb Layla vor einer Tür stehen, und sein Tier rollte sich mit einem Grunzen zu einer Kugel zusammen. Er würde zusehen und wahrscheinlich einschlafen, während Chase sein Versprechen an Layla erfüllte.

Ehrenwerte Drachen hielten immer ihre Versprechen, und nicht zum ersten Mal war Chase verdammt glücklich, dass sein Tier einer von ihnen war, im Gegensatz zu seinem Bastard von einem Vater.

Vorsichtig darauf bedacht, ein Lächeln im Gesicht zu behalten und sich seine Gedanken nicht anmerken zu lassen, blieb er ein wenig näher stehen, als es Layla recht war. Ihr Atem stockte, aber er schaffte es, seinen Schwanz in Schach zu halten, als er fragte: „Dann hier drin?"

Eine Sekunde lang starrten Laylas schöne dunkelbraune Augen in seine, ihre Pupillen blitzten zu Schlitzen und wieder zurück zu runden. Er hatte es nie geschafft, sich mit ihrem Drachen zu unterhalten, und nicht zum ersten Mal fragte er sich, ob ihr Tier Team Chase war oder nicht.

Layla räusperte sich und trat einen Schritt zurück. Sein Instinkt war es, ihr zu folgen, aber er rührte sich nicht. Chase würde sich an seinen Plan halten, seinen Wert als zukünftiger Gefährte zu

beweisen, egal was passierte. Layla mochte hartnäckig und willensstark sein, aber er war es auch.

Sie flüsterte: „Aye, hier drin." Sie öffnete die Tür
und zeigte auf eine Stelle an der Wand im Raum.
„Bring sie da drüben an."

Er trat in den großen Abstellraum, nahm Laylas
Hand und zog sie hinein. Sie fiel eine Sekunde lang
sanft gegen seinen Arm, und er genoss die Weichheit
ihrer Brust, bevor sie sich aufrichtete.

Nachdem sie die Tür geschlossen hatte, drehte
sie sich mit einem Stirnrunzeln zu ihm zurück. „Kein
Grund, mich herumzuzerren. Ich kann gehen."

Seine Lippen zuckten. Drachenwandlerärzte
fädelten fast immer Stahl in ihre Stimmen, und Layla
war keine Ausnahme. Zu schade, dass Chase gut
darin war, Befehlen zu trotzen, wenn er es wollte.
„Und ich bin derjenige, der dir einen Gefallen tut,
aye? Es besteht also keine Notwendigkeit, mich für
etwas so Geringfügiges zu tadeln."

„Ich habe dich nicht getadelt." Sie versuchte,
Abstand zwischen sie zu bringen, schaffte es aber nur
um zwei Zentimeter. „Ein Tadel wäre eher so." Layla
brachte ihr Gesicht zu einem strengen Ausdruck,
ihre Augenbrauen zur Betonung hochgezogen.
„Jemanden herumzuzerren kann gefährlich sein und
Verletzungen verursachen. Ich würde vorschlagen,
das nicht wieder zu tun, um mir zukünftige Arbeit zu
ersparen."

Während sie versuchte, ernst zu sein, wollte
Chase sich nur vorbeugen und ihre Lippen küssen,

bis sie keine feste Linie mehr waren, sondern sich unter seinen öffneten und ihn suchten.

Drache, hör mit den Bildern auf!

Ich habe gar nichts gemacht. Das bist allein du.

Er antwortete der Ärztin: „Leute herumzuziehen ist so ziemlich das Ungefährlichste, was ich tue, Mädel. Bist du sicher, dass du deinen Tadel dafür verschwenden willst?"

Sie knurrte wieder, was diesmal weicher wirkte, da ihr die Haare über die Schultern fielen. Er wollte nur nach oben greifen und diese Weichheit berühren. Doch ihre Stimme riss ihn zurück in die Gegenwart. „Ich kenne deinen Ruf, Chase McFarland. Und da ich nicht grau werden will, bevor ich die Liste mit allem, was du nicht tun solltest, durchgegangen bin, werde ich erst gar nicht damit anfangen."

Er versuchte, nicht zusammenzuzucken. Ein Ruf entsprach nicht immer der Wahrheit, und ein großer Teil von seinem mit Sicherheit nicht. Er hoffte, dass Layla nicht dachte, er sei mit der Hälfte der alleinstehenden Menschenfrauen von Inverness ins Bett gegangen, wie seine Freunde behaupteten. Schon, er hatte etwas andeuten müssen, damit niemand davon erfuhr, dass Layla seine wahre Gefährtin war, bevor sie bereit war. Aber es war ihm immer noch wichtig, dass Layla seinen Ruf richtig einschätzte.

Sein Drache meldete sich zu Wort. *Scheiß auf unseren Ruf. Die Wahrheit ist, dass wir seit zwei Jahren niemanden mehr hatten. Küss sie jetzt und ändere das.*

Nein. Er konzentrierte sich wieder auf Layla. „Du würdest mit grauen Haaren reizend aussehen, Mädel. Also fang nur an mit deiner Liste."

„Hör auf, mich ‚Mädel' zu nennen! Ich bin zu alt dafür."

Er sollte sich zurückhalten, aber die Worte flogen Chase von der Zunge, bevor er sie aufhalten konnte. „Du bist nicht alt, Layla. Du bist perfekt."

Ihre Wangen wurden rosa, während sie ihn anstarrte.

Verdammt! Sie war so verflixt schön. Dunkle Haare und Augen, abgerundet mit schöner bräunlicher Haut, die sie von ihrer Mutter geerbt hatte. Daher musste er sich fragen, ob ihre Brustwarzen wegen ihres köstlichen hellbraunen Teints etwas dunkler wären oder nicht.

Du könntest es leicht rausfinden, sagte sein Tier.

Laylas Pupillen waren kurz geschlitzt. Ihre Wangen wurden sogar noch roter. Vielleicht war ihr Drache doch auf seiner Seite.

Endlich sprach sie wieder, ihre Stimme hallte in dem kleinen Raum wider. „Kannst du die erste Kamera dort anbringen?"

Sie zeigte auf einen Punkt direkt über seiner Schulter. Vielleicht wären einige Leute von dem Themenwechsel überrascht, aber Layla machte das so oft wie das Atmen.

Es war ihre Art eines Versuchs, Abstand zu bekommen.

Erinnert an seine Aufgabe, zuverlässig zu sein

und zu zeigen, dass er ein Mann war, dem sie vertrauen konnte, wandte er sich von ihr ab und trat einen Schritt näher an die Wand.

Er hatte vorhin die Schaltpläne der Krankenstation studiert und sich schnell überlegt, wo alle elektrischen Drähte in den Wänden versteckt waren. Er nahm einen Bleistift heraus und markierte den Bereich, den sie benannt hatte, damit er sich erinnern und bestätigen konnte, dass die Platzierung sich eignete. „Aye, es sollte in Ordnung sein, und wenn nicht, werde ich es dich wissen lassen, sobald ich meine Werkzeuge herausnehme. Jetzt zeig mir noch die anderen Orte, an denen du Kameras installiert haben möchtest, und dann mache ich mich an die Arbeit."

Layla griff um ihn herum und riss ihm den Bleistift aus der Hand. Das leichte Streifen ihrer Finger gegen seine ließ das Blut nach Süden strömen. Gott sei Dank stand er vor einer Wand und nicht vor Layla. In einem so engen Raum hätte sie sonst seine Erektion bemerken müssen.

Sein Drache summte. *Dreh dich um und stoß gegen sie. Lass sie fühlen, dass wir sie wollen.*

Hör auf, Drache. Jetzt.

Layla trat zurück und benutzte wieder ihre leidenschaftslose Arztstimme. „Ich werde alle Stellen markieren, während du hier arbeitest. So kann ich dir schnell die Räume zeigen und stehe dir nicht im Weg."

Er wünschte sich, er könnte sagen, dass sie nicht

im Weg sein würde. Aber schon jetzt hatte Laylas Duft den Lagerraum übernommen, und es wurde von Minute zu Minute schwerer für ihn, sich zu konzentrieren.

Er stellte seine Werkzeugtasche ab und nickte. „Aye, das wird funktionieren. Gib mir eine halbe Stunde, um den Strom für diesen Raum auszuschalten und die erste Kamera zu installieren. Dann komm und hol mich. Sobald sie alle angebracht sind, kann ich dir zeigen, wie man sie benutzt."

„Okay", antwortete sie schnell, bevor sie den Raum verließ.

Sobald Layla weg war, fühlte sich der Raum kälter und leerer an.

Chase schob die lächerliche Feststellung beiseite, da es ja nicht so war, als hätte er sie zurückziehen und um den Verstand küssen können, schrieb sich auf, was er für den Job brauchte, und schaltete dann den Schalter aus.

Kapitel Zwei

Layla war mitten in einem Traum, wie sie ihrer jüngeren Schwester entlang der Nordküste Schottlands hinterherjagte, als eine männliche Stimme sie erreichte. „Layla, Mädel, wach auf!"

Sie zuckte hoch und blinzelte, um alles in den Fokus zu rücken.

Ihr Drache sagte, *Es ist nur Chase.*

Und wirklich: Der Mann stand neben ihrem Schreibtisch und sah mit seinen leicht zerzausten Haaren so sexy aus wie eh und je, als wäre er beim Nachdenken mit den Händen hindurchgefahren.

Reiß dich zusammen, Layla. Du hast schon mal sexy Männer gesehen. Als sie seine zuckenden Lippen bemerkte, brachte sie das vollständig in die Gegenwart zurück, und sie bellte: „Was?"

„Da hat aber jemand einen tiefen Schlaf, aye?"

Es lag ihr auf der Zunge zu sagen, dass sie normalerweise mit einem Lächeln aus dem Bett sprang, aber sie hatte seit fast vierundzwanzig Stunden nicht geschlafen und war erschöpft. Eine Ärztin musste jedoch unbesiegbar und wachsam erscheinen, um dem Clan Vertrauen in ihre Fähigkeiten zu geben. Es war besser, er dachte, sie hätte einen besonders tiefen Schlaf, als zuzugeben, dass sie hundemüde war.

Ihr Drache neigte den Kopf ein wenig. *Warum? Sein älterer Bruder arbeitet manchmal lange, also versteht Chase es. Er würde uns nicht für schwach halten.*

Sie antwortete nicht, weil Chase auf die Seite ihres Gesichts zeigte, direkt unter dem Mundwinkel, und hinzufügte: „Vielleicht möchtest du dir das Kinn abwischen, bevor ich dir zeige, wie man die Kameras benutzt. Wir wollen ja nicht, dass Sabber auf die Ausrüstung tropft, oder?"

Mit einem Grunzen wischte sich Layla sofort das Gesicht ab und glättete dann ihr Haar. So viel zum Thema gefasst wirken. „Zeig mir einfach schnell, wie man sie bedient, damit wir beide etwas schlafen können."

Seine Pupillen blitzten und blieben kurz so, bevor sie wieder rund wurden. Layla wünschte sich immer, sie könnte andere innere Drachen hören. Das würde ihr unter anderem die Arbeit erleichtern.

Chase beugte sich vor und legte eine Hand auf ihren Schreibtisch. Obwohl er sie nicht berührte, strahlte Wärme von seinem Körper aus, und sie hätte sich fast zu ihm geneigt.

Seine tiefe Stimme füllte den Raum. „Ich muss hier noch die letzten Teile einbauen, damit du die Kameras checken kannst. Es sei denn, du möchtest die Bilder lieber zu dir nach Hause übertragen haben?"

Mit Chase allein in ihrem Haus zu sein, wäre eine schlechte Idee. Die Krankenstation machte Layla Mut und gab ihr eine Möglichkeit, sich vor ihm und seinem süchtig machenden männlichen Duft zu schützen.

Und doch wusste Layla nicht, wem sie auf der Krankenstation vertrauen konnte. Sie musste das Filmmaterial von zu Hause aus überprüfen, was bedeutete, dass sie die Kraft finden musste, Chase zu widerstehen.

Sie schob sich das lange dunkle Haar aus dem Gesicht und über ihre Schulter und begegnete, ohne zu zögern, seinem Blick. Sie ignorierte, dass die braunen Iriden Goldflecken um die Pupillen herum hatten, und antwortete: „Mein Haus wäre besser. Obwohl es schon spät ist, also sollten wir uns das vielleicht lieber für ein anderes Mal aufheben."

„Warum? Wenn du so besorgt bist, wie du sagst, dann solltest du sofort mit der Aufnahme beginnen und nach dem Dieb Ausschau halten, aye? Solange du mich zu deinem Cottage begleiten und mich hineinlassen kannst, kann ich die ganze Arbeit erledigen, während du noch ein Nickerchen machst." Er zwinkerte. „Das ist einer der Vorteile daran, so jung zu sein – ich habe viel Energie."

Jessie Donovan

Ihr Drache grunzte. *Genau. Stell dir all die Energie auf uns gerichtet vor. Er könnte mich im Bett sogar zur Erschöpfung bringen.*

Hör auf, Drache. Layla sagte laut: „Ich bleibe routinemäßig zwanzig oder dreißig Stunden am Stück wach. Es ist wohl eher die Frage, ob du mit mir mithalten kannst."

Sie erwartete, dass er sie aufziehen würde, aber sein Blick wurde ernst, als er sagte: „Du arbeitest zu viel, Mädel. Du musst besser auf dich aufpassen."

Bei den meisten Leuten im Clan hätte sie den Kommentar abgetan. Abgesehen vom Clanführer und möglicherweise den Sicherheitschefs hatte Layla absolute Autorität über alle anderen. Sie war es nicht gewohnt, sich sagen zu lassen, was sie tun sollte, geschweige denn, dass jemand bemerkte, dass sie zu viel arbeitete. Normalerweise waren sie mehr besorgt über ihre neueste Verletzung oder ihr Problem und wollten, dass Layla es behob.

Chase hingegen schien zu viel zu bemerken.

Sie drückte sanft gegen seine Seite, bis er sich wieder aufrichtete. Sie folgte ihm und stand auf. „Wenn ich weniger arbeite, können Leute sterben oder unnötig leiden. Wenn du also keinen weiteren voll ausgebildeten Arzt aus dem Nichts zur Verfügung stellen kannst, wirst du es wohl mir überlassen müssen, mich um den Clan zu kümmern."

Er stand nahe genug, dass sie seinen Atem auf ihrer Wange spürte, als er sagte: „Es gibt andere, die dir mehr helfen könnten, wenn du sie fragst.

Außerdem hast du vor nicht allzu langer Zeit mit diesem Arzt von Seahaven bei der Versammlung gesprochen. Ich dachte, er wollte anfangen, manchmal hierherzukommen?"

Clan Seahaven war ein kleinerer Splitterdrachenclan, der einst Teil von Lochguard gewesen war. Unter einem anderen Anführer waren sie mit ihren menschlichen Gefährten geflohen und hatten ihre eigenen Häuser gebaut. Erst in jüngster Vergangenheit, unter Finns Führung, hatten die beiden Clans begonnen, überhaupt miteinander zu reden.

Und aye, deren Arzt hatte versprochen, einmal pro Woche zu kommen, um bei den Patienten zu helfen und Informationen auszutauschen. Aber wie zur Hölle Chase das alles wusste, war ihr nicht klar. Das war kein allgemeines Wissen.

Chase streckte eine Hand aus, als wollte er ihr Kinn berühren, aber dann krümmte er die Finger zu einer Faust und zog sich zurück. Er grunzte. „Ich wünschte, du würdest mit mir reden, Layla. Du schulterst so viel und brauchst jemanden an deiner Seite. Nicht, weil du schwach bist, sondern weil du es verdienst, jemanden zu haben, auf den du dich stützen kannst und der dir hilft, Verantwortung zu übernehmen. Oder zumindest da wäre, um sich eine Schimpftirade anzuhören oder dir nach einem harten Tag zu helfen, dich zu entspannen."

Ihr Drache meldete sich zu Wort. *Er hat recht, weißt du. Es mag ja so scheinen, als seist du immerzu vom Clan umgeben, aber wir sind eigentlich ziemlich isoliert. Chase könnte all das ändern und das Leben heller machen. Und uns auf jeden Fall dabei helfen, uns zu entspannen. Viele Male am Tag sogar. Vielleicht lässt er mich sogar seinen Rücken mit meinen Krallen markieren.*

Sie achtete darauf, ihr Tier nicht zu ermutigen, wenn es um Sex mit Chase ging, und antwortete: *Wir können uns die Ablenkung nicht leisten, und du weißt das.*

Wäre es denn eine Ablenkung? Du rätst anderen immer, ihre Meinung und die Wahrheit zu sagen. Warum sind wir anders?

Weil Leben auf dem Spiel stehen könnten.

Chases Stimme hinderte Layla daran, ihrem Tier zu antworten. „Setz dich."

Sie blinzelte bei der Dominanz in seiner Stimme. „Was?"

„Setz dich, Mädel. Nur für einen Moment."

Der Drang, seinem Befehl zu gehorchen, strömte durch ihren Körper, aber sie widersetzte sich. „Wir müssen zu meinem Cottage und den Job zu Ende bringen."

„Setz dich."

Sie musterte eine Sekunde lang sein Gesicht, bevor sie sagte: „Du wirst nicht aufhören, das zu sagen, oder?"

Er schmunzelte. „Setz dich."

Layla verdrehte die Augen und setzte sich. „Siehst du? Ich sitze. Wie lange muss ich hier bleiben? Sechzig Sekunden? Neunzig? Sag es mir, damit ich mit dem Zählen beginnen kann."

„Solange es dauert, bis ich dir beim Entspannen helfen kann."

Bevor sie mehr tun konnte, als seinem Blick noch einmal zu begegnen, stellte er sich hinter sie und legte seine Hände auf ihre Schultern. Trotz der Kleidungsschichten spürte sie die köstliche Hitze seiner Finger und konnte ein Keuchen nicht zurückhalten.

Sie erwartete, dass er sie aufzog, aber er schwieg, während er ihre Schultern massierte und seine Daumen in die verspannten Knoten in ihren Muskeln drückte.

Ihr Drache summte, als er weiterarbeitete, und Laylas Kopf fiel bei jeder Bewegung von Chases Fingern nach vorn.

Layla stöhnte schließlich, als er einen besonders angespannten Bereich traf, und Chase sagte: „Fast da, Mädel."

Zufrieden nahm sich Layla eine Sekunde Zeit, um zu überlegen, wovon er sprach – er würde aufhören, wenn sie endlich entspannt war.

Ihr Drache meldete sich zu Wort. *Daran könnte ich mich gewöhnen.*

Normalerweise würde sie protestieren und eine Liste von Gründen angeben, warum sie es niemals konnten. Als Chases Finger jedoch in ihren Nacken und ihre Schultern drückten, konnte sie sich nicht vorstellen, warum sie das nicht jeden Tag haben sollte.

Und dann war Chases Berührung weg, und sie konnte ein Wimmern kaum unterdrücken. Layla konnte sich nicht erinnern, wann die Berührung eines Mannes das letzte Mal so fest und doch sanft gewesen war, ganz zu schweigen davon, dass es ihr Gehirn in einen fast nutzlosen Haufen Gelee verwandeln konnte.

Er stellte sich wieder an ihre Seite und reichte ihr seine Hand. „Komm, Layla. Ich kann dich tragen, wenn du willst, aber ich dachte, ich frage zuerst. Weißt du, um mögliche Verletzungen zu vermeiden, um die du dich dann hinterher kümmern müsstest."

Sie lächelte, ohne nachzudenken, und amüsierte sich darüber, dass er ihre Worte auf sie zurückwarf. „Wie überaus freundlich von dir."

Chase zwinkerte, was ihren Bauch kribbeln ließ. Der Mann sah einfach zu gut aus.

Er sagte leise: „Ich würde nicht sagen, dass ich voll ausgebildet bin, aber ich bin immer bereit, zu lernen, Mädel. Vor allem, wenn es dich betrifft."

In der Sekunde, in der die Worte Chases Lippen verließen, wusste er, dass er es vermasselt hatte.

Sein gesamter Plan war gewesen, Layla seinen Wert zu beweisen, bevor er andeutete, dass sie seine wahre Gefährtin war. Und ein so kluges Mädchen, wie sie war, könnte Layla jetzt die Wahrheit kennen. Oder würde es sehr bald herausfinden.

Sein Drache meldete sich zu Wort. *Gut. Sie ist extrem intelligent, und ich hoffe, sie wird Fragen stellen und es herausfinden. Ich habe es satt, es zu verbergen.*

Laylas Frage kam langsam heraus. „Warum ich? Es gibt sowohl Drachenwandlerfrauen als auch Menschenfrauen, die sich dir so gut wie an den Hals geworfen haben. Warum also gerade ich?"

Vielleicht war er ein bisschen ein Bastard, aber es gefiel ihm, dass sie bemerkt hatte, wie sich einige der Frauen bei ihm benommen hatten. Nicht, dass eine von ihnen mit Layla mithalten konnte.

Chase nahm sich eine Sekunde, um zu überlegen, was zu tun war, bevor er antwortete: „Du bist schön, klug, loyal und freundlicher als fast jeder, den ich je getroffen habe. Darüber hinaus spielst du keine Spielchen wie die anderen. Du sagst deine Meinung und weißt genug über die Welt, um zu erkennen, dass das Leben kurz ist, und du ermutigst immer alle, jede Freude anzunehmen, die sie finden können." Er hielt inne und fügte leise hinzu: „Nun, aus irgendeinem Grund ermutigst du alle außer dir selbst."

Sein Tier knurrte. *Deshalb musst du ihr die volle Wahrheit sagen, und vielleicht wird sie sie annehmen.*

Er ignorierte seinen Drachen und wagte sich einen Schritt näher heran. Layla zog sich nicht zurück, und das ermutigte ihn, hinzuzufügen: „Ich nehme an, ich sollte dich fragen, warum nicht ich? Ich will dich, Layla MacFie, und ich würde jeden deiner freien Momente nutzen, um dich davon zu überzeugen. Sieh mal an den Zahlen vorbei und sieh mich wirklich an, Mädel. Warum nicht ich?"

Ihre Pupillen blitzten auf, als sie seinen Blick musterte. Verdammt, was würde er nicht geben, um zu wissen, was ihr Drache sagte.

Wahrscheinlich, dass er mit uns übereinstimmt und uns will. Selbst wenn weibliche Drachen einen wahren Gefährten nicht vollständig erkennen, bis sie geküsst werden, gibt es wahrscheinlich ein gewisses Gefühl des Verlangens bei ihnen.

Chase sollte Layla hier und jetzt die Wahrheit sagen. Aber als sie sich auf die Unterlippe biss, konnte er sich nicht dazu durchringen. Oh, er würde es ihr absolut sagen, bevor er das Mädel küsste, aber war es falsch zu wollen, dass Layla ihn einfach seiner selbst willen begehrte und nicht instinktiv?

Denn die Anziehung aus der Kraft des Instinkts würde im Laufe der Zeit nachlassen, wie es bei seiner Tante, seinem Onkel und einigen anderen Paaren in Lochguard passiert war, und beide konnten für den Rest ihres Lebens unglücklich werden.

Laylas Stimme war kaum ein Flüstern, als sie antwortete: „Ich arbeite die ganze Zeit."

„Nicht immer. Und wenn du frei hast, bin ich da und warte auf dich."

„Ich habe keine Affären, und das ist alles, was du willst."

„Nein, ich will dich, Layla. Ende der Geschichte."

„Du kennst mich doch gar nicht", flüsterte sie.

Er wagte es, eine lose Haarsträhne hinter ihr Ohr zu streichen, sodass sein Finger an ihrer Haut liegen konnte. Layla atmete ein, und es ließ Wärme durch seinen Körper strömen. Seine Stimme war rau, als er sagte: „Dann gib mir die Chance, das zu tun, Mädel. Weil ich es will. Ich will es wirklich."

Sein Herz raste, als sie weiter in seine Augen starrte. Er wollte nichts anderes, als ihren Kopf zu sich zu ziehen, ihren Kiefer zu küssen und weitere Worte der Ermutigung zu murmeln.

Er spürte jedoch, dass Layla ihre Gedanken in diesem Moment, genau hier, durchgehen musste, bevor er etwas anderes tun konnte. Wenn sie ihm nach allem, was er heute Abend gesagt hatte, immer noch widerstand, hätte er vielleicht nie eine Chance bei ihr.

Nicht, weil er sie nicht wollte, sondern weil sie vielleicht zu vorsichtig war, um ihn jemals herein-zulassen.

Er hörte kaum ihre Antwort. „Ich fürchte, wenn ich das tue, könnte es mich am Ende brechen."

Mit einem Knurren nahm er ihr Gesicht in die Hände und streichelte sanft ihre Haut. „Ich würde dir niemals wehtun, Layla. Sobald ich mich auf etwas festgelegt habe, bleibe ich dabei, auch wenn die Welt denkt, dass ich nichts als ein charmanter, unbeküm-merter Typ bin, ohne Sorgen. Und wenn du Ja sagst, wenn du mich wählst, dann wäre ich der hinge-bungsvollste Mann aller Zeiten."

Sie öffnete den Mund, um eine Frage zu stellen, aber ein Klopfen an der Tür ließ sie zusammenzucken.

Chase nahm schnell seine Hände herunter und trat von dem Mädel weg. Das Image war alles für eine Clanärztin, und wenn er eine Chance bei ihr haben wollte, musste er beweisen, dass er das respektierte. Mit anderen Worten, er musste warten, bis sie ihn vor anderen berührte und nicht umgekehrt.

Sein Drache brummte, *Ich möchte demjenigen wehtun, der auf der anderen Seite der Tür steht, weil er uns gestört hat. Sie hat vielleicht gerade Ja sagen und uns endlich eine Chance geben wollen.*

Schhh, Drache. Nicht jetzt.

Layla sagte der Person, sie solle eintreten, und die große, blonde Gestalt eines von Lochguards Pflegern – Logan Lamont – erschien in der Tür. „Da bist du ja. Es ist Aimee King. Sie hat schon wieder einen Anfall, und Arabella braucht deine Hilfe. Sie sind beide im Cottage neben Finn und Ara."

Laylas ganzer Körper ging in Alarmbereitschaft. „Bin gleich da. Nimm die übliche Ausrüstung, und ich treffe dich am Cottage."

Mit einem Nicken schloss Logan die Tür. Layla öffnete schnell eine Schublade, nahm einen Satz Schlüssel und gab sie ihm. „Installiere, was du brauchst in meinem Haus. Ich muss Aimee helfen."

Er nahm die Schlüssel und tat sein Bestes, jede Enttäuschung zu verbergen. „Aye, das mach ich. Und nachdem ich alles in Ordnung gebracht habe, werde ich dich später suchen, um dir zu erklären, wie es funktioniert."

Mit einem knappen Nicken eilte Layla zu ihrer Arzttasche, nahm sie auf und verließ den Raum.

Chase legte die Finger um die Schlüssel. Er war sich ziemlich sicher, dass er Layla davon überzeugt hatte, dass er es wert war, bemerkt zu werden. Der Trick wäre, sicherzustellen, dass sie nicht versuchte, so zu tun, als wäre dieser Abend nie passiert.

Sein Drache schnaubte. *Aye, nun, wir werden sie morgen finden und sie daran erinnern, was bedeutet, dass wir Layla in ihrem Haus in die Enge treiben müssen. Sobald wir allein sind, können wir es erneut versuchen.*

Aye, du hast recht. Morgen kann nicht früh genug kommen.

Chase verließ das Büro, sammelte seine restlichen Werkzeuge ein und verließ die Krankenstation. Wenigstens würde er etwas Zeit in Laylas Haus haben. Nicht, dass er herumschnüffeln würde, aber ihr Duft wäre überall, was dazu beitragen sollte, sowohl Mann als auch Tier für eine Weile zu beruhigen, bis sie sie wiedersehen könnten.

Kapitel Drei

A ls Layla zu dem von Aimee King vorübergehend bewohnten Cottage fast rannte, schob sie langsam den Moment beiseite, den sie gerade mit Chase gehabt hatte.

Jedes Wort über sie und sein Verlangen nach ihr hatte wahr geklungen. Und er verhielt sich viel reifer, als es ein Zweiundzwanzigjähriger sollte.

Ihr Drache meldete sich zu Wort. *Sein Vater hat ihn vor ein paar Jahren verlassen, und er musste seiner Mutter mit ihrer Trauer helfen. Das ist wohl der Grund.*

Vielleicht. Aber ich spüre, dass er etwas zurückhält, etwas Wichtiges.

Doch bevor sie ihr Gespräch mit dem fraglichen Mann im Kopf noch einmal durchgehen konnte, erreichte sie das richtige Cottage und klopfte an die Tür. Sie öffnete sich sofort und enthüllte Holly MacKenzie, eine der Menschenfrauen, die sich mit

36

einem Lochguard-Drachenmann gepaart hatte. Und was noch wichtiger war, Holly war eine von Laylas Teilzeitkrankenschwestern.

Holly drängte sie herein. „Dieses Mal ist es schlimmer, Layla. Ich denke, sie durchlebt gerade einige ihrer schlimmsten Folterungen."

Layla ignorierte das Ziehen an ihrem Herzen. Aimee King stammte vom Clan Skyhunter im Süden Englands. Während ihr Bruder jetzt einer der Co-Anführer des Clans war, hatte der alte Herrscher extreme Maßnahmen ergriffen, um seine Macht zu behalten, solange er es konnte. Aimee war eine von vielen, die ins Gefängnis geworfen worden waren – ihre Drachen zum Schweigen gebracht und dann gefoltert, wenn sie ihre Loyalität nicht bekundeten. Während viele der älteren Clan-Mitglieder überlebt hatten und langsam weitermachten, war Aimee zu dieser Zeit erst achtzehn Jahre alt gewesen, noch nicht einmal vollständig reif nach Drachen-maßstäben.

Infolgedessen war Aimees Trauma schwer-wiegender.

Layla antwortete Holly: „Es ist riskant, ihr ein leichtes, weitestgehend drachenfreundliches Beruhi-gungsmittel zu geben. Wir müssen versuchen, den Kräutertee ihre Kehle hinunterzuzwingen, um sie zu beruhigen und sie schlafen zu lassen."

Layla hatte mit den Ärzten in Stonefire zusam-mengearbeitet, um den Tee zu entwickeln. Etwas Ähnliches hatte Arabella bekommen, als sie jünger gewesen war und mit ihrem eigenen PTBS zu tun gehabt hatte, weil sie in ihren Teenagerjahren von Drachenjägern in Brand gesetzt worden war.

Holly wackelte mit dem Kopf. „Ich habe das heiße Wasser bereit, und es wartet. Gib den Befehl, und ich sorge dafür, dass sie ihn selbst nimmt."

„Nein, Logan sollte es tun. Drachenwandler sind stärker als Menschen, so sicher ich auch bin, dass du dir das manchmal nicht wünschst. Außerdem können wir nicht zulassen, dass die Mutter der beiden zukünftigen Friedensstifter unserer Art durch einen zufälligen Schlag oder Tritt verletzt wird."

Holly verdrehte die Augen. „Nicht du auch noch! Die Zwillinge werden kleine Unruhestifter sein, wenn man von ihrem Vater ausgeht, aye. Aber nichts mehr."

Holly hatte Zwillingsmädchen, was unter Drachenwandlern extrem selten war. Auch wenn Layla nicht ganz an die Legenden glaubte, dass Zwillingsfrauen ihrer Art Friedenszeiten brachten, half es oft gegen Stress und Anspannung, die menschliche Mutter zu necken. Und ihre Angestellten etwas entspannt zu halten, war einer der vielen Aspekte von Laylas Job.

Das Geräusch von Knurren und etwas, das gegen die Wand schlug, wurde lauter, als sie die Tür eines der Zimmer erreichten.

Drinnen stand eine dunkelhaarige Frau in einer

Ecke, knurrte und schlug mit ihren Handflächen gegen die Wände.

Es war Aimee.

Etwa zwei Meter von dem unruhigen Mädel entfernt stand Arabella, die Gefährtin von Lochguards Clan-Anführer und die Hauptverantwortliche für Aimees Pflege.

Layla verlangsamte ihr Tempo, als sie den Raum betrat, und achtete darauf, Abstand von der instabilen Frau zu halten. Layla flüsterte Arabella zu: „Hat irgendetwas funktioniert, um sie zu beruhigen?"

Arabella hielt ihre Augen auf Aimee gerichtet, während sie antwortete: „Das Video meiner Tochter in Drachengestalt hat zuerst geholfen; ihr kleines quietschendes Brüllen hat Aimee davon abgehalten, das Bett mit den Krallen zu zerreißen. Aber sobald das Video zu Ende war, ist Aimee in die Ecke gesprungen, hat mit dem angefangen, was sie gerade macht, und nichts hat sie beruhigen können."

Layla nickte. Alle inneren Drachen handelten instinktiv, und selbst in der stillen Gestalt ihres Drachen musste das Bedürfnis, sich für ein Junges zu beruhigen, durch Aimee geflossen sein, weshalb das Video schon früher eingesetzt worden war.

Die Anwesenheit eines echten Kindes könnte sogar noch effektiver sein. Layla hatte jedoch nicht vor, irgendein Kind zu Aimee in ihrem jetzigen Zustand zu bringen, egal wie beruhigend es sein mochte.

Sie sagte zu Holly: „Finde Logan, damit wir ihr den Tee geben können."

Layla vertraute darauf, dass der Mensch ihren Befehl ausführen würde, und konzentrierte ihre ganze Aufmerksamkeit auf Aimee. Sie wartete darauf, dass die jüngere Frau ihrem Blick begegnete. Sobald sie es tat, legte Layla Dominanz in ihre Stimme, während sie dennoch sanft war. „Aimee, ich weiß, dass du mich hören kannst, aye? Allein mein Akzent sagt dir, dass ich nicht aus Skyhunter bin. Keiner der Männer, die dich verletzt haben, ist hier, und sie werden auch nicht in der Lage sein, dich zu erreichen."

Es funktionierte nicht immer, aber Aimee reagierte tendenziell positiver auf dominante Frauen als auf Männer. Kurz darauf wandte Aimee den Blick ab, während sie die Hände an die Seite fallen ließ, endlich ruhig.

Layla wagte einen Schritt nach vorn, aber die andere Frau knurrte, also blieb sie, wo sie war. „Alle hier wollen dir nur helfen, Mädel. Kannst du uns sagen, was passiert ist? Wenn ich etwas in meiner Macht habe, tue ich es, um dir zu helfen, Aimee. Aber du musst zuerst mit uns reden."

Die Frau hielt den Blick auf den Boden gerichtet, und Layla wartete geduldig.

Aimee hatte erst in den letzten Wochen angefangen, in kleinen Stücken zu reden. Eine große Verbesserung gegenüber ihrem früheren Zustand, als sie kein Wort hervorgebracht hatte, aber es war immer noch nicht genug für Layla oder Arabella, um die Ursache all ihrer Schrecken und Albträume wirklich zu entdecken. Schlechte Träume oder PTBS waren eine Sache. Aber wenn es ihr Drache war, der schreckliche Gedanken und Visionen aufblitzen ließ, war das eine andere.

Nein. Layla würde noch nicht an dieses Ergebnis denken, weil es bedeuten könnte, Aimees Drachen für immer zum Schweigen bringen zu müssen, damit sie nicht wild wurde.

Und Layla würde alles tun, um Aimees Drachen davon abzuhalten, wild zu werden. Diejenigen, die ihre inneren Tiere nicht kontrollieren konnten, wurden normalerweise von der menschlichen Regierung gejagt und getötet.

Sie spürte, wie sich der Drache in ihrem Geist bewegte, aber still blieb. Ihr inneres Tier wusste, dass es Laylas Pupillen nicht verändern und Aimee in einen weiteren hysterischen Zustand versetzen durfte – sie alle hatten diese Lektion schon früh gelernt.

Nach einer vollen Minute fragte Layla sanft: „War es ein Alptraum?"

Aimee schüttelte nur einen Bruchteil den Kopf, aber es war genug. Also fuhr Layla fort: „Schlechte Erinnerungen?"

Aimee ballte ihre Hände zu Fäusten, und sie nickte, als eine Träne über ihre Wange hinunterrollte.

Layla wollte nichts mehr, als zu ihr zu gehen und

das Mädel zu umarmen, aber sie hielt sich zurück. Aimee zu berühren würde die Situation nur noch schlimmer machen.

Stattdessen sprach sie also sanft weiter und musste mindestens noch eine Frage stellen, auch wenn es dem Mädel ein wenig Kummer bereiten würde. „Und hat dein Drache mit dir geredet oder dich dazu bringen wollen, dich noch schlechter zu fühlen?"

Aimee verkrampfte sich in der Ecke des Zimmers, und Layla hielt den Atem an. Die nächste Minute würde ihr sagen, ob Aimee sich tatsächlich verbessert hatte oder nicht. Denn wenn sie schweigen würde, sich zu einer Kugel zusammenrollte und alle wieder ausschloss, wäre das Mädel nicht viel besser dran als bei seiner Ankunft.

Auch wenn es Laylas Aufgabe war, keinen Schaden anzurichten, könnte diese kleine Bestimmung vorübergehend in Vergessenheit geraten, wenn sie jemals den Bastarden gegenüberstand, die Aimee King wehgetan hatten.

Schließlich sprach Aimee, ihre Stimme kaum mehr als ein Murmeln: „Nein, kein Drache. Er ist immer noch still."

Layla stieß innerlich einen erleichterten Seufzer aus. Sie konnte mindestens einen weiteren Tag positiv über Aimees Zukunft denken.

Sie antwortete: „Danke, Aimee." Aus ihrem Augenwinkel sah Layla Logan in der Tür, der einen Becher hielt. Sie fuhr fort: „Du erinnerst dich an

Logan, aye? Er hat dir einen speziellen Tee gebracht, der dir hilft, ohne Albträume zu schlafen." Aimees Augen weiteten sich, aber Layla sagte eilig: „Der Tee schadet dir nicht. Versprochen. Schau."

Layla ging durch den Raum zur Tür, nahm Logan den Becher ab und kehrte an die Stelle zurück, wo sie vorher gestanden hatte. Sie nahm rasch einen Schluck von dem heißen, bitteren Tee. „Siehst du? Es hilft dir nur, dich zu entspannen. Nichts mehr."

Aimees Blick zuckte zu Logan und wieder weg. Das Mädel hatte Probleme mit den meisten Männern und hatte gelernt, Logan zu tolerieren, falls nötig. Allerdings würde sie noch zurückhaltender werden, wenn er hereinkäme.

Eine Art Dilemma, da Layla manchmal die Stärke eines männlichen Drachenwandlers brauchte, um Aimee davon abzuhalten, sich selbst zu verletzen.

Layla konzentrierte sich ausschließlich auf das unruhige Mädel und hielt den Becher hin. „Wenn du ihn selbst trinkst, dann kann Logan da drüben bleiben. Er kommt nur rein, wenn du dich weigerst."

Eine Sekunde verging, und dann die nächste. Schließlich eilte Aimee herbei, nahm den Becher und ging zurück in ihre Ecke.

Sie trank leise den Tee, Layla scheuchte Logan und Holly von der Tür weg, und sie schlossen sie hinter sich. Als nur noch sie und Arabella bei dem Mädel waren, sprach Layla wieder. „Du wirst dich bald schläfrig fühlen. Soll ich oder soll Ara dir ins Bett helfen?"

Aimee zögerte nicht. „Ara."

„Aye, dann lasse ich euch beide allein." Sie ging zur Tür, hielt jedoch inne, bevor sie sie öffnete. „Es sei denn, du möchtest mir noch etwas anderes sagen, Aimee?"

Jedes Mal, wenn Layla die Frage stellte, hoffte sie auf eine Antwort.

Aimee schüttelte jedoch den Kopf und beendete ihren Tee. Layla nahm das als ihr Stichwort, ließ die beiden Frauen allein und ging zur Küche.

Ihr Drache meldete sich endlich zu Wort. *Es geht ihr nicht schlechter. Das ist doch schon mal was.*

Ich weiß. Ich wünschte nur, sie würde den Psychologen aufsuchen.

Drachenwandler-Psychologen waren sogar noch seltener als Ärzte. Es gab nur zwei im ganzen Vereinigten Königreich, und keiner war aus Lochguard.

Und aus welchem Grund auch immer, aber Aimee war nur mit Drachenwandlern warm geworden, die in Lochguard lebten.

Ihr Drache erwiderte: *Wir und Ara tun unser Bestes. Und Aimee geht es besser. Freu dich über den Fortschritt, den sie bisher gemacht hat, und akzeptiere, dass nicht einmal du Wunder vollbringen kannst, egal, wie sehr du es versuchst.*

Layla grunzte, antwortete aber nicht, als sie in die Küche kam. Holly und Logan hatten das Zimmer gereinigt und die notwendigen medizinischen Vorräte für fast jeden Notfall mit Aimee aufgefüllt.

Holly war die Erste, die sich äußerte. „Du hast sie beruhigt, was eine Erleichterung ist. Ich hasse es, sie zu irgendwas zwingen zu müssen."

Logan bot Layla eine Tasse schwarzen Tee an, und sie nahm sie dankbar. Nach einem Schluck der heißen, bitteren Flüssigkeit antwortete sie: „Alles, was wir tun können, ist, es einen Tag nach dem anderen anzugehen. Obwohl, wenn sie redet und Stück für Stück mehr enthüllt, könnte es mir weitere Hinweise geben, wie ich sie behandeln soll."

Holly fragte: „Haben Sid und Gregor etwas von den anderen Ärzten erfahren?"

Sid und Gregor, die Chefärzte von Stonefire und ein Paar, versuchten, eine weltweite gemeinsame und vernetzte Datenbank für Drachenwandlerärzte zu erstellen. Layla fragte oft nach ihrem Fortschritt, in der Hoffnung, einige ihrer Methoden nutzen zu können, um eines Tages auch menschliche Ärzte zu erreichen. „Nein, noch nicht. Aber wir werden es weiter versuchen. Keine Sorge."

Sie plauderten ein wenig über Clannachrichten, bis Arabella in der Küche erschien. Ohne Umschweife sagte sie: „Ich will, dass Aimee Freya kennenlernt."

Freya war Arabellas kleine Tochter. Layla blinzelte. „Was?"

Arabella zuckte mit den Schultern. „Das ist kein so seltsamer Vorschlag. Schließlich funktioniert das

Video gut bei Aimee, und ich denke, das echte Kind könnte ihr noch mehr helfen. Wenn Freya da ist, könnte sie sogar anfangen, noch mehr zu reden. Wir werden es nicht wissen, bis wir es versuchen."

Freya war noch nicht einmal ein Jahr alt und hatte viel früher als gewöhnlich begonnen, sich in einen Drachen zu verwandeln. Dadurch war sie der Liebling des gesamten Clans, aber besonders ihres Vaters. Layla antwortete: „Finn wird das nie zulassen, aye? Und ich werde ihm das nicht vorschlagen."

Arabella winkte das mit einer Hand ab. „Ich überzeuge ihn, es zu tun, auch wenn es ein oder zwei Tage dauert. Er weiß, dass ich Freya nie absichtlich in Gefahr bringen würde. Und seine Aufgabe besteht darin, dem Clan zu helfen, genau wie du es tust, Layla, wenn auch auf andere Weise. Auch wenn Aimee nur zu Gast ist, spielt das keine Rolle für Finn. Jeder hier ist seine Verantwortung, Ende der Geschichte."

Layla seufzte, als sie ihre Tasse auf den Tresen stellte. „Aye, das weiß ich gut, Ara. Aber Freya in ihrer Drachengestalt aus nächster Nähe zu sehen, könnte Aimees Tier reizen, und wir haben keine Ahnung, wie sie sich verhalten wird, wenn es endlich rauskommt."

Holly meldete sich. „Dann soll Aimee zuerst Freya durch ein Fenster sehen. So kann alles eingedämmt und überwacht werden. Wenn es gut geht, können wir es mit immer geringerer Entfernung versuchen, bis wir sicher sind, dass sie Freya im selben Raum aushalten kann."

Layla sah die Menschenfrau an. „Die Situation könnte Aimee nicht nur jederzeit zurückwerfen, sondern es könnte Freya schließlich gefährden."

Holly zuckte mit den Schultern. „Alles würde sehr vorsichtig ablaufen. Und wir werden nicht wissen, ob die Interaktion mit Freya Aimee hilft oder nicht. Außerdem habe ich gehört, dass auch Arabella ungewöhnliche Methoden gebraucht hat, um vollständig aus ihrer Schale zu kommen. Vorsichtig mit Aimee zu sein, hat ein wenig geholfen, aber Videos von Freya in ihrer Drachengestalt sind die einzigen Dinge, die jedes Mal funktionierten, zuverlässig. Es lohnt sich, es zu versuchen."

Als Layla zwischen Arabella und Holly hin und her sah und über ihren Vorschlag nachdachte, meldete sich ihr Drache zu Wort. *Versuch es wenigstens durch das Fenster. Wenn die Erfahrung negative Auswirkungen hat, ist es besser, es jetzt zu tun, als Monate später, wenn es jede andere Art von Fortschritt hinfällig machen würde.*

Layla widersetzte sich einem inneren Knurren. *Ich hasse es zu raten und nicht zu wissen, was geschehen wird. Gib mir jemanden im Operationssaal oder ein krankes Kind, und ich weiß, was ich tun muss. Aber die Situation mit Aimee? Ich könnte ihr Leben für immer ruinieren, mit einem einzigen Fehler.*

Ihr Drache schnaubte. *Hör auf! Wir helfen.*

Verdammt, sie hat zum ersten Mal, seit sie aus dem Skyhunter-Gefängnis entlassen wurde, angefangen zu reden. Das an sich ist schon ein großer Schritt und wahrscheinlich eines der wichtigsten Werkzeuge für die Zukunft. Ich denke, wir können ihr helfen, noch mehr zu heilen.

Arabella fragte: „Und? Was sagt dein Drache?"

Layla sah die andere Frau an und sagte: „Natürlich ist er auf deiner Seite. Das ist er fast immer."

Arabella nickte lächelnd. „Gut, dann mache ich mich an die Arbeit bei Finn. Wir können auf einen von Aimees besseren Tagen warten, um es auszuprobieren."

„Werde ich hier überhaupt gebraucht?", fragte Layla gedehnt.

Holly schnaubte. „Aye, natürlich. Das hier ist doch Teamarbeit." Bevor Layla antworten konnte, kam der Mensch zu ihr und drückte sie sanft zur Tür. „Und auch wenn wir normalerweise deine Gesellschaft mögen, geh nach Hause. Du brauchst Schlaf. Ich weiß, du bist seit mehr als einem Tag wach, Layla. Pass auf dich auf. Logan, die anderen und ich werden für eine Weile die Stellung halten."

Bei der Erwähnung von Müdigkeit fühlte sich Laylas ganzer Körper schwer an, und jeder Wunsch, dagegen anzukämpfen, verflüchtigte sich. Ihr Pflege- und Betreuungspersonal gehörten zu den wenigen, die wussten, wie viel Layla tagein, tagaus arbeitete. „Nur für eine Weile, um meinen Geist zu erfrischen.

Aber ruf mich auf jeden Fall an, wenn irgendwas passiert, egal was."

„Natürlich", sagte Holly. Sie zeigte zum Ausgang. „Und jetzt geh!"

Der Mensch kommandierte Layla nur herum, wenn sie sich ausruhen musste. Und sie würde nicht widersprechen. „Aye. Nun, ich seh' dich dann später."

Als sie das Cottage verließ, ging sie in Richtung der Krankenstation. Sie war zu müde, um sich mit Chase abzugeben, also benutzte sie das Zimmer in der Chirurgie mit einem Bett, das sie vorbereitet hatte, für wann immer sie es brauchte.

Ihr Drache knurrte. *Feigling*.

Sie ignorierte ihr Tier, schaffte es irgendwie zum Bett, legte sich hin und schlief sofort ein.

Kapitel Vier

Nachdem er die notwendige Ausrüstung in ihrem Cottage installiert hatte, hatte Chase auf Layla gewartet. Aber als sie über eine Stunde lang nicht auftauchte, nachdem er die Arbeit beendet hatte, war er nach Hause gegangen, um zu schlafen.

Und obwohl er am nächsten Morgen eine SMS geschickt hatte, in der er Layla gefragt hatte, wann er vorbeikommen und erklären sollte, wie die Ausrüstung funktionierte, hatte er auch einige Tage später noch nichts von ihr gehört.

Sie musste ihm aus dem Weg gehen.

Sein Drache meldete sich zu Wort. *Sie ist immer beschäftigt. Sie wird sich bei uns melden, wenn sie bereit ist.*

Deine Geduld ist überraschend, wenn man bedenkt, wie du dich vor ein paar Nächten benommen hast.

Es ist leichter, Geduld zu haben, wenn Layla nicht direkt vor uns ist. Ihr Geruch macht süchtig, und rationale Gedanken bleiben dabei auf der Strecke.

Was bedeutet, dass ich der Erwachsene sein muss von uns beiden, wenn wir sie endlich wiedersehen.

Sein Tier schnaubte. *Ich bin auch erwachsen. Und häufiger als du sogar.*

Bevor Chase antworten konnte, erreichte er das Cottage seiner Mom. Es war das wöchentliche Abendessen, an dem er und sein Bruder – und jetzt auch Grants Gefährtin – immer teilnahmen, wenn möglich.

Da sein Bruder nicht bemerken sollte, dass ihm etwas durch den Kopf ging, packte Chase sorgfältig seine Gedanken an Layla beiseite. Vielleicht war das Abendessen genau das, was er brauchte, um die Frau für eine Weile zu vergessen. Schließlich war es lustig, mit seiner Schwägerin zu flirten, um seinen älteren Bruder zu verärgern. Grants Zorn kochte nicht oft hoch, aber Chase war einer der wenigen, die ihn heraufbeschwören konnten, zusammen mit Grants Gefährtin Faye.

Wenn er und Faye sich also gegen Grant zusammenschlossen, war es der Himmel für einen jüngeren Bruder, der versuchte, den Älteren zu necken.

Wie immer war die Eingangstür offen, und er betrat das alte Steinhaus, in das seine Mutter vor etwas über einem Jahr gezogen war. Er hatte kaum zwei Schritte hineingemacht, als er eine vertraute weibliche Stimme hörte, eine, die nicht seiner Mutter, sondern Layla gehörte. „Ich sollte wirklich nicht bleiben, Gillian. Ich wollte nur vorbeischauen, dir das neue Rezept geben und nach deinen Kopfschmerzen sehen. Es ist mein Job und mir ein Vergnügen, das zu tun. Kein Grund, dich mit irgendwas dafür zu bedanken."

Die leise Stimme seiner Mutter kam durch den Flur. „Das ist für mich keine Mühe, Mädel. Ich mache immer ziemlich viel Essen, um meine Söhne und meine schwangere Schwiegertochter sattzubekommen. Man könnte wahrscheinlich eine kleine Armee mit allem versorgen, was ich gemacht habe, und es werden immer noch Reste übrig bleiben. Ein Mund mehr macht keinen Unterschied."

Einerseits konnte Chase nicht anders, als zu lächeln. Seitdem seine Mutter Zeit mit George MacLeod verbracht hatte – Arabellas Vater und ein ungebundener Mann, der kürzlich nach Lochguard gezogen war –, war sie glücklicher und weniger schüchtern. Die Veränderung bedeutete jedoch, dass seine Mum gerade Chases wahre Gefährtin zum Abendessen einlud.

Wenn es seiner Mutter gelang und Chase den ganzen Abend in der Nähe von Layla sitzen musste, würde Grant die Wahrheit wahrscheinlich ziemlich schnell bemerken. Sein Bruder war zu verdammt aufmerksam.

Und das Letzte, was Chase wollte, war, Rat und

Belehrung von seinem Bruder zu hören. So sehr er Grant liebte, er und Chase waren zwei sehr unterschiedliche Personen, weswegen es keine Überraschung war, dass ihre wahren Gefährtinnen es auch waren. Was bei Faye funktioniert hatte, würde es nicht bei Layla tun.

Er stürmte in die Küche, aber sein Bruder und seine Schwägerin betraten das Haus, bevor er mehr als ein paar Schritte machen konnte. Grants Gefährtin Faye sagte: „Oh, Chase, du bist schon hier! Komm, gib deiner Lieblingsschwester eine Umarmung!"

Grant seufzte. „Du bist die einzige Schwester, die er hat, und nur durch Paarung."

Faye schnaubte. „Ich glaube, du hast zu viel mit meinen Brüdern rumgehangen. Das klingt nach etwas, das Fergus sagen würde."

Mit einem Lächeln im Gesicht wandte sich Chase Faye und Grant zu.

Faye lächelte fast immer und war voller positiver Energie. Obwohl ihre Anwesenheit bedeutete, dass er seine Mutter nicht davon abhalten konnte, Layla zum Essen zu überreden, konnte er nicht wütend auf seine Schwägerin sein. Wenn sie die Wahrheit über Layla wüsste, würde sie zweifellos alles in ihrer Macht Stehende tun, um ihm zu helfen, und noch mehr.

Was trotz ihrer guten Absichten bald Ärger bedeuten würde.

Nachdem er sie kurz umarmt hatte, sah er seinen

Bruder an. „Ich bin überrascht, dass du nach mir hier bist, Mr. Pünktlich."

Grant grunzte, und Faye lachte, bevor sie sagte: „Es ist meine Schuld. Er hat mir bei, äh, was geholfen."

Angesichts dessen, wie rot Fayes Wangen wurden, hatte Chase so das Gefühl zu wissen, was sie getan hatten. Und sehr wenig Kleidung wäre beteiligt gewesen.

Sein Drache meldete sich zu Wort. *Das könnten wir auch bald mit Layla machen, wenn du ihr nur die Wahrheit sagtest.*

Richtig, und danach nimmt sie direkt Reißaus in die Berge.

Faye schob Chase sanft den Flur hinunter. „Komm, lass uns gehen. Ich komme um vor Hunger."

„Ich würde dich ja gern damit aufziehen, dass du für zwei Seelen isst, aber du hast schon für zwei gegessen, bevor du schwanger warst", bemerkte Chase.

„Aye, und ich werde es auch danach tun. MacKenzies lieben nun mal ihr Essen, und im Gegensatz zu anderen ermutigen wir die Männer nicht, weiterzuessen, während wir den Frauen sagen, dass sie sich zurückhalten sollen." Sie hob ihr Kinn einen Bruchteil. „Es gibt oft ein Gerangel zu Hause bei meiner Mum, aber meistens gewinne ich und erwische mehr Essen als meine Brüder. Obwohl es mir egal ist, ob mein Kleines ein Mädchen oder ein Junge ist, wird er oder sie wissen, wie man die

Cousins verprügelt, wenn es um das Abendessen geht."

Chase schmunzelte darüber, wie stolz sie klang. „Wann ist das nächste MacKenzie-Abendessen, damit ich aufpassen und mir deine Moves ansehen kann? In der Vergangenheit habe ich immer über die Essenskämpfe gelacht."

Grant schubste ihn. „Keine Essenskämpfe mehr. Letztes Mal hatte Faye ein Veilchen."

Faye verdrehte die Augen. „Das war ein kleiner Bluterguss von einem Stück Käse. Ich bezweifle, dass Mum den wieder servieren wird, wenn man bedenkt, wie du geknurrt und Fraser bedroht hast."

Grant kniff die Augen zusammen. „Nur weil Frasers Gefährtin nicht mehr schwanger ist, heißt das nicht, dass er vergessen kann, wie es ist, eine Frau zu beschützen, die es ist. Wenn er mich provoziert, beschütze ich das, was mir gehört."

Faye hob eine Augenbraue in Richtung ihres Gefährten. „Ich möchte gern denken, dass ich mich gegen meinen Bruder wehren kann. Ich habe es zwanzig Jahre vor dir ganz gut hingekriegt."

„Da warst du aber auch nicht schwanger."

Als die beiden sich anstarrten und eine Art nonverbales Gespräch führten, entschied Chase, dass er es unterbrechen musste. Normalerweise endete das Anstarren damit, dass sein Bruder ein Ultimatum stellte oder einen Befehl gab – was bei Faye nie funktionierte, daher hatte Chase keine Ahnung, warum er es immer wieder tat und einen

Streit damit provozierte. Also nahm er beide an der Hand und zog sie mit. „Kommt. Mum wartet wahrscheinlich auf uns und wird Hilfe beim Tischdecken brauchen."

Die Erwähnung, dass ihre Mutter Hilfe brauchte, wirkte. Grant schloss den Mund, riss sich von Chase los und legte eine Hand an Fayes Rücken und die andere über ihren fast hochschwangeren Bauch.

Sein Drache schnaubte. *Er benimmt sich viel besser, seit er Faye gepaart hat.*

Fayes Anwesenheit hilft, aye. Aber er würde Mum niemals Kummer bereiten, ob gepaart oder nicht, und das weißt du.

Seit ihr Vater sie alle vor ein paar Jahren verlassen hatte, hatten er und sein Bruder einen Pakt geschlossen, um mehr als zuvor zu versuchen, ihre Mutter glücklich zu machen. Es funktionierte nicht immer – Chase liebte es, seinen Bruder manchmal zu piesacken, was ihre Mutter die Stirn runzeln ließ – aber sie benahmen sich für den Moment.

Als sie sich der Küchentür näherten, erreichte Laylas Duft seine Nase. *Verdammt!* Sie war noch hier.

Das würde das schwierigste Abendessen seines Lebens werden. Im Gegensatz zu seinem Bruder war Chase nicht zum Soldaten oder Anführer geboren, der bei Bedarf die Emotionen unter Kontrolle hielt. Verdammte Hölle, es hatte ihn alles gekostet, die Wahrheit vor seiner wahren Gefährtin geheim zu halten. Er konnte sich nicht vorstellen, es regelmäßig mit allen Kleinigkeiten zu tun.

Sein Drache meldete sich zu Wort. *Sei dein normales Ich. Jeder im Clan weiß, dass du ständig vorbeigekommen bist, um Layla bei der Arbeit zu sehen und ihr kleine Geschenke zu bringen. Wenn du dich jetzt distanziert verhältst, wird Grant das auch bemerken.*

Er seufzte innerlich. *Verdammt, wenn ich es tue, verdammt, wenn ich es nicht tue.*

Aye, scheint so. Deshalb solltest du ihm einfach die Wahrheit sagen, und sie annehmen.

Still, Drache, oder ich werde ein mentales Labyrinth machen und dich da reinwerfen.

Ich würde dich ja provozieren, aber es ist ein paar Tage her, seit wir Layla gesehen haben. Also werde ich mich vorerst benehmen.

Sein Tier verstummte, und Chase ging in die Küche und begegnete gleich Laylas Blick. Er lächelte sie an, bevor er die dunklen Ringe unter ihren Augen und ihr zerzaustes Haar wahrnahm. In letzter Zeit hatte sie schon wieder zu viel gearbeitet.

Der Drang, sich um sie zu kümmern, schwamm durch seinen Körper, aber Chase widersetzte sich. Er musste sie zuerst gewinnen und sich dann wie ihr Gefährte verhalten und nicht umgekehrt. Layla war eine dominante Frau, die mehr Pflege benötigte.

Natürlich war Chase bereit für die Herausforderung.

Layla hatte gehofft, so schnell wie möglich nach Gillian McFarland sehen und gehen zu können, bevor einer ihrer Söhne auftauchte. Zumal ihre Söhne manchmal zum Abendessen vorbeikamen, aber es war nicht immer der gleiche Tag oder die gleiche Uhrzeit.

Wenn Layla nur nicht morgens bei einem der Kinder gebrochene Knochen hätte richten müssen, hätte sie vielleicht früher vorbeikommen können.

Aber das hatte nicht funktioniert. Und deshalb stand sie jetzt in Gillians Küche, stimmte zu, zum Abendessen zu bleiben, und fragte, was sie tun könnte, um zu helfen.

Ihr Drache meldete sich zu Wort. *Das wird Spaß machen. Und weniger angespannt sein als unsere Familienessen.*

Seit der Funkstille ihrer Schwester vor fünf Jahren, war die alte Kameradschaft mit ihren Eltern nach einem Streit zu viel zwischen ihr und ihnen fast verschwunden. Layla konnte sich nicht einmal erinnern, wann sie das letzte Mal länger als ein paar Minuten ein Gespräch geführt hatten. *Ich bezweifle irgendwie, dass es weniger angespannt oder angenehm wird. Wir sind Chase aus dem Weg gegangen, und es wird schwer sein, die Balance dazwischen zu finden, ihm Aufmerksamkeit zu schenken und ihn gleichzeitig zu ignorieren, damit Faye und Grant nicht misstrauisch werden.*

Ihr Drache grunzte. *Nicht wir, du bist ihm aus dem Weg gegangen. Und ich habe auch nicht versprochen, keine nackten Bilder von ihm aufblitzen zu lassen.*

Das ist nicht gerade hilfreich. Grant und Faye werden es sicher bemerken, wenn du mich erröten lässt.

Und? Ist ja nicht so, als würden sie es dem ganzen Clan erzählen.

Sie widerstand einem Seufzer. *Du siehst alles in Schwarz und Weiß, Drache. Faye erzählt ihrer Familie fast alles, was nichts mit der Clan-Sicherheit zu tun hat. Und wenn es ihr rausrutscht und ihre Mum davon hört, wer weiß, was passiert.*

Fayes Mutter, Lorna MacKenzie, wusste alles über jeden in Lochguard, in einem beunruhigenden Grad. Eine wunderbar gutherzige Frau, die um den größten Klatsch innerhalb des Clans konkurrierte.

Bevor Layla sich jedoch mehr Sorgen machen konnte, kam Chase lässig in die Küche.

Oder zumindest versuchte er, so zu wirken. In der Sekunde, in der sein Blick ihren traf, blitzten seine Pupillen auf, und ihr Herz setzte einen Schlag aus. Die Nacht, als sie nahe beieinander gestanden hatten, nur wenige Zentimeter voneinander entfernt, kam zurück.

Seine Hitze, sein Duft, sein schwelender Blick, der ihre Knie schwach gemacht hatte. Wie er sich vorgebeugt hatte, fast als wollte er sie küssen. Und wie sie so nah daran gewesen war, ihn zu lassen.

Hör auf, Layla. Egal, was passiert ist, kein Erröten, erinnerte sie sich.

Ihr Drache saß still, aber selbstzufrieden hinten in ihrem Kopf.

Chase sagte: „Hallo, Layla. Ich wusste gar nicht, dass du hier bist."

Gillian McFarland ging zu ihrem Sohn und küsste seine Wange. „Ich habe sie zum Abendessen eingeladen, als Dankeschön, weil sie mir meine Medizin gebracht hat."

Layla schwor, gesehen zu haben, wie Gillian ihrem Sohn zuzwinkerte, aber sie schob es beiseite. Wenn seine Mutter versuchte, sie zu verkuppeln, würde das alles noch schwieriger machen.

Ihr Drache lachte nur.

Entschlossen, die Welt nicht über ihre Zukunft entscheiden zu lassen, ignorierte Layla das Mutter-Sohn-Paar und wandte sich Faye zu. „Läuft alles gut mit dem Kleinen?"

Faye legte eine Hand auf ihren großen, runden Bauch. „Aye, die meiste Zeit." Faye trat näher, um zu flüstern: „Obwohl ich eine Pause von meinem notgeilen Tier vertragen könnte."

Layla verkniff sich ein Lächeln. „Wenn eine Paarung noch neu ist – und eure ist weniger als ein Jahr alt –, kommt das in der Regel vor. Natürlich, wenn die Paarbindung stark genug ist, wird es vielleicht nie verschwinden."

Faye seufzte. „Ich mag eine gute Nummer

genauso wie jeder andere, aber ich mag es auch, gelegentlich arbeiten zu können."

Grant kam an Fayes Seite und sagte sanft: „Du musst nicht so viel arbeiten, Liebes. Cooper kann mir helfen, bis das Kleine geboren ist."

Faye sah Grant mit verengten Augen an. „Wenn du denkst, nur, weil die Ärztin hier ist, werde ich nicht meine wahren Gefühle darüber aussprechen, wer weiß wie viele Monate untätig sein zu müssen, bis du es für sicher genug hältst, mich wieder arbeiten zu lassen, dann kennst du mich überhaupt nicht, Grant McFarland."

Grant beugte sich vor, um etwas zu flüstern, das Layla nicht hören konnte. Als Fayes Körper sich entspannte, tat Layla es auch. Auch wenn sie wusste, dass die beiden gerne stritten und sich immer wieder versöhnten, konnte die Ärztin in ihr nicht anders, als sich um das ungeborene Kind zu sorgen. Zumal sie – nur Layla und ihre Krankenschwestern kannten das Geschlecht des Kleinen, wie es in der Tradition der Drachenwandler üblich war – jederzeit kommen konnte und Layla es vorziehen würde, kein Kind auf die Welt holen zu müssen, wenn Chase in der Nähe war, um sie abzulenken.

Ihr Drache seufzte. *Faye wird es gut gehen. Fang nicht auch an, sie wie eine Porzellanpuppe zu behandeln.*

Werde ich nicht. Aber es ist mein Job, an ihre Gesundheit zu denken, und manchmal bedeutet das, dass der Patient es ruhig angehen muss, egal ob er männlich oder weiblich ist.

Gillians Stimme erregte ihre Aufmerksamkeit. „Layla, könntest du Chase mit dem Besteck helfen? Normalerweise würde ich einen Gast nicht darum bitten, aber ich versuche, die Messer von meinem ältesten Sohn und seiner Gefährtin fernzuhalten, damit nicht einer von ihnen versucht, den anderen zu beeindrucken, indem er es auf ein Ziel wirft."

Faye grinste. „Das war nur das eine Mal, Gillian, und ich habe Grant meinen Standpunkt bewiesen. Er wird nie wieder an meiner Treffgenauigkeit mit einer Klinge zweifeln."

Grant grunzte. „Und wenn ich damit durchkommen könnte, würde ich sicherstellen, dass wir überhaupt keine Messer im Haus haben. Aber wenn man bedenkt, wie gern du Steak derzeit magst, wird das nicht passieren."

Faye lächelte süßlich. „Wir sind Drachenwandler, Grant. Ich würde das Fleisch mit einer Kralle schneiden, wenn du jemals so übervorsichtig wirst."

Chase mischte sich ein. „Aye, und ich bin sicher, dass sie auch mit denen vertraut ist, Bruder. Wenn ihr eine eurer Knutsch-Sessions habt, würde ich an deiner Stelle auf die Hände an deinem Po aufpassen."

Gillian schnalzte mit der Zunge. „Chase, hör auf. Wir haben einen Gast, und ich bin ziemlich sicher, dass sie vor dem Essen nichts über Genitalien hören will."

Laylas Drache lachte. *Wenn es um Chase ginge, dann wäre ich ganz Ohr. Fügen wir noch seinen harten Schwanz hinzu, damit wir ihn lecken können, und ich wäre gleich zufrieden.*

Sie ignorierte ihren Drachen, wandte sich Chase zu und tat ihr Bestes, nonchalant zu wirken. „Wo ist das Besteck?"

Er flüsterte laut, für den dramatischen Effekt. „Cleveres Mädel. Halten wir es so lange wie möglich von Faye fern."

Faye knurrte, aber Chase ignorierte die Frau, packte Laylas Hand und zog sie zu einer Schublade. Obwohl drei andere zuschauten, konnte sie nicht ignorieren, wie seine Haut an ihrer eine Hitze durch ihren Körper schickte.

Seine warmen, rauen Hände, von denen sie gern hätte, dass sie jeden Zentimeter ihrer Haut streichelten.

Nein. Sie konnte nicht zulassen, dass ihre Gedanken diesen Weg einschlugen.

Als er endlich ihre Hand losließ, musste sie sich zusammenreißen, um sie nicht schnell wegzuziehen, als wäre sie verbrannt worden.

Chase musste etwas bemerkt haben, denn er hob sofort fragend eine Augenbraue.

Sie schüttelte den Kopf einen Bruchteil, in der Hoffnung, er würde ihren Hinweis verstehen, es nicht anzusprechen.

Er öffnete die Schublade und fing an, ihr Gabeln und Messer zu reichen. „Wir behalten die Messer auf unserer Seite des Tisches, bis Faye unbedingt eines braucht." Faye protestierte mit einem Geräusch, aber Chase fuhr fort, bevor sie ein Wort sagen konnte. „Ich liebe dich, Schwester, aber auch wenn mein Bruder, meine Mum und ich alle an die Verrücktheit der Abendessen deiner Familie gewöhnt sind, ist dies für Layla wahrscheinlich das erste Abendessen inklusive einer MacKenzie. Ich möchte nicht, dass sie irgendeine Verletzung davonträgt, weil du versuchst, mit einem Messer ein Brötchen von Grants Kopf zu werfen wie beim letzten Mal."

Layla blinzelte. „Wie bitte?"

Faye winkte das mit einer Hand ab. „Grant hat gewettet, dass ich es nicht schaffe, also habe ich ihm bewiesen, dass ich es kann. Mein Gefährte kann so stillstehen wie ein Stein, was auf jeden Fall geholfen hat."

„Aye, obwohl es keine Erfahrung ist, die ich in Kürze wiederholen möchte", sagte Grant.

Als sie anfingen, die Details des Messerwerfens zu erzählen, versuchte Layla mitzukommen. Sie hatte die Gerüchte über die MacKenzie-Abendessen gehört, aber nie konkrete Details. Wenn Fayes Messerwerfen die Spitze des Eisbergs war, sollte sie vielleicht eine Art Gesundheitswarnung aussprechen. Oder sie könnte drohen, niemanden zu behandeln, der bei besagten Abendessen verletzt wurde, um ein besseres Verhalten zu fördern.

Ihr Drache lachte. *Als ob das funktioniert. Ganz*

zu schweigen davon, dass du einen Verletzten nicht leiden lassen könntest.

Aber ich sollte etwas versuchen, als zusätzliche Vorsichtsmaßnahme.

Nein, denk jetzt nicht an die Arbeit. Versuch nur einmal, Spaß zu haben. Es wird nicht wettmachen, dass ich nicht genug Sex habe, aber wenigstens wird es eine gute Ablenkung sein.

Chase flüsterte ihr leise ins Ohr: „Komm. Sie sind vielleicht noch eine gute Stunde lang miteinander beschäftigt, und ich weiß, dass du mehr essen solltest. Legen wir das Besteck hin, und schnappen wir uns die besten Teile."

Bevor sie antworten konnte, legte Chase eine Hand an ihren unteren Rücken und führte sie ins angrenzende Esszimmer.

Angesichts der Tatsache, dass Layla normalerweise diejenige war, die andere herumführte und Stärke anbot, war es seltsam, auf der Empfängerseite zu sein. Selbst wenn Chase es nicht absichtlich tat, massierten seine Finger ihren unteren Rücken und lösten bei jedem Mal ein wenig ihrer Spannung.

Als sie allein in dem kleinen Raum waren, der mit einem großen Esstisch, Stühlen und mehr Regalen gefüllt war, in denen menschenförmiger Nippes aufbewahrt wurde, als Layla je gesehen hatte, schloss Chase schnell die Tür und fragte: „Warum bist du mir aus dem Weg gegangen, Mädel?"

„Bin ich nicht", sagte sie automatisch, als sie versuchte, zurückzutreten.

Chase drückte die Hand etwas fester in ihren Rücken und hielt sie an Ort und Stelle. „Du lügst. Willst du nicht die Ursache deines Problems herausfinden? Die benötigten Beweise sind möglicherweise bereits verfügbar und bereit, beobachtet und bemerkt zu werden."

Obwohl sie es zu schätzen wusste, dass Chase die Tatsache vage hielt, dass jemand Vorräte aus der Krankenstation klaute, hatten sie nur Sekunden, bevor jemand anderes hereinkommen würde. Also sagte sie: „Ich hatte extrem viel zu tun."

„Und?", fragte er leise. „Hängt das mit deinem Kommentar darüber zusammen, dass es dich brechen könnte, wenn du nachgäbest?"

Sie sah ihm in die Augen, überrascht, dass er sich an ihre Worte vom letzten Mal erinnerte, dass sie allein gewesen waren.

Ihr Drache gähnte. *Er ist aufmerksam. Chase mag kein Beschützer sein, aber er bemerkt alles an uns. Erinnert sich vielleicht sogar an alles.*

Zum ersten Mal begann ein seltsames Kribbeln in Laylas Hinterkopf.

All die Besuche, der Kaffee, die Geschenke von Chase, kombiniert mit seiner Entschlossenheit, sie für sich zu gewinnen, trotz ihrer Versuche, ihn wegzustoßen, könnten einen Sinn ergeben. Aye, wenn sie seine wahre Gefährtin wäre, würde alles perfekt passen.

Sie hatte noch nie von einem Paar aus älterer Frau / jüngerem Mann als wahre Gefährten gehört, weshalb sie es nie in Betracht gezogen hatte. Es konnte jedoch möglich sein.

Und wenn ja, sollte Chases Drache wissen, dass sie wahre Gefährten waren.

Sie wollte – nein, musste – die Wahrheit erfahren.

Bevor sie ihre Meinung ändern konnte, platzte Layla heraus, ohne nachzudenken: „Sind wir wahre Gefährten, Chase?"

In der nächsten Sekunde wurde die Tür geschlossen. *Verdammt!* Jemand hatte wahrscheinlich gerade ihre Frage gehört.

Doch in diesem Moment war es ihr egal. Stattdessen sah sie Chase in die Augen und wiederholte: „Sind wir?"

Hätte Chase eine Wahl gehabt, hätte er gewollt, dass Layla ihn besser kannte, bevor er die lebensverändernde Frage beantwortete.

Als Layla ihm jedoch in die Augen sah und auf eine Antwort wartete, gab es keine andere wirkliche Möglichkeit, als die Wahrheit zu sagen oder zu riskieren, sie für immer zu verlieren.

Sein Drache flüsterte: *Sag es ihr einfach.*

Chase nickte. „Aye, mein Drache sagt, wir sind wahre Gefährten."

Jessie Donovan

Anstatt in Panik zu geraten, fragte Layla ruhig: „Wie lange weißt du es schon?"

„Seit über zwei Jahren."

Sie schloss die Augen und atmete einmal tief durch. Was hätte er nicht dafür gegeben, dass sie sie öffnete und ihn sehen ließ, was in ihrem Gehirn vor sich ging.

Denn die nächsten Augenblicke konnten ihre beiden Leben drastisch verändern.

Sein Drache grunzte. *Dann mach schon! Sprich mit ihr, überzeuge sie, erinnere sie daran, wie sehr sie auf unsere Berührung reagiert.*

Oh, wie sehr er das wollte. *Sie wird wahrscheinlich fliehen, wenn wir es tun. Gib ihr ein paar Augenblicke, aye?*

Wir haben keine Augenblicke. Die Familie wird bald reinkommen.

Apropos, das sollten sie eigentlich schon längst.

Dann bemerkte er, wie still es in der Küche war, fast zu still. Nicht einmal das kleinste Scharren von Füßen oder Flüstern erreichte seine Ohren.

Wenn er ein Mann wäre, der wettete, würde er sagen, sie hatten sie alle allein gelassen, nachdem seine Mum reingekommen und sofort wieder rausge-eilt war.

Doch in der nächsten Sekunde öffnete Layla ihre dunkelbraunen Augen, und er vergaß alles andere außer der Frau vor sich.

Als er versuchte, ihren vorsichtigen Gesichtsausdruck einzuschätzen, räusperte Layla sich. „Seit du also die Reife erreicht hast, hat dein Drache dir gesagt, du sollst mir nachstellen. Du hattest nie die Gelegenheit, zu wachsen und zu entdecken, welche Art von Mädel du wirklich für dich selbst willst."

Chase war seit Jahren vorsichtig. Nicht mehr. Er knurrte und beugte sich vor. „Ich habe mich zuerst gegen ihn gewehrt, weil ich jung war und mit ein paar Mädels Spaß haben wollte, bevor ich mich festlege. Aber es dauerte nicht lange, bis ich bemerkte, wie clever, nett und schön du bist. Mit der Zeit hörte ich auf, mich gegen meinen Drachen zu wehren. Und nicht aus Instinkt, sondern weil ich dich für mich wollte."

Die Zeit blieb stehen, als sie in seine Augen starrte, ihre Pupillen blitzten zwischen rund und geschlitzt. Es bestand die Wahrscheinlichkeit, dass ihr Drache auf seiner Seite war. Nicht jede wahre Paarung funktionierte oder hatte sogar Drachen auf beiden Seiten, die es wollten, aber es kam öfter vor als nicht.

Und doch, wenn Laylas menschliche Hälfte nicht auch an Bord wäre, würde nichts passieren. Im schlimmsten Fall würde einer von ihnen in einen anderen Clan geschickt werden – wahrscheinlich er –, bis genug Zeit vergangen und die Anziehung zum wahren Gefährten verblasst war. Solange sie einander nicht auf die Lippen küssten und Verlangen nach einem Gefährtenrausch auslösten, würde diese Anziehung innerhalb weniger Jahre verblassen.

Aber er wollte nicht weggehen und Layla vergessen. Im Laufe der Jahre hatte er bemerkt, wie sehr sie jemanden in ihrem Leben brauchte, jemanden, der helfen konnte, Lasten zu teilen oder etwas Lachen in ihr Leben zu bringen. Chase wollte dieser Mann sein. Er konnte – oder wollte – sie nicht zwingen, aber er wollte auch nicht so leicht aufgeben.

Also stellte er schließlich die Frage, auf die er die Antwort nicht wusste, bevor er sich für seine nächste Taktik entschied. „Was willst du, Layla? Sag es mir ehrlich."

Wenn sie noch einmal versuchte, beiseitezutreten, würde er sie gehen lassen müssen. Bei jedem seiner Atemzüge pochte sein Herz kräftiger.

Sie ging jedoch nicht weg, sondern legte ihm eine Hand an die Brust. Selbst durch sein Hemd ließ ihn die glühende Hitze ihrer Berührung den Atem anhalten.

Sie brach den Blickkontakt nicht ab, als sie sagte: „I-ich weiß nicht. Rational sollte ich lachen und sagen, dass das nie funktioniert."

Er riskierte es, eine Hand zu heben, um zärtlich an ihrem Kiefer entlangzustreichen, und es gefiel ihm, wie sie sich ein wenig in seine Liebkosung lehnte. „Aber?"

Ihre Augen blitzten schneller auf, als er weiter ihre weiche Haut streichelte. Sie antwortete: „Vielleicht ist es einen Versuch wert."

Verdammt, was er nicht geben würde, um sie zu küssen und mit dem Versuch zu beginnen.

Doch das konnte er nicht, oder er würde den Gefährtenrausch auslösen. Also blieb Chase, wo er war, und hielt das gleichmäßige Tempo an ihrem Kiefer. „Dann heißt das, ich darf dich umwerben, aye?"

Sie lächelte. „Umwerben ist solch ein altmodischer Begriff. Und doch passt es fast, wenn man bedenkt, dass du mich nicht mal küssen darfst, bis wir entscheiden, was zu tun ist."

Ihm gefiel, dass sie „wir" gesagt hatte. Chase beugte sich einen Bruchteil vor und sagte: „Was sind deine Grundregeln? Und bevor du protestierst, aye, natürlich hättest du welche."

Sie hob die Brauen. „Natürlich muss es welche geben. Schließlich kann ich dich nicht einfach küssen und den Gefährtenrausch übernehmen lassen. Ich habe Verantwortlichkeiten, die, wenn ich nicht an sie denke, den Tod für einige bedeuten könnten. Ganz zu schweigen davon, dass das Ergebnis eines Rauschs dem Clan auf lange Sicht auch schaden könnte."

Er gab sein Bestes, um seinen Kopf frei von Layla zu halten, nackt und seiner Gnade für einen Sex-Marathon ausgeliefert, und sie schließlich rund mit ihrem gemeinsamen Kind, und konzentrierte sich auf seine Reaktion. „Ein Kind würde dein Leben stören."

„Das ist ein Teil davon. Aber es gibt auch das aktuelle Problem, das ich auf der Krankenstation habe, das, wenn es ungelöst bleibt, den Clan weiter verletzen könnte."

Richtig, die gestohlenen medizinischen Vorräte. „Ich werde dir dabei helfen, Mädel. Und ich verspreche: Kein Küssen auf den Mund, bis du es willst."

Chase bewegte seinen Kopf noch näher und hielt nur zwei Zentimeter von ihrer Haut entfernt an. Ihr Duft war stärker, wo ihr Hals ihren Kiefer traf, und wenn das nicht schon genug war, um Mann und Tier summen zu lassen, konnte er auch ihre Erregung riechen.

Sein Drache knurrte. *Dann küss wenigstens ihren Hals, Kiefer, irgendwas.*

Er flüsterte: „Lass mich deine Haut küssen, Layla. Es könnte helfen, dich davon zu überzeugen, dem eine größere Chance zu geben."

Chase erwartete, dass sie aus irgendeinem rationalen Grund ablehnte, aber sie neigte ihren Kopf. Er überwand die Distanz, um seine Lippen an ihre warme, weiche Wange zu drücken. Als sie stöhnte, zeichnete er ihren Kiefer mit seiner Zunge nach, den Hals hinunter, bis er sie beißen konnte, wo ihr Hals auf ihre Schulter traf.

Ihre Hand legte sich in sein Haar, ihre Nägel gruben sich hinein und machten seinen Schwanz sofort hart.

Sein Drache brüllte. *Mehr, schmecke mehr von ihrer Haut. Die kleine Probe reicht bei weitem nicht.*

Chase wartete keine Sekunde, um Laylas Körper an seinen zu ziehen. Es gefiel ihm, wie ihre Brüste gegen seine Brust drückten, ihre Brustwarzen schon hart und angespannt. Verdammt, er wollte eine probieren, sie langsam quälen, bis seine Frau fast kam. Nur weil seine Familie jederzeit wieder in den Raum kommen konnte, versuchte er es nicht.

Als Laylas freier Arm sich um seine Schultern legte, bewegte er sich wieder hinauf zu ihrem Gesicht und küsste ihre Wange, ihre Nase und ihre Stirn. „Besser, als ich es mir vorgestellt hatte. So viel besser." Er bewegte seinen Kopf, um ihr wieder in die Augen zu sehen. Die Hitze dort machte ihn nur härter. „Sag mir, wie du dich fühlst, Layla. Nicht das, was du denkst, sondern wie du dich hier fühlst, genau jetzt, in meinen Armen."

Sie sagte: „Warm, gewollt, zerbrechlich und so viele andere Dinge auf einmal."

Er schob seine Finger hinten in ihr Haar und fragte: „Sag mir, warum du zerbrechlich bist, Layla. Ich hoffe, nicht meinetwegen. Ich schneide mir lieber meinen eigenen Schwanz ab, als dir auch nur ein Haar zu krümmen."

Ihre Lippen zuckten. „Ich glaube nicht, dass dein Drache sich zurücklehnen und dir erlauben würde, deinen Penis abzuschneiden."

Obwohl er Humor genauso zu schätzen wusste wie jeder andere, wollte er ihr nicht erlauben, seiner Frage auszuweichen. „Aye, das bezweifle ich. Aber kommen wir zurück zu der Frage, warum du dich zerbrechlich fühlst."

Sie biss sich kurz in die Unterlippe, bevor sie

schließlich sagte: „Nicht viele drängen mich an meine Grenzen. Das ist gut und schlecht, denke ich." Er knurrte als Erinnerung an seine Frage, und sie fügte hinzu: „Schön. Der Grund ist, dass, auch wenn es sich im Moment gut anfühlt, das nicht bedeutet, dass es hält. Ich arbeite lange Stunden, mein Zeitplan ist unvorhersehbar, und an manchen Tagen gebe ich so viel von mir, dass ich am Ende des Tages nichts mehr habe, um es jemand anderem zu geben. Es ist nicht das, was ich eine perfekte Zukunft nennen würde, und ich weiß, dass es eine ist, die jeder Mann irgendwann leid wäre. Und da ich nicht die Art von Frau bin, die beiläufig datet und ihre Emotionen frei verschenkt, würde es mich am Ende brechen, wenn ein Mann entschied, dass es zu viel für ihn ist. Deshalb habe ich nie wirklich versucht, jemanden zu daten, seit ich meine medizinische Ausbildung begonnen hab, um mich zu schützen."

Ihm missfiel, dass sie das Bedürfnis fühlte, sich von allen zu distanzieren, um ihr Herz zu schützen. Er streichelte sanft ihre Wange. „Du sagst das, als wüsste ich nicht schon alles über dich. Und solange du mir erlaubst, mich an jenen Tagen um dich zu kümmern, an denen du zu erschöpft bist, um mehr zu tun als zu essen und zu schlafen, dann reicht es für mich." Er sah ihr in die Augen, bevor er hinzufügte: „Ich würde dich nicht verlassen, Layla."

Chase wusste, wie es war, jemanden zu haben, der einen lieben sollte und einfach eines Tages wegging und nie mehr zurückkam.

Sie runzelte die Stirn. „Die Worte zu sagen, ist eine Sache, aber im wirklichen Leben ist es viel schwieriger, Chase. In der Regel verstehen nur andere Ärzte oder Krankenschwestern, wie auslaugend dieser Beruf sein kann, und sie wissen, wie sie mit den Anforderungen umgehen müssen."

Wenn Layla Taten mehr glaubte als Worten, würde Chase genau das tun. „Dann gib mir eine Testphase. Ich kann die meisten Tage und Nächte heimlich bei dir sein, dir helfen, das Rätsel der Krankenstation zu lösen, und beweisen, dass ich der Gefährte einer Drachenärztin sein kann."

Auch wenn es schwierig wäre, im selben Cottage wie Layla zu leben, selbst für kurze Zeit, ohne sie zu küssen, hatte Chase zwei verdammte Jahre überlebt, ohne sie zu haben. Er konnte noch etwas länger warten.

Sie sagte schließlich: „Die Leute werden reden, aye? Und da das hier Lochguard ist, wird jeder versuchen, sich einzumischen, was die Dinge nur schwieriger macht, als sie es bereits sein werden."

Er schüttelte den Kopf. „Sie werden es nicht herausfinden, wenn ich es verhindern kann. Ich werde vorsichtig sein. Ich war nicht das, was man den bravsten Teenager nennen würde. Ganz zu schweigen davon, dass ich, als ich meine erste Elektrofachausbildung in Inverness absolviert habe, ein Meister darin geworden bin, die Pension nach der Ausgangssperre zu verlassen, um die Umgebung zu erkunden, und es immer unbemerkt zurückgeschafft habe." Er zwinkerte. „Ich habe nie auch nur eine Verwarnung bekommen."

„Die Ärztin in mir will dieses Verhalten rügen."

„Aber?"

Ihre Lippen bogen sich nach oben. „Aber wenn es wahr ist, könnte es für unsere Situation hilfreich sein."

Chase gefiel es, wie schnell diese Situation zu ihrer gemeinsamen geworden war.

Vielleicht hatte er doch eine Chance bei Layla. Nach zwei Jahren des Zurückhaltens war es fast zu viel zu hoffen.

Sein Drache meldete sich zu Wort. *Natürlich haben wir eine Chance bei ihr. Jetzt konzentrier dich darauf, sie dazu zu bringen, dass sie Ja sagt, damit wir ihre Haut wieder küssen können.*

Ich bin mir nicht sicher, dass ich sie zu irgendwas bewegen kann.

Sein Tier knurrte. *Gib dir mehr Mühe!*

„Chase? Was sagt dein Drache?", fragte Layla.

Er schnaubte. „Er ist aufgeregt, das ist alles. Wie du gut weißt, sind innere Drachen nicht gerade die geduldigsten. Und dass du auch nur darüber nachdenkst, uns eine Chance zu geben, ist für ihn eine große Sache." Er bewegte einen Finger, um den äußeren Rand ihres Ohres nachzuziehen. „Wirst du uns also eine Chance geben? Selbst wenn es nur ein paar Wochen oder ein Monat ist, werde ich jeden Tag so angehen, als wäre es unser letzter, und alles geben."

Sie nahm ihre Hand von seiner Brust und strich ihre Finger vorsichtig über seine Wange. Die leichte Berührung sandte einen Ansturm der Hitze durch seinen Körper.

Und sie hatte nur sein Gesicht berührt. Er würde explodieren, wenn ihre Finger sich endlich um seinen Schwanz legten und ihn drückten.

Scheiße, er würde ihr alles versprechen, um das wahrzumachen.

Sie sagte: „Es gibt eine Million von Gründen, warum ich Nein sagen sollte."

„Aber?", hakte er sanft nach.

Sie sah ihm in die Augen und strich ihm eine Haarsträhne von der Stirn. „Aber ich kann mich nicht dazu bringen, etwas anderes als Ja zu sagen."

Sein Herzschlag beschleunigte sich. „Wann können wir anfangen?", krächzte er.

Er schwor, dass sie sich mehr gegen ihn lehnte, als sie antwortete: „Morgen, nachdem ich mit der Arbeit fertig bin? Das wird mir Zeit geben, etwas aufzuräumen. Es gibt ein paar Dinge, die du lieber nicht in meinem Haus rumfliegen sehen solltest."

Er legte die Arme fester um ihre Taille. „Och, Mädel, jetzt werde ich nur noch daran denken, was diese verbotenen Gegenstände sind."

Sie schmunzelte, Fältchen bildeten sich an ihren Augenwinkeln und machten sie nur noch schöner für ihn. „Dann könnte das vielleicht dein Anreiz sein, zu bleiben."

Er brachte sein Gesicht näher an sie und hielt ein

paar Zentimeter von ihren Lippen an. „Aller Anreiz, den ich brauche, steht genau hier vor mir."

Ihr Atem stockte, und es kostete ihn jede Zurückhaltung, um die Distanz nicht zu überwinden und sie zu küssen.

Er fragte sich, ob ältere Drachenmänner sich besser bei ihren wahren Gefährtinnen zurückhalten konnten.

Sein Drache schnaubte. *Das bezweifle ich.*

Da hörte er, wie die Haustür sich öffnete und geschlossen wurde, gefolgt von Fayes Stimme. „Ich bin hungrig und es leid zu warten. Und du weißt, dass, sobald ich etwas so Leckeres rieche wie Braten und Kartoffeln, ich mir nicht einmal vorstellen kann, etwas anderes zu essen."

Layla trat beiseite, und er ließ sie. Sie flüsterte: „Das ist unser Geheimnis, aye? Versprich es mir."

So sehr er es in die Welt hinausschreien wollte, dass Layla ihm erlaubte, sie zu umwerben, nickte er. „Ich verspreche es."

Sie fügte schnell hinzu, ein eifriger Glanz in ihren Augen: „Ich kann den morgigen Abend nicht abwarten."

Bevor er antworten konnte, platzte Faye durch die Tür und brachte den Braten auf einer Platte herein. „Tut mir leid, dass es so lange gedauert hat. Ich brauchte etwas frische Luft."

Da er keinen Verdacht wecken wollte – obwohl er seine Mum verdächtigte und Faye und Grant die

Wahrheit vielleicht bereits kannten – antwortete Chase: „Und du hast die anderen mitgenommen?"

„Natürlich. Ich bin in einem empfindlichen Zustand, aye? Ich brauchte mindestens zwei Leute um mich, falls ich ohnmächtig geworden wäre."

Grant kam in den Raum und schnaubte. „Du bist ungefähr so empfindlich wie eine Ziegelmauer."

Faye kniff die Augen zusammen. „Die Messer sind genau da, Grant. Provozier mich, nach einem von ihnen zu greifen."

Grant lächelte. „Du würdest mich nicht verletzen, Liebes."

„Nein, aber es würde den Beschützern auf jeden Fall Auftrieb geben, wenn ich so als eine Art Mini-Serie versuchen würde, dir mit einem Messer Dinge vom Kopf zu werfen."

Seine Mutter kam herein, eine Schüssel Kartoffeln in den Händen. „Aye, aye, ihr zwei könntet den ganzen Clan jahrelang unterhalten, wenn ihr wolltet. Aber im Moment ist es Zeit zum Abendessen. Und ich werde euch auseinanderbringen, wenn ihr euch nicht benehmen könnt."

„Jetzt klingst du wie meine Mum", murmelte Faye.

Chase warf schnell einen verstohlenen Blick auf Layla, und die Belustigung in ihren Augen war klar zu sehen, selbst von wo er stand.

In all den Jahren, in denen er sie aus der Ferne beobachtet hatte, hatte er davon nicht viel bei ihr gesehen.

Was bedeutete, dass er das korrigieren musste, zusätzlich dazu, dass er seine Fähigkeit unter Beweis stellen musste, der Gefährte einer Drachenärztin sein zu können.

Der nächste Abend konnte nicht früh genug kommen.

Kapitel Fünf

Am nächsten Tag hatte Layla mehr Schwierigkeiten als sonst, sich auf ihre Arbeit zu konzentrieren. Es war nicht so schlimm, wenn sie mit Patienten sprach oder sie besuchte, aber sobald sie allein in ihrem Büro war, wanderte ihr Verstand zu Chase und dem Deal, den sie mit ihm gemacht hatte.

Deshalb saß sie gerade an ihrem Schreibtisch, unfertige Papiere vor sich, und gab ihr Bestes, nicht wieder in Gedanken durchzugehen, wie er sie am Abend zuvor an sich gezogen und ihre Haut geküsst hatte.

Ihr Drache schnaubte. *Es ist fast Zeit zu gehen. Aber das können wir nicht, bis du die Akte des letzten Patienten fertig hast.*

Vielleicht würden einige Ärzte es auf den nächsten Tag verschieben, aber die fragliche Akte war die von Gina MacDonald-MacKenzie. Und da die Frau nicht

Jessie Donovan

nur ein Mensch war, sondern auch schwanger mit Zwillingen – die MacKenzies schienen mit ihnen im Überfluss verflucht oder gesegnet zu sein –, wollte Layla immer sicherstellen, dass die Informationen vollständig waren, falls etwas passierte und sie nicht sofort da war, um entscheidende Fakten zu liefern.

Sie antwortete ihrem Tier, *Dann lenk mich nicht mit Erinnerungen ab, während ich arbeite und das erledige.*

Ich hab dich ja heute gar nicht viel abgelenkt. Das warst du ganz allein. Ich glaube, tief im Inneren hast du ihn auch schon eine Weile gewollt. Und jetzt, wo wir näher dran sind, ihn zu haben, lässt du dich träumen.

Ihr Drache mochte recht haben, aber Layla wollte es nicht zugeben. Schon, sie hatte an Chases Lippen an ihrer Haut gedacht, an die Härte seiner Brust, an die Art, wie er sie besitzergreifend an sich gehalten hatte. Aber sie hatte auch daran gedacht, wie locker er beim Essen gewesen war, wie er seinen Bruder endlos geneckt hatte und wie er sein Möglichstes gegeben hatte, um seine Mutter zum Lachen zu bringen.

Die meisten hätten es wahrscheinlich nicht bemerkt, aber Layla behandelte Gillian seit Jahren. Zu sehen, wie Chase sich so sehr bemühte, seine Mum glücklich zu machen, verbesserte nur ihre Meinung von ihm.

Natürlich würde es ihr nicht dabei helfen, ihre

Arbeit fertig zu bekommen, wenn sie an sein Lächeln, seinen Witz und seine höschenschmelzenden Berührungen dachte. Also konzentrierte sich Layla mit herkulischer Anstrengung auf die Patientenakte und füllte alle Details aus. Da es eine Routineuntersuchung gewesen war, dauerte es nicht lange, bis sie fertig war.

Sobald es das war, stand Layla auf, streifte den Kittel von ihren Schultern und nahm ihre Tasche. Sie hielt jedoch an der Tür inne und atmete ein paarmal tief durch. Layla eilte nie umher, es sei denn, es ging um einen Patienten oder einen Notfall. Wenn sie damit anfing, am Feierabend aus der Krankenstation zu eilen, würde es jemand bemerken und Fragen stellen.

Fragen, die sie nicht beantworten wollte, bis sie sich wohler bei dem fühlte, was sie sagen sollte.

Obwohl, wenn Chase es nicht unbemerkt in ihr Cottage hinein und wieder heraus schaffte, sie anfangen müsste, den Clan-Tratsch zu zügeln, was noch schlimmer wäre.

Ihr Drache grunzte. *Du machst dir viel zu viele Sorgen. Ich glaube an Chase und seine Fähigkeit, sich unbemerkt in unser Haus zu schleichen. Schließlich, wenn er es geschafft hat, uns zwei ganze Jahre zu beobachten und seinen Drachen in Schach zu halten, dann ist er viel stärker als die meisten Männer seines Alters.*

Du willst dich nur eher früher als später mit ihm

nackt ausziehen. Also würdest du natürlich für ihn plädieren.

Nein, wenn ich ihn nicht für einen starken Mann halten würde, würde ich das sagen. Denk daran, weibliche Drachen sind normalerweise misstrauischer gegenüber einem potenziellen wahren Gefährten als Männer. Und er muss mich immer noch für sich gewinnen.

Aye, ich hoffe, du wirst ihn nicht sofort annehmen, ohne ihn besser zu kennen. Für mich gibt es viel zu tun und zu klären, bevor ich ihm eine langfristige Antwort geben kann.

Die Stimme ihres Drachen wurde sanfter. *Bring die Beziehung nicht zum Scheitern, bevor sie überhaupt angefangen hat.*

Es stimmte, Layla hatte das schon mal getan. Wann immer ein Mann sie öfter hatte sehen wollen, sie besser kennenlernen und sogar Gefühle in ihr entfacht hatte, hatte Layla Ausreden gefunden, um es zu beenden. Hauptsächlich ging es um ihre Karriere – die Ausbildung zur Drachenwandler- ärztin war nicht einfach –, aber sie hatte in ihrer Funktion im Laufe der Jahre viele schlechte Paarungen gesehen und wie es einen umhauen konnte.

Ihre eigenen Eltern fühlten sich in der Gegen- wart des anderen wohl, liebten einander aber schon lange nicht mehr. Dann kam noch die arrangierte Paarung und das anschließende Verschwinden ihrer

Schwester hinzu, und Layla war skeptisch gegenüber der wahren Liebe.

Ihr Drache meldete sich wieder. *Das sagst du, aber sieh dir die MacKenzies an. Ganz zu schweigen von Finn und Arabella. Sogar Alistair und Kiyana. Sie alle haben so viel überwunden, um zusammen zu sein und zusammenzubleiben. Warum können wir nicht dasselbe finden?*

Nur weil sie es gefunden haben, heißt das nicht, dass wir es auch automatisch bekommen.

Ihr Drache schnaubte. *Du bist zu schlau für dein eigenes Wohl.*

Jemand muss das ja sein.

Layla verließ ihr Büro und machte sich auf den Weg zur Seitentür, die für das Personal benutzt wurde. Zu ihrer Erleichterung musste sie auf dem Weg nach draußen nur eine Frage beantworten, bevor sie die kühle Winterluft erreichte.

Die schottischen Highlands waren im Winter dunkel, kalt und nass. Aber als Laylas Füße im leichten Schnee auf dem Boden knirschten, machte es ihr nichts aus. Die Dunkelheit bedeutete, dass sich der größte Teil des Clans nach Sonnenuntergang in die Häuser zurückzog und sie ein Gefühl von Frieden genießen konnte, das sie selten bei der Arbeit fand.

Es dauerte nicht lange, bis sie die Haustür ihres Cottages erreichte, sie öffnete und hineintrat. Ein helles Leuchten kam aus der Küche, und sie ging darauf zu und fragte sich, ob Chase sich unangekündigt eingeladen hatte.

Sie keuchte, als sie die Tür erreichte.

Brennende Kerzen standen auf den Tischen und der Theke, ein gedämpftes Leuchten erfüllte den Raum. In der Mitte stand ihr kleiner Tisch, voll mit verschiedenen Pizzaschachteln und mehreren Tüten mit ihren Lieblingssüßigkeiten. Und wenn das nicht schon gut genug war, stand Chase hinter einem Stuhl und bedeutete ihr, zu ihm zu kommen.

Irgendwie brachte sie ihre Füße dazu zu funktionieren und sagte: „Niemand kennt meine geheime Liebe zur Pizza. Ich mache sie selbst und esse sie immer allein."

Als er den Stuhl unter sie schob, beugte er sich hinab und flüsterte: „Wie ich schon sagte, habe ich zwei Jahre damit verbracht, die Frau zu beobachten, die ich nicht haben konnte. Während dieser Zeit hatte ich reichlich Gelegenheit, herauszubekommen, was du magst."

Er rutschte auf den Platz neben ihr, und sie hob eine Braue. „Das klingt ein bisschen gruselig, wenn ich ehrlich bin."

Er machte ein Kreuz über dem Herzen und antwortete: „Ich habe mich nie in gruseliges Gebiet vorgewagt, versprochen. Denn wenn ich endlich deinen nackten Körper sehe, möchte ich, dass du direkt in meine Augen blickst und mir jede Emotion zeigst, die du hast."

Ihr Herz stolperte, als sie hörte, wie sicher seine

Worte klangen. Jeden anderen hätte sie wahrscheinlich ermahnt, sich zu benehmen.

Aber als die Feuchtigkeit zwischen ihre Oberschenkel rauschte, zitterte Layla beim Gedanken
daran, wie Chase ihr mit seinem intensiven, dunklen
Blick beim Ausziehen zusah.

Verdammte Hölle, was ist aus mir geworden?

Ihr Drache schnaubte, blieb aber still.

Chases erhitzter Blick wurde fragend. „Ist heute
einer der Tage, an denen du nur Essen und ein Bett
brauchst?"

Da war er wieder und erinnerte sich daran, was
sie gesagt hatte. Sie schüttelte den Kopf. „Nein,
heute war eigentlich ein kurzer Tag für mich."

„Zehn Stunden sollten nicht kurz sein",
knurrte er.

Sie zuckte mit den Schultern, als sie eine Pizzaschachtel öffnete – bemerkte, dass sie aus der
nächsten Menschenstadt kam – und nahm ein Stück
Peperoni-Pizza. Ihr lief das Wasser im Mund
zusammen bei dem Duft von gewürztem Fleisch und
Käse. „Normalerweise wird es nicht viel kürzer.
Obwohl morgen der Seahaven-Arzt zum ersten Mal
kommt, also werde ich vielleicht etwas früher Feierabend haben."

Chase nahm sich selbst etwas zu essen. „Bist du
nervös, dass er kommt?"

Einige Leute hatten ihr diese Frage gestellt,
einschließlich Lochguards Clan-Anführer. Sie war
zumeist ehrlich zu Finn und ließ nur ihre ständige,

schützende Sorge um den Clan aus. Doch sie zögerte nicht, Chase zu antworten. Vielleicht, weil er außerhalb ihres üblichen Arbeits- und Verantwortungsbereichs lag. „Mehr, als ich möchte. Aber Daniel Keith ist ein guter Arzt. Und, aye, er hat früher in Lochguard gelebt, aber ich kannte ihn damals nicht wirklich, um seinen Charakter beurteilen zu können. Trotzdem ist es meine Pflicht, die Gesundheit des Clans zu überwachen. Und bis ich seine Fähigkeiten einschätzen kann, bin ich mir nicht sicher, wie viel Hilfe er wirklich sein wird, daher werde ich ihm auf die Finger sehen, anstatt selbst zu arbeiten."

Chase nickte. „Aye, ich kann verstehen, dass du erst seine Fähigkeiten sehen und beurteilen musst. Deshalb durfte ich am ersten Tag meiner Ausbildung kein ganzes Gebäude allein verdrahten, sondern erst, nachdem ich die Musterung bestanden hatte. Es wird Zeit dauern, aber ich drücke die Daumen, dass er deine Erwartungen weit übertrifft. Allerdings nicht nur aus selbstlosen Gründen." Er beugte sich vor und fügte hinzu: „Ich werde mich immer nach mehr Zeit allein mit dir sehnen."

Sie verdrehte die Augen. „Du kannst jetzt aufhören, so übertrieben zu sein, Chase. Du hast mich schon dazu gebracht, hier bei dir zu sitzen, also musst du nicht flirten."

Er nahm ihre freie Hand und hob sie wieder an seine Lippen. Die leichte Berührung führte dazu, dass Elektrizität durch ihren Körper rauschte.

Als sie einander anstarrten, sein Blick

aufmerksam und erhitzt, hörte sie einige Sekunden auf zu atmen.

Verdammt, sie war noch nie so auf einen Mann eingestellt gewesen.

Er sagte: „Du verdienst es, dass man mit dir flirtet. Außerdem kann ich das nicht einfach abschalten."

Sie hob die Brauen. „Ich hoffe, du wirst mich nicht mit deinen früheren Eroberungen belästigen."

Er beugte sich noch näher, bis sie seinen Atem an der Wange spürte. „Verdammt, Layla, mach das nicht. Hier und jetzt sind es nur wir. Ich möchte nicht über andere Männer oder Frauen reden. Ich will dich kennenlernen, Mädel, und nur dich."

Ihr Drache meldete sich zu Wort. *Er meint es so, das merke ich. Hör schon auf, ihn wegstoßen zu wollen.*

Auf die Worte ihres Drachen hin widerstand sie einem Seufzen. *Ich verspreche, es nicht absichtlich zu versuchen.*

Sag mir das nicht. Sprich mit ihm.

Chase beobachtete sie, wartete. Nicht daran gewöhnt, sich frei über ihre Gedanken zu äußern, brauchte Layla eine Sekunde, um zu sagen: „Tut mir leid. Es ist nur immer noch so unwirklich, aye? Dass du hier bist, mich so ansiehst."

Er lächelte, Belustigung in seinen Augen. „Wie denn?"

„Du weißt wie."

Er streichelte vorsichtig mit dem Daumen über

ihre Fingerknöchel. „Nein, weiß ich nicht. Klär mich auf, Mädel. Ich kann manchmal etwas dumm sein, wenn es um Frauen geht."

Sie kniff die Augen zusammen, und Chase wackelte mit den Augenbrauen. Sie musste unwillkürlich lachen. „Du bist unverbesserlich."

Er küsste ihre Hand noch einmal und sagte: „Ich warte immer noch darauf, dass du diesen Blick beschreibst, den ich habe."

Den Großteil der letzten siebzehn Jahre, seit sie ihre medizinische Ausbildung mit achtzehn begonnen hatte, hatte Layla gelernt, einen Teil von sich selbst zurückzuhalten, um ihre Arbeit zu erledigen. Doch als sie Chase jetzt in die Augen sah, erkannte sie, wie sehr sie sagen wollte, was immer ihr gerade einfiel. Zum ersten Mal seit langer Zeit tat sie es daher. „Du siehst mich immer an, als wäre ich die einzige Frau auf der Welt, und als würdest du mich am liebsten auffressen."

Im Nu zog Chase sie in seinen Schoß und hielt sie fest. Mit seinen starken Armen um sie herum, seiner festen Brust an ihrer Seite und sogar seiner Erregung, die gegen ihren äußeren Oberschenkel drückte, stand ihr ganzer Körper in Flammen und sehnte sich schmerzhaft danach, mehr als nur eine Umarmung zu haben.

Layla begann zu verstehen, wie ein Gefährten-rausch ursprünglich nur eine Nebensache gewesen sein konnte – wenn alle wahren Gefährten dieselbe Chemie hatten wie sie und Chase.

Nicht, dass Chemie genug war, erinnerte sie sich.

Chase schmiegte seine Nase an ihre Wange, als er sagte: „Deine Einschätzung meines Blicks ist korrekt." Er bewegte seinen Mund an ihr Ohr, sein heißer Atem kitzelte sie mit jeder Silbe. „Und es wird so bald nicht verblassen, also gewöhne dich daran."

Sie schnaubte. „Wenn ich diesen Clan nicht so gut kennen würde, würde ich dich herausfordern, mich so lange wie möglich anzusehen."

Er bewegte sich, um ihren Blick wieder zu fangen, ein Lächeln auf den Lippen. „Und weil du den Clan so gut kennst?"

Ohne nachzudenken, bewegte sie einen Finger, um seinen Nasenrücken zu verfolgen. „Weil ich das tue, weiß ich, dass du mit deiner Sturheit versuchen würdest, es durchzuhalten, egal was passiert, besonders, wenn es um eine Wette geht. Und dann wäre unser Geheimnis keins mehr, oder?"

„Ich brauche keine Wette, um dich so anzusehen, Layla."

Die Wahrheit in seinen Worten stellte etwas mit ihrem Herzen an. „Wie kannst du dir da so sicher sein? Keiner von uns hatte Eltern mit einer glücklichen Liebesgeschichte. Liebe und Verlangen können verblassen, Chase. Das passiert ständig."

Sie erwartete, dass er ablenken und das Thema wechseln würde, aber er sah ihr in die Augen, als er sagte: „Aye, das Happy End unserer beiden Eltern war nicht von Dauer. Aber ihre Geschichten sind nicht unsere, und wir können unsere eigenen machen, Mädel. Selbst wenn man bedenkt, was für ein Bastard mein Vater für meine Mutter war, als er sie im Stich gelassen hat, gibt es Leute wie Lorna MacKenzie, die ihren Gefährten noch fast dreißig Jahre nach seinem Tod lieben."

„Es ist einfacher, in jemanden verliebt zu bleiben, wenn er eine Erinnerung ist."

Er schob ihr eine Strähne hinters Ohr. „Was macht dich so zynisch, Layla? Sag es mir."

Chase wollte noch mehr von ihr wissen. Sie rutschte auf ihrem Stuhl hin und her. Niemand kannte das volle Ausmaß des Schweigens ihrer Schwester, nicht einmal der Clanführer. Ihre Mutter war entschlossen, so zu tun, als wäre alles normal, und ihr Vater hatte zugestimmt. Nach dem zweiten oder dritten Jahr hatte Layla die Energie gefehlt, weiter mit ihnen zu streiten, als sie Chefärztin wurde.

Es Chase zu erzählen, wäre also eine verdammt große Sache.

Ihr Drache sprach leise. *Du machst es schon wieder. Wie kann er uns kennenlernen, wenn du nichts erzählst?*

Endlich sah sie Chase wieder in die Augen. Als sie Geduld und Neugierde in ihnen brennen sah, platzte sie schließlich heraus: „Was weißt du über meine jüngere Schwester, Yasmin?"

Chase hatte gewusst, dass Layla eine Fassade als Clanärztin aufgebaut hatte und jedem eine gewisse Seite von sich zeigte.

Trotz seiner jahrelangen Beobachtung hatte er jedoch nicht einmal bemerkt, wie wenig sie bis heute Abend von sich selbst gesprochen hatte.

Einige Männer wären vielleicht verärgert gewesen über all das Zögern und die Ablenkungsversuche. Aber Chase machte es nur noch neugieriger. Und nicht nur, weil er derjenige werden wollte, auf den sie sich stützte. Je mehr er über Layla MacFie erfuhr, desto gieriger wurde er, noch mehr zu erfahren. Aye, sie war Ärztin, aber es war so viel mehr an ihr, dessen war er sich sicher. Und er fing an zu glauben, dass er alles tun würde, um die andere Seite von ihr hervorzubringen, die sie allen anderen vorenthielt.

Er beobachtete Layla, während er auf eine Antwort auf seine Frage wartete, ob sie zynisch sei. Als sie schließlich aufsah, fragte sie: „Was weißt du über meine jüngere Schwester, Yasmin?"

Die Schwester. Es gab reichlich Gerüchte, aber er bevorzugte stattdessen die Wahrheit. Also antwortete er: „Nicht viel. Ich erinnere mich vage an ihre Abschiedsparty in der großen Halle, aber das war vor vier oder fünf Jahren?"

Layla nickte. „Aye, es ist zu lange her."

Die Traurigkeit in ihrer Stimme machte sowohl

Mann als auch Tier gleich aufmerksam. „Was ist mit ihr, Mädel? Was ist mit deiner Schwester passiert, dass du so zynisch geworden bist?"

Sie blickte auf seine Brust und zupfte an seinem Oberteil. Sie mochte in ihren Dreißigern sein, aber in diesem Moment sah sie kaum älter aus als zwanzig. Sie sagte leise: „Meine Mutter hat für Yasmin eine Ehe mit dem Sohn eines Freundes im Clan One im Iran arrangiert – die Clans sind dort einfach nummeriert. Und da Yasmin immer die Pflichtbewusste war, verzweifelt um die Zuneigung unserer Eltern bemüht, stimmte sie dem zu, obwohl ich die Einzige war, die wusste, dass ihr hier etwas an jemandem lag."

Er bemühte sich, nicht die Stirn zu runzeln. Arrangierte Paarungen waren in den letzten fünfzig oder hundert Jahren unter Drachenwandlern selten geworden. Und wenn es jemanden in Lochguard gab, der sie geliebt hatte, dann wäre er ein verdammter Narr gewesen, Yasmin kampflos gehen zu lassen. Er tat sein Bestes, um seine Stimme ruhig zu halten, und fragte: „Warum, glaubst du, hat sie dem zugestimmt?"

Layla zuckte mit den Schultern und hielt immer noch ihren Blick auf seine Brust. „Ich weiß nicht. Ich glaube, Yas versuchte, sich immer davon zu überzeugen, dass es das war, was sie wollte, dass es Mum stolz machen würde, und so beschwerte sie sich nie und vergoss auch keine Träne, zumindest nicht, dass ich wüsste."

Chase hatte in den letzten beiden Jahren vielleicht zwei echte Beschwerden von Layla gehört. „Dann ist sie also wie du."

Ihr überraschter Blick begegnete seinem. „Warum sagst du das?"

Er lächelte, während er ihr den Rücken streichelte, in der Hoffnung, sie zu beruhigen. „Komm schon, Mädel, du beschwerst dich auch nicht. Und es gäbe so einiges, besonders wenn man bedenkt, wie viel du hier ertragen musst. Archie und Cal allein sind schon genug, um einen zum Trinken zu verleiten."

Ihre Mundwinkel rollten sich nach oben, ohne Zweifel erinnerte sie sich an eine der törichten Racheakte, die die beiden alten Männer im Laufe der Jahre begangen hatten, weil jeder dem anderen vorwarf, einen Teil ihres Landes oder Viehs gestohlen zu haben. „Seit sie mit Meg Boyd zusammen sind, haben sie sich ziemlich beruhigt und landen nur noch selten auf der Krankenstation."

Er schnaubte. „Wie es dieser Frau gelungen ist, sich zwei Männer zu schnappen, werde ich nie verstehen, geschweige denn die Gerüchte, dass sie sich alle ein Bett teilen."

Belustigung tanzte in ihren Augen. „Ich würde das ja näher erläutern, aber ich bin als ihre Ärztin zu Verschwiegenheit verpflichtet."

Er hob sanft ihr Kinn. „Das alte Huhn und ihre Männer sind mir egal. Aber eines Tages werde ich all deine Geheimnisse lüften, Layla. Warte nur ab."

Layla versuchte, von seinem Schoß zu kommen, und Chase ließ sie. So sehr er sich wie ein besitzergreifender Mann benehmen wollte, sie festhalten und sagen wollte, dass sie bei ihm bleiben solle, würde er ihr etwas Raum zum Atmen geben. Vorerst.

Layla nahm einen Bissen von der Pizza, nahm ihren Teller und deutete in Richtung Flur. „Zeig mir, wie ich mir die Videoaufnahmen ansehen kann, und dann können wir uns das gemeinsam anschauen."

Innerlich ächzte er. Leute aus verschiedenen Türen kommen und gehen zu sehen, war nicht seine Vorstellung von einem idealen Date. Und doch war dies nur der erste von vielen Tests, die kamen, wenn es darum ging, der Gefährte einer Ärztin zu sein.

Obwohl er sowieso Ja gesagt hätte, stand er auf und neigte den Kopf. „Das machen wir, und dann darf ich mir unsere nächste Aktivität aussuchen."

Chase blickte langsam an ihrem Körper auf und ab und betrachtete jede Kurve und jedes Tal.

Ihre Wangen erröteten, und sein innerer Drache bemerkte es. *Wir können viel tun, ohne sie auf den Mund zu küssen.*

Er ignorierte sein Tier und tat überrascht. „Na, also, Dr. MacFie, haben Sie etwa schmutzige Gedanken?"

Ihre Wangen wurden noch roter, und er tat sein Bestes, nicht zu lachen. Vor allem, als sie sich höher aufrichtete und ihre Schultern straffte. „Natürlich nicht."

Er verkniff sich ein Schmunzeln, ging zu ihr und

schnappte sich unterwegs eine Pizzaschachtel. Dann blieb er neben ihr stehen, beugte sich vor und flüsterte: „Keine Sorge, ich habe genug schmutzige Gedanken für uns beide, Mädel."

Ihr Atem stockte, und es kostete ihn jede Menge Zurückhaltung, um nicht den Kopf zu drehen und sie zu küssen.

Stattdessen ging er den Flur hinunter in Richtung des zusätzlichen Schlafzimmers, das Layla als Zweitbüro benutzte, wo er die Empfangsausrüstung hatte einrichten sollen. Ein Teil von ihm wollte den Dieb sofort entdecken, um Laylas Sorgen zu lindern. Ein anderer Teil von ihm wünschte sich jedoch, sie würde sich langweilen dabei, nichts Verdächtiges zu sehen, damit er etwas tun konnte, um sie zum Lachen oder Lächeln zu bringen und ihr zu helfen, für ein paar Minuten zu vergessen, dass sie Ärztin war.

Chases Drache meldete sich zu Wort. *Was ist mit all deiner Geduld passiert?*

Es ist einfacher, zu warten, wenn man keine Ermutigung hat. Jetzt aber ist es viel schwieriger, die ganze Zeit in ihrer Nähe zu sein.

Wenn ich mich zusammenreißen kann, kannst du das auch. Wir müssen beweisen, dass wir der Gefährte sind, den sie braucht.

Chase wusste, dass sein Drache recht hatte, und eilte in Richtung Büro. Er hatte zwei Jahre auf Layla gewartet. Ein paar Wochen oder Monate mehr sollten nicht unmöglich sein.

Nein, es musste möglich sein, weil er die Alternative nicht riskieren konnte. Wenn er Layla den Gefährtenrausch aufdrängen würde, würde sie ihm das nie verzeihen.

Mit einem frischen Schwung der Entschlossenheit, der durch seinen Körper strömte, folgte er Layla.

Kapitel Sechs

Hätte ein anderer Mann ihr diese Worte gesagt, dass er genug schmutzige Gedanken für beide habe, hätte Layla die Stirn gerunzelt und ihm gesagt, er solle sich lieber Gedanken um seine Manieren machen.

Aber als Chase sie aussprach, erwärmte sich ihr Körper und es juckte ihr in den Fingern, ihn zu fragen, was einige von ihnen waren.

Sobald er die Küche verließ, sprach ihr Drache. *Dann frag ihn.*

Ich ... kann nicht. Er ist heute Abend so schon genug abgelenkt. Und wir müssen uns diese Sicherheitsaufnahmen wirklich ansehen, denn je länger die Vorräte gestohlen werden, desto mehr schadet es dem Clan auf lange Sicht.

Ihr Drache schnaubte. *Wir können beides tun. Es wäre sogar einfacher, wenn du um Hilfe bitten würdest. Chases Bruder würde helfen. Und du musst keine Ausreden vorbringen, weil Grant weiß, wie man ein Geheimnis bewahrt.*

Vor Finn? Das bezweifle ich. Die Krankenstation ist meine Domäne, und Finn wird sie stören und all meine Autorität und Fähigkeit, den Ort zu führen, in Frage stellen. Ich werde um Hilfe bitten, sobald ich weiß, wer es ist und warum er es tut, aber nicht vorher.

Es war nicht so, als würde Layla nie um Hilfe bitten, wenn sie sie wirklich brauchte. Aber niemand lag im Sterben oder war in Gefahr. Noch nicht. Sie wollte nicht die Frau werden, die blinden Alarm schlug.

Ihr Drache hielt eine Sekunde inne, bevor er hinzufügte: *Du hast dich als Chefärztin bewährt. Es gibt keinen Grund, die ganze Last allein tragen zu müssen.*

Das hab ich mir nicht ausgesucht, Drache. Bis ein anderer voll ausgebildeter Arzt da ist, muss es so sein. Ich kann das keinem Assistenzarzt anvertrauen, der noch in der Ausbildung ist, ohne die notwendige Aufsicht. Egal, wie gut dessen Absichten sind, es könnte dennoch jemand sterben.

Ihr Tier schnaubte. *Übertrag die kleineren Aufgaben den Ärzten, alle, wenn möglich. Das allein wird etwas Zeit freischaufeln.*

Es gibt nicht viel mehr, was ich übertragen kann.

Ihr Drache wollte gerade antworten, aber da sie nicht die gleiche Diskussion führen wollte, die sie schon so oft mit ihrem Tier gehabt hatte, ignorierte Layla es und ging in ihr Homeoffice.

Gleich nachdem sie sich hingesetzt hatte, folgte Chase und nahm ein weiteres Stück Pizza. Wie er so beiläufig dasaß und einen Happen Pizza aß, bekam sie einen Eindruck davon, was ein gewöhnliches, alltägliches Leben sein könnte. Aye, einige Frauen träumten von Blumen, Geschenken und Balladen, aber Layla wollte einfach einen Partner im Leben, den sie lieben und von dem sie im Gegenzug geliebt werden konnte, einen, der nach einem langen Tag voller Operationen oder Papierkram für sie da wäre.

Sie war noch nicht ganz davon überzeugt, dass Chase diese Person sein könnte, aber sie gab ihnen zumindest eine Chance. Das schuldete sie ihm.

Sie rückte neben ihm in eine andere Position, und ihr Arm streifte beiläufig seinen. Und einfach so kribbelte ein leichter Stromschlag auf ihrer Haut und ließ ihr Herz schneller schlagen.

Chase beugte sich näher zu ihr. Sie fragte sich, ob er sie noch einmal berühren würde, aber er griff um sie herum und legte ein paar Schalter um, bevor er sich zurücklehnte und etwas auf einer Tastatur eingab. Bilder tauchten auf dem Monitor vor ihnen auf.

Während sie ihre Enttäuschung darüber, dass er genau das tat, was sie verlangt hatte, dämpfte, hörte sie seiner Erklärung zu, wie man alles anschaltete. Als sie am Ende nickte, stellte er das Bild auf Schnellvorlauf und befahl „Iss!"

Wenn sie nicht so hungrig gewesen wäre, hätte sie sich dagegen gewehrt. Aber als ihr Magen knurrte, nahm sie einen Bissen von der warmen, käsigen Güte. Sie mochte das Fett und ignorierte die Ärztin in sich, die sagte, sie solle etwas Gesünderes essen.

Chase saß nur da und beobachtete sie, bis sie das ganze Stück gegessen hatte. Als sie ihren Teller hob und eine überdramatische Geste machte, dass er leer war, schmunzelte er. „Braves Mädel."

Sie verdrehte die Augen. „Ich bin kein Hund oder ein Pferd."

Er legte ihr noch ein Stück auf den Teller. „Nein, aber da ich dich nicht so belohnen kann, wie ich es gern will, bin ich zum Necken übergegangen."

Layla wollte nicht schon wieder rot anlaufen und sie nur beide frustrieren und fragte: „Was ist dann eine deiner Schwächen? Du kennst meine geheime Vorliebe für Pizza, aber was ist deine?"

Er blinzelte, überrascht über den Themenwechsel. Sowohl Frau als auch Tier fühlten eine leichte Wärme, weil sie den charmanten Mann hatten überraschen können.

Sie mochte in ihrem Job vorhersehbar sein, aber als sie jünger war, hatte sie ihrer Schwester gern Streiche gespielt.

Bevor sie wieder in Erinnerungen eintauchen und traurig werden konnte, zuckte Chase mit den Schultern und erlangte ihre volle Aufmerksamkeit. „Es ist nicht wirklich ein Geheimnis, aber nicht viele

Leute würden vermuten, dass ich gern im Garten arbeite und versuche, neue Pflanzen aus ganz Schottland zu finden, um sie in meinen geheimen Garten zu pflanzen. Etwas daran, einen Garten zu zähmen, hart daran zu arbeiten, seine verborgene, unerkannte Schönheit herauszubringen, befriedigt mich. Außerdem" – er zwinkerte – „gibt es mir die Möglichkeit, mein Hemd auszuziehen und mich von allen bestaunen zu lassen."

Sie kniff die Augen zusammen bei dem Gedanken an ein paar Frauen, die Chases mächtigen, schwitzenden Rücken beobachteten.

Dann erinnerte sie sich an ein winziges Detail. „Du sagtest, er sei geheim, also wäre niemand da, der dich beobachten kann. Es sei denn, du zählst Eichhörnchen und Igel?"

Er schmunzelte. „Du bist zu schlau für dein eigenes Wohl."

Sie ignorierte seinen Kommentar und sagte: „Ich mag diese Vorstellung. Ein bisschen wie Schneewittchen nur umgekehrt, aye? Rufst du die Tiere, und sie kommen, um dir bei der Arbeit zu helfen? Das wäre eine Show!"

Sanft nahm er ihre Wange, und kniff ihr in den Kiefer. „Freches Mädel. Keine verdammten Tiere kommen, wenn ich sie rufe."

Chase zu necken machte mehr Spaß, als sie lange gehabt hatte. Also traute sie sich, ihn ein bisschen mehr anzuschubsen. „Natürlich musst du das sagen, um deinen männlichen Stolz zu schützen. Aber

wenn ich deinen Garten fände und mich tief hinkau-
erte und darauf wartete, dass du dein Hemd
ausziehst und dich an die Arbeit machst, würde ich
sicher einen Singvogel finden, der innerhalb von
Sekunden auf deiner Schulter landet."

Seine Stimme war herrlich tief und rau, als er
sagte: „Soll mich das in Verlegenheit bringen? Denn
deine Augen auf meinem Rücken zu haben, das wäre
der Himmel, Mädel."

Sie blickte ihm in die Augen und sah die Wahrheit dort, zusammen mit flackernder Hitze. Und jede
kluge Retourkutsche, die sie auf ihren Lippen hatte,
erstarb. Stattdessen wurden ihre Wangen heißer als
zuvor, als sie sich vorstellte, wie er in einem Garten
arbeitete, sich den Schweiß von der Stirn abwischte
und sich schließlich einen Eimer Wasser über seinen
Kopf kippte. Natürlich würde er es sich danach aus
dem Haar schütteln und ihr ein paar Tropfen davon
ins Gesicht spritzen.

Es mochte Winter sein und zu verdammt kalt für
eine solche Fantasie, aber eine Frau durfte doch wohl
träumen.

Er zog ihren Kiefer nach, und sein Schmunzeln
kehrte zurück. „Ich würde ein Vermögen für deine
Gedanken bezahlen, Layla MacFie. Alles, was dich
so stark erröten lässt, muss wirklich schmutzig sein."

Als sie darüber nachdachte, wie sie *darauf*
antworten sollte, erregte etwas auf dem Bildschirm
Chases Aufmerksamkeit, und Layla drehte sich um,
um es zu sehen.

Jemand hatte einen der Lagerräume betreten. Chase verlangsamte das Filmmaterial auf normale Geschwindigkeit, und Layla keuchte. „Das ist Logan!"

„Warte, was? Logan neckt gern, aber er ist ein ehrenwerter Mann. Ich kann mir nicht vorstellen, dass er stehlen würde."

Layla stellte ihren Teller beiseite und betrachtete den Monitor erneut. Und wirklich, Logan nahm ein paar Fläschchen mit Drachenhormonen aus einem Regal sowie eine Flasche Medikamente, die gegen Herzrhythmusstörungen halfen, aus einem anderen.

Als Logan den Raum im Video verließ, stoppte Chase das Filmmaterial. Dann spulte er durch die anderen Kameraansichten und suchte etwa eine Stunde lang nach irgendwelchen weiteren Diebstählen, die sie aufgenommen hatte. Logan erschien jedoch in keinem der anderen Frames.

Chase schaltete endlich den Bildschirm aus, und Laylas Stirnrunzeln vertiefte sich. Logan Lamont war der Pfleger, auf den sie sich am meisten verließ. Sie hätte sich nie vorstellen können, dass er sie so verraten würde.

Sie brauchte eine Sekunde, um wieder zu sprechen. „Warum sollte Logan nicht kommen und mit mir reden? Wenn er Hilfe brauchte, wusste er sicher, dass ich sie ihm geben würde, wenn ich könnte."

„Vielleicht kann er das nicht riskieren", sagte Chase mit gedämpfter Stimme. Seine nächsten Worte waren normal laut. „Was wirst du tun, Layla?"

Sie seufzte und zuckte mit den Schultern. „Ihn privat zur Rede stellen, nehme ich an. Obwohl ich dafür sorgen werde, dass es auf der Krankenstation passiert, um die Situation einzudämmen."

„Aye, das könntest du. Obwohl er versuchen könnte zu fliehen, selbst wenn du von anderen Mitarbeitern umgeben bist. Soweit wir wissen, ist sein Grund für den Diebstahl wichtiger als die Folgen, die er erleiden könnte."

Ihr Drache warf ein: *Vielleicht ist es für eine Gefährtin?*

Ich kann mir nicht vorstellen, dass Logan das vor mir verbergen würde.

Vielleicht, wenn es für einen Menschen oder einen Drachenwandler im Exil ist, könnte er das tun.

Diese Medikamente würden bei einem Menschen nicht wirken und ihn am Ende töten. Logan weiß das.

Chases Stimme unterbrach ihr inneres Gespräch. „Wir könnten meinen Bruder um Hilfe bitten, wenn du willst."

Layla sah Chase wieder in die braunen Augen. „Aber erzählt er es dann nicht Finn? Und dann werden sie sich alle fragen, warum ich nicht einfach etwas gesagt habe; sie werden nicht verstehen, dass ich versuchen wollte, die Situation auf meiner Kran-kenstation zuerst einzudämmen."

„Grant würde es Finn nur sagen, wenn die Situa-tion eine Bedrohung für den Clan insgesamt darstellt." Er nahm ihre Hand und drückte sie. „Aber was sind die Gründe dafür, dass jemand diese Dinge nehmen könnte? Wenn ich das wüsste, könnte mir das eine bessere Möglichkeit geben, dir zu helfen."

Sie blickte auf ihren Schoß und wollte ihm alles sagen, wonach er fragte. Und doch, es laut zuzugeben, wäre gleichbedeutend damit zu sagen, dass sie ihren Job als Chefärztin nicht bewältigen konnte.

Ihr Tier knurrte. *Das ist verdammt lächerlich. Er wird nicht schlecht von uns denken. Also hör auf, dich zurückzuhalten.*

Bevor sie sich davon abbringen konnte, sagte sie: „Der einzige Grund, warum jemand diese Gegenstände stehlen würde, wäre, um sie an jemand anderen zu verkaufen, oder ..."

Sie hielt inne, wollte ihre Angst nicht aussprechen.

Chases warme Hand drückte ihre erneut. „Oder was, Mädel?"

Sie sah ihm wieder in die Augen. „Oder er könnte sie den verbannten Drachenwandlern geben."

Chases braune Augen wurden teilnahmslos. „Soweit ich weiß, hatte Logan keine Familie oder Freunde, die ihn mit den Verbannten verlassen haben, weil sie nicht zu Finn stehen wollten."

Im Gegensatz zu Chase, dessen Vater und Onkel das getan hatten.

In diesem Moment verstand Layla, warum seine Augen bei der Erwähnung der Exilanten leer geworden waren. Er versuchte, seine eigenen Emotionen einzudämmen. Selbst wenn Michael

McFarland der Bastard war, der seine Familie verlassen hatte, war er immer noch Chases Vater. Und sein Weggang hatte dem Mann neben ihr wehgetan.

Er, der so gerne neckte, hatte seinen eigenen Schmerz, und Layla hatte das egoistisch vergessen. Sie wusste besser als viele, dass ein Lächeln einiges verbergen konnte.

Und es war an der Zeit, dass Layla aufhörte, selbstsüchtig zu sein, um ihre Krankenstation und ihr Personal perfekt und problemfrei erscheinen zu lassen. Logans Taten konnten auf lange Sicht viele betreffen.

Sie drückte die Hand in ihrer und sagte sanft: „Egal, ob Logan keine Freunde oder Familie hatte, die gegangen sind, es besteht immer die Möglichkeit, dass eine potenziell wahre Gefährtin es getan hat. All das wird mehr, als ich bewältigen kann, selbst mit deiner Hilfe. Also lass uns zu deinem Bruder gehen, Chase. Grant wird wissen, was zu tun ist."

Er nickte, stand auf und zog Layla mit hoch. „Aye, Grant wird sich die nächsten Schritte überlegen. Und mir ist egal, was er gerade macht. Er wird uns jetzt sehen."

Bevor sie es wusste, zogen sie beide Mäntel an und gingen zügig zu Grants und Fayes Cottage.

Layla wartete darauf, dass ein überwältigendes Gefühl des Versagens über sie fiel. Doch etwas an Chases Anwesenheit an ihrer Seite und seiner Hand in ihrer machte sie hoffnungsvoll. Vielleicht würden die Dinge am Ende doch gut laufen.

Der Abschied ihres ehemaligen Chefs war ziemlich plötzlich gekommen, was bedeutete, dass Layla nie Zeit gehabt hatte, Gregor all ihre Fragen zu stellen. Schon, er sagte immer, sie könne jederzeit anrufen.

Und doch wollte sie sich beweisen.

Layla begann jedoch zu glauben, dass der Schlüssel dazu, eine erfolgreiche Chefärztin zu sein, darin bestand, sich auf andere verlassen zu können. Und sie würde nie vergessen, dass sie Chase dafür danken musste, zu dieser Einsicht gelangt zu sein.

Ohne nachzudenken, hielt sie seine Hand noch fester, hatte fast Angst, dass er weglaufen und sie wieder allein lassen würde. Allein, um ihre Schlachten zu kämpfen, ihre Krankenstation zu leiten und ihr wahres Ich vor dem Clan zu verstecken.

Auch wenn es erst kurz her war, machte ihr dieser Gedanke Angst. Irgendwie hatte Chase McFarland schon einen Einfluss auf ihr Leben.

Was sie vor ein paar Nächten gesagt hatte, darüber, dass sie brechen würde, wenn die Beziehung nicht klappte, war wahrer als je zuvor.

Als sie Chases Profil ansah, hoffte sie nur, dass seine Entschlossenheit sich als stark genug herausstellte. Denn, aye, sie wollte ihn. Und auch für mehr als nur eine Nacht.

Kapitel Sieben

Chase bat seinen Bruder selten um Hilfe. Nicht, weil er Grant nicht vertraute oder nicht wusste, dass sein älterer Bruder alles tun würde, um ihn zu schützen, sondern weil Grant den Großteil ihrer Kindheit damit verbracht hatte, genau das zu tun.

Ihr Vater hatte die ganze Zeit gearbeitet, als sie Kinder waren, und er war oft wochenlang für den einen oder anderen Job weg gewesen. Grant war derjenige gewesen, der schnell erwachsen wurde und versuchte, sich um Chase und ihre Mutter zu kümmern. Erst als er älter war, erfuhr Chase, was für Mühen Grant und ihre Mutter auf sich genommen hatten, um ihn aufzuziehen und glücklich zu machen.

Indem sie das Scheißverhalten seines Vaters so lange wie möglich geheim gehalten hatten.

Seit Chase diese Tatsache erfahren hatte, hatte

er sein Bestes getan, um sich selbst um Probleme zu kümmern und seinen Bruder nicht auch noch als Erwachsenen zu belasten.

Chase war jedoch nicht dumm genug zuzulassen, dass sein Stolz ihm in die Quere kam, was die Situation mit Logan anging. Das ganze Leben seines Bruders konzentrierte sich auf zwei Dinge: den Schutz seiner Familie und seines Clans. Grant hatte alle Fähigkeiten, die Chase fehlten, um herauszufinden, was Logan tat, und es wäre idiotisch, sie nicht zu erbitten.

Der Gedanke daran, dass sein Freund stahl, gefiel ihm nicht. Chase und Logan waren ihr ganzes Leben Freunde gewesen. Aye, sie waren in Schwierigkeiten geraten, als sie jünger waren, ganz wie die meisten Drachenwandler. Aber nichts hatte darauf hingedeutet, dass er Drogen für Geld verkaufen oder denen helfen würde, die dem Clan wehgetan hatten. Layla hatte vorgeschlagen, dass seine potenzielle wahre Gefährtin vielleicht mit ihrer Familie hatte fliehen müssen. Chase war sich da jedoch nicht so sicher, da sein Freund regelmäßig Frauen datete und in seinen Bann zog.

Sein Drache meldete sich zu Wort. *Es hat keinen Sinn, darüber zu spekulieren, warum er es tut. Ich bin sicher, Grant wird die Antworten in ein oder zwei Tagen haben.*

Ich hoffe es. Chase warf Layla einen verstohlenen Blick zu und bemerkte, wie blass ihr Gesicht war.

Layla wird sich wahrscheinlich die Schuld dafür geben, und ich mag nicht, dass sie leidet.

Aye, vielleicht hätte sie Finn, Grant oder Faye etwas sagen sollen. Sie kann jedoch nicht alles kontrollieren, was passiert. Vielleicht hat sie das gelernt.

Trotzdem denke ich, sie meint, sie hätte das alles selbst lösen können, wenn sie sich nur mehr bemüht hätte.

Weil Layla sich immer bemüht hatte, mit allem umzugehen, was ihr in den letzten zwei Jahren begegnet war und fast immer erfolgreich gewesen war.

Ihre Stärke und Entschlossenheit hatten ihn zunächst vorsichtig gemacht, hatten ihn an ihrem Altersunterschied zweifeln lassen. Könnte er je mit ihr mithalten, wenn sie so viele Jahre mehr Erfahrung hatte als er?

Im Laufe der Monate jedoch hatte er langsam bemerkt, dass sie Fehler und Schwächen hatte wie jeder andere. Das hatte ihm klargemacht, dass er nicht mit ihr mithalten, sondern sie nur ergänzen musste. Und im Laufe der Zeit hatte er bemerkt, wie gut er das konnte.

Fayes und Grants Cottage kam in Sicht, das vordere Fenster hell erleuchtet. Gut, sie waren zu Hause, und er musste keine Zeit damit verschwenden, herauszufinden, wo sie waren. Vor allem, weil die SMS, die er geschickt hatte, um zu fragen, wo sie waren, unbeantwortet geblieben war.

Nicht, weil sein Bruder ihn ignorierte, sondern weil er wahrscheinlich nur mit seiner Gefährtin beschäftigt war, da es spät in der Nacht war und Grants zweiter Befehlshaber bis zum Morgen für die Beschützer zuständig war.

Sein Drache schnaubte. *Ich finde immer noch, wir hätten immer und immer wieder anrufen sollen, bis er rangegangen wäre.*

So ist es schneller, wie ich schon sagte.

Chase sagte zu Layla: „Sie haben einen sicheren Raum im Haus, wo niemand mithören kann, egal, wie sehr sie es versuchen. Warte, bis wir da drin sind, bevor du was sagst, aye?"

Sie nickte, sagte aber nichts.

Chase gefiel es nicht, wenn sie so still war. Wenn sie nicht nur wenige Meter von der Tür entfernt gewesen wären, hätte er etwas gesagt, damit sie wütend die Stirn gerunzelt oder gelächelt hätte. Alles, um die Stimmung aufzuhellen.

Er müsste es einfach später tun, sobald das hier geklärt war.

Sie kamen an der Tür an. So sehr er hinein-platzen wollte, Chase wollte nicht riskieren, seinen Bruder und seine Schwägerin nackt und stöhnend vorzufinden. Er klopfte an die Tür und machte damit weiter, bis sie sich öffnete. Sie enthüllte Grants gefurchte Stirn und ihn in nur einem Paar Pyja-mahosen. „Was zum Teufel willst du um diese Uhrzeit?" Bevor Chase ein Wort sagen konnte, bewegte sich Grants Blick zu Layla und wurde weich. „Was ist passiert, Layla? Und leugne es nicht. Es steht dir ins Gesicht geschrieben."

Chase nahm wieder Laylas Hand und schob sie hinein. „Nicht, bis wir sicher sind."

Faye war in den Flur gekommen, einen Bademantel um ihren Körper gewickelt. Aber anstatt Fragen zu stellen, deutete sie zur Treppe. „Dann beeilen wir uns."

In weniger als einer Minute befanden sich alle vier in einem zusätzlichen Schlafzimmer, das in einen schalldichten Besprechungsraum umgewandelt worden war, der auch vor sämtlichen Abhörgeräten geschützt war. Sobald die Tür ins Schloss fiel, hakte Grant wieder nach. „Was ist passiert?"

Layla sprach, ohne zu zögern, ihre Stimme fest. „Jemand stiehlt Gegenstände von der Krankenstation."

Faye neigte den Kopf. „Seit wann?"

„Fast einen Monat. Und, aye, ich hätte sofort zu dir kommen sollen. Aber ich hatte Angst, dass, wenn irgendeiner der Beschützer anfangen würde herumzuschnüffeln, der Dieb fliehen und ich nie herausfinden würde, wer es war." Sie deutete auf Chase. „Also habe ich Chase gebeten, mir zu helfen."

Grants Blick war fragend genug, und Chase antwortete: „Ich habe versteckte Sicherheitskameras für sie installiert. Und heute Abend haben wir beim Anschauen des Filmmaterials herausgefunden, wer es ist."

Faye schmiegte sich an Grants Seite. „Wer?"

„Logan Lamont."

Faye runzelte die Stirn. „Bist du dir sicher? Logan hat nichts Unverantwortliches getan, seit sein Bruder vor Jahren ohne ein Wort verschwunden ist."

Layla nickte. „Ich stimme zu, es sieht ihm gar nicht ähnlich, aber er ist es auf dem Film, so klar wie der Tag." Sie wiederholte, was sie gesehen hatte, bevor sie hinzufügte: „Ungeachtet unserer Annahmen ist das Medikament, das er genommen hat, sehr spezifisch und teuer, genau wie die alten Überwachungsgeräte, die kürzlich ebenfalls verschwunden sind."

Ein Gedanke kam Chase in den Sinn. „Hatte Logans Bruder eine Herzerkrankung?"

Layla schüttelte den Kopf. „Nein, nicht viele Drachenwandler haben das, und das bleibt in diesem Raum, aber die Einzigen, die in den letzten zehn Jahren Teil von Lochguard waren und Herzrhythmusstörungen haben, sind Cal, der junge Ollie und ..."

Ihre Stimme verstummte, ihr Gesicht wurde noch blasser. Ihm war es egal, dass Faye und Grant da waren; er nahm ihre Wange und zwang Layla, ihn anzusehen. Er fragte sanft: „Und wer, Mädel?"

Sie sah in seine Augen, als sie flüsterte: „Meine Schwester."

Die Zeit blieb stehen, als ein Funken der Hoffnung in Laylas Brust entfacht wurde. Es gab viele weitere Gründe, warum es unmöglich war, dass Logan Yasmin half, fast zu viele, um sie zu zählen.

Und doch, vielleicht hatte Yasmin aus einem Grund geschwiegen. Sie hatten nie offiziell Nachrichten von ihrer Paarungszeremonie erhalten, geschweige denn Neuigkeiten.

Nicht einmal die Freunde ihrer Mutter hatten erwähnt, dass etwas schiefgelaufen war. Oder, wenn sie es getan hatten, waren ihre Eltern fantastische Lügner geworden, was fast schlimmer wäre. Wenn ihre Schwester seit Jahren verschwunden war und sie kein Wort gesagt hatten, war Layla nicht sicher, ob sie ihnen vergeben könnte.

Ihr Drache sagte, *Vielleicht wollten sie ein Geheimnis bewahren, das dem Clan insgesamt schaden könnte. Das heißt nicht, dass sie uns anlügen wollten.*

Vielleicht, antwortete Layla.

Ihr Drache fügte hinzu, *Oder, soweit wir wissen, wurden unsere Eltern angewiesen zu schweigen.*

Du bist zu verdammt optimistisch, Drache.

Unabhängig von dem allen ist auch nur die winzige Wahrscheinlichkeit, dass Yasmin in der Nähe sein könnte, besser als nichts.

Bevor Laylas Gedanken den Weg einschlagen konnten, wie Yasmin wieder in Schottland sein konnte, sprach Grant. „Anstatt darüber zu spekulieren, wem Logan hilft, reden wir einfach mit ihm, aye? Hat er heute Abend Dienst, Layla?"

Sie nickte. „Seine Schicht wird erst in zwei Stunden enden."

Faye meldete sich zu Wort. „Dann denke ich, es ist an der Zeit, dass ich mich über Wehen beschwere und ihm einen Besuch abstatte."

Grant begegnete dem Blick seiner Gefährtin. „Du tust aber nur so, aye?"

Faye lächelte. „Natürlich. Sobald die Wehen zuschlagen, wirst du es wissen, Grant McFarland. Glaub mir, du wirst es wissen."

Grant konzentrierte sich wieder auf Layla. „Du und Chase bleibt hier im Cottage. Wir holen Logan zum Verhör her, und dann brauchen wir vielleicht deine Hilfe."

Sie blinzelte nicht bei der Dominanz in der Stimme des Mannes. „Stell sicher, dass sie genug Personal haben, Grant. Ich kann die Krankenstation nicht unbemannt lassen, vor allem, wenn ich vorerst hier eingesperrt bin."

Grant nickte, begleitete Faye schnell zur Tür hinaus, und sie machten sich auf den Weg.

Während sie sich halb bewusst war, dass Chase sie nach unten in die Küche führte, wirbelte Laylas Verstand vor Möglichkeiten. Selbst wenn es am Ende nicht ihre Schwester war, wollte Layla Faye und Grant, sobald die ganze Situation mit Logan geklärt war, bitten, ihr zu helfen, herauszufinden, was mit Yasmin passiert war.

Zu lange schon hatte sie einfach akzeptiert, dass ihre Schwester weg war, was umso einfacher geworden war, als sie zur Chefärztin ernannt worden war, mit kaum genug Zeit zum Essen und Schlafen.

Aber nicht mehr. Auf die eine oder andere Weise würde Layla Yasmin finden. Oder, sagte eine kleine Stimme in ihrem Kopf, was aus ihr geworden war.

Chase stellte eine Tasse Tee vor sie und setzte sich dann in einen Sessel zu ihrer Rechten. „Was denkst du gerade?"

„Nur, dass ich meinen Job viel zu viel von mir selbst habe absorbieren lassen."

Er stupste sein Knie gegen ihren Oberschenkel. „Ich werde mehr als diese Aussage brauchen, Mädel."

Ohne Gedanken oder Zögern antwortete sie: „Ich hätte mir das Schweigen meiner Schwester schon vor heute genauer ansehen sollen."

Sein Bein bewegte sich und blieb neben ihrem. „Wir alle haben Dinge, von denen wir uns wünschten, wir hätten sie getan. Verdammt, wenn ich schlau genug gewesen wäre, früher herauszufinden, wie wenig mein Dad tat, um der Familie außerhalb der Arbeit zu helfen, hätte ich einen Beitrag geleistet und meine Mutter versorgt, lange bevor er uns verlassen hat. Aber wenn wir immer beim Was-wäre-wenn verweilen, dann können wir nicht das Beste aus der Gegenwart machen."

Sie nippte an ihrem Tee, bevor sie ihn ansah. Sie brauchte eine Ablenkung, bis Faye und Grant zurückkamen. Vielleicht drängte es Chase zu schnell zu weit, aber ihr Bauch sagte ihr, er wollte endlich jemandem außerhalb seiner Familie die Wahrheit sagen. Also fragte Layla: „Gab es Anzeichen vor jener Nacht, dass er euch verlassen würde?"

Chase fuhr sich mit einer Hand durch sein kurzes blondes Haar. „Ich weiß nicht. Als ich aus dem Haus meiner Eltern zog, um meine Lehre mit sechzehn zu beginnen, habe ich meine Mum nicht mehr so oft besucht oder mit ihr geredet, wie ich es hätte sollen. Wenn ich es getan hätte, hätte ich vielleicht die Sorge meiner Mutter früher gespürt."

Sie berührte seinen Bizeps. „Du darfst dir dafür nicht selbst die Schuld geben. Ich sage nicht, dass du jung bist, um das abzutun, aber das bist du. Wir werden alle ein bisschen selbstbezogen, wenn wir den ersten Geschmack von Freiheit haben. Sogar ich habe mich so verhalten, kurz bevor ich zum Medizinstudium ging."

Er sah sie an und lächelte. „Nun, ich habe mich schon gefragt, was Layla in diesen Zeiten so gemacht hat, bevor sie Ärztin wurde."

Sie schnaubte und winkte das mit einer Hand ab. „Nichts im Vergleich zu den meisten, da bin ich mir sicher. Aber dass ich Abendessen mit meiner Familie verpasst oder ich nicht jedes Mal zurückgerufen habe, wenn meine Eltern mich angerufen haben, war ziemlich üblich." Sie bewegte ihre Hand von seinem Bizeps zu seinem Oberschenkel unter dem Tisch. „Aber der Punkt ist, dass wir alle irgendwann etwas tun, von dem wir wünschen, dass wir zurückgehen und es ändern könnten. Und selbst wenn du angerufen oder sie besucht hättest, hättest du es vielleicht nicht bemerkt. Deine Mutter ist ziemlich gut darin, für sich zu bleiben."

Chase bedeckte ihre Hand auf seinem Schenkel mit seiner. „Aye, vielleicht. Und am Ende denke ich, dass mein Vater den Clan verlassen hat, war das Beste für meine Mum, egal, wie schmerzhaft es am Anfang war. Sie verdient so viel Besseres als eine einseitige Liebe." Er sah ihr in die Augen. „Aber ich tue, was ich kann, um es jetzt bei ihr wiedergutzumachen, so wie du es mit deiner Schwester versuchen solltest. Sobald diese Sache mit Logan geklärt ist und sich herausstellt, dass es nicht Yasmin ist, werde ich dir helfen, einen Weg zu finden, sie zu kontaktieren."

Seit so vielen Jahren hatte sich Layla auf sich selbst verlassen. Sicher, manchmal brauchte sie ihr Personal oder die Zustimmung des Clanführers. Sie hatte jedoch jede zusätzliche Last, die ihr auferlegt wurde, getragen, ohne sich zu beschweren. Sie war Chefärztin, und es war ihre Verantwortung, dafür zu sorgen, dass der Clan heil und gesund blieb.

Aber musste sie wirklich alles mikromanagen? Nein. Chases Hilfe bei ihrer Schwester zu akzeptieren, wäre der erste Schritt in Richtung eines neuen Ich. „Danke!"

„Du musst mir nicht danken, Layla. Ich weiß, es ist nicht offiziell und es ist noch früh, aber ein Gefährte tut, was immer er oder sie kann, um seinem

Partner zu helfen. Weniger zu tun, ist für mich undenkbar."

Als sie einander anstarrten, meldete sich ihr Drache. *Endlich. Wenn sonst schon nichts, würde ich Chase am liebsten abknutschen, weil er dir hilft zu erkennen, dass es okay ist, Hilfe anzunehmen.*

Nein, denk nicht mal daran, jetzt den Gefährtenrausch zu beginnen. Es ist zu viel los.

Nicht jetzt, aber eines Tages?

Sie hielt inne und sah Chase unter ihren Wimpern hervor an. Ja, er war gutaussehend, fit und clever. Aber allmählich dachte sie, er könnte die Schlüsselperson sein, die sie brauchte, um sich nicht zu Tode zu arbeiten. Aus welchem Grund auch immer, er sah sie nur als Frau und ließ sich bisher nicht von ihrer Position einschüchtern.

Und er brachte sie zum Lächeln und Lachen. Niemand sonst, außer vielleicht dem alten Archie oder Cal, konnte das tun.

Layla antwortete ihrem Tier, *Vielleicht.*

Sie sprach endlich wieder laut und wollte ihn necken. „Wenn ich also eine Liste ungewöhnlicher Aufgaben erstellen würde, wie Untersuchungen, würdest du jede einzelne erledigen?"

Er beugte sich vor, seine Stimme senkte sich um eine Oktave. „Das hängt von der Belohnung ab, Mädel. Wenn du mit einer Schleife gefesselt bist, nackt auf dem Bett, würde ich alles tun."

Die Temperatur stieg um mehrere Grad an. „Das werde ich mir merken. Mich nur mit einer Schleife geschmückt zu sehen, ist eine ziemlich einfache Belohnung."

„Nicht nur nackt, sondern auch meiner Gnade ausgeliefert."

Sie biss sich auf die Lippe, als das Bild von Chases Kopf zwischen ihren Oberschenkeln, wie er sie zum Orgasmus leckte, in ihren Gedanken aufblitzte.

Wenn sie nicht vorsichtig wäre, würden ihre Jahre des Zölibats die Dinge in Zukunft schwierig machen.

Ihr Drache schnaubte. *Das merkst du erst jetzt?*

Er fuhr ihren Kiefer entlang, bevor er hinzufügte: „Aber offen gestanden, werde ich dir wahrscheinlich bald ein paar Gefälligkeiten schulden. Schließlich wirst du meine Schwägerin in den Wehen ertragen müssen. Und glaub mir, das ist mindestens zehn Gefallen von mir wert. Faye ist niemand, der seine Gedanken für sich behält."

Sie musste unwillkürlich schmunzeln. „So schlimm ist sie gar nicht. Ein bisschen temperamentvoll, aye, aber sie hat ein riesiges Herz."

Mit dem Daumen streifte er ihren Handrücken unter dem Tisch, was eine Ranke der Wärme durch ihren Körper sandte. „Das hat sie, aber sie wirft auch gern mit Messern, was sie ein wenig gefährlich macht. Denk also daran, während der Entbindung scharfe Gegenstände zu verstecken, aye?"

Als sie einander anlächelten, hob sich ein kleines Gewicht von Laylas Schultern. Sie hatte so das

Gefühl, Chase würde sie immer zum Lächeln bringen.

Die einzige Frage war, ob er es weiter versuchen wollte, wenn sie ihn für ein paar Tage nicht sehen konnte, weil der Clan einen Angriff oder eine Epidemie erlitt. Oder wenn eine Krankenschwester oder ihr Arzt in Ausbildung krank wurde und sie sechzehn oder zwanzig Stunden arbeiten musste, vier Tage hintereinander.

Chase öffnete den Mund, als wollte er eine Frage stellen, aber die Tür öffnete sich, und Stimmen drangen durch den Flur.

Faye, Grant und Logan waren zurückgekehrt.

Sie drückte Gedanken an sich selbst beiseite, stand auf und wandte sich zur Tür. Chase war sofort an ihrer Seite und sagte: „Noch nicht, Mädel. Faye oder Grant werden uns holen, wenn es Zeit ist."

Layla fluchte und ging in der Küche auf und ab. „Ich möchte nur erfahren, was los ist. Ich hasse Geheimnisse und das Unbekannte."

„Aye, das ist wahrscheinlich einer der Gründe, warum du Ärztin geworden bist." Er streckte seine Hand aus, die Handfläche nach oben. „Komm her."

Sie blieb stehen. „Warum?"

„Komm einfach her."

Zu müde und aufgedreht, gehorchte sie. Sobald sie nahe genug war, zog Chase sie an seine Brust und hielt sie fest.

Eine Sekunde lang erstarrte sie. Der Instinkt,

unbesiegbar und verantwortlich wirken zu wollen, strömte durch sie.

Dann flüsterte er: „Es sind nur du und ich, Layla. Niemand sonst kann dich sehen."

Bei seinen Worten und der tröstenden Hitze seines Körpers lehnte sie sich an ihn und schloss die Augen. Für ein paar Sekunden vergaß sie alles außer seiner Hitze, seinem scharfen männlichen Duft und dem sanften Streicheln seiner Hände an ihrem Rücken.

Sie seufzte und zog Unterstützung und Kraft aus Chases schlankem, hartem Körper. Er war wirklich fitter, als ihr klar gewesen war. Sie fragte sich, ob er in seiner Freizeit viel flog.

Ein leises Lachen vibrierte unter ihrem Ohr gegen seine Brust. Sie musste ihre Frage laut gestellt haben.

Chase antwortete: „Ich fliege wirklich gern. Aber nicht nur, weil mein Drache darum bittet. Irgendwann zeige ich dir ein paar hübsche Sehenswürdigkeiten in der Nähe, die nicht viele Menschen oder Drachen besuchen. Dann können wir dem Wind zuhören, der durch Heidekraut und Hügel flüstert, wodurch er eine beruhigende Art Melodie erzeugt."

Sie öffnete die Augen und zeichnete mit dem Finger eine Linie auf das Shirt, das seine Brust bedeckte. „Das fände ich schön. Ich komme nicht genug zum Fliegen."

Ihr Drache grunzte. *Genau.*

Chase streichelte auch sie, als er seine Wange

oben auf ihren Kopf legte. „Dann ist das ein Date. Wenn wir das nächste Mal Zeit haben, fliegen wir. Ich kann dir einige der hübschesten Orte Schottlands zeigen. Die meisten habe ich in den letzten Jahren entdeckt. Natürlich werden sie sogar noch hübscher sein, wenn du bei mir bist."

Sie versuchte, zu schimpfen, als sie sich hochzog, um in sein Gesicht zu blicken, konnte es aber nicht. „Dein Charme wird mich noch irgendwann in Schwierigkeiten bringen, nicht wahr?"

Er zwinkerte. „Zweifellos." Er suchte erneut ihren Blick. „Dann gehst du also mit mir? Sobald wir etwas freie Zeit haben?"

Layla von vor einer Woche hätte dagegen protestiert, ein Date mit jemandem zu vereinbaren. Und jetzt sehnte sich ein Teil von ihr nach mehr davon, sie beide allein, einfach nur als Mann und Frau. Keine Arbeit, kein Clan und keine große Verantwortung.

Nicht, dass sie völlig vergessen hätte, was gerade oben mit Logan passierte, aber es war nicht so vereinnahmend wie noch vor zehn Minuten.

Sie nickte, und Chase zog sie wieder an seine Brust. So standen sie da, schweigend, und hielten einander, lange Zeit. Sie fragte sich, ob sie das oft machen könnte, wann immer ihr danach war.

Ihr Drache sagte, *Wenn du ihn als unseren Gefährten akzeptierst, dann aye.*

Es ist zu früh.

Ihr Tier verstummte, und Layla genoss einfach

den Mann in ihren Armen so lange wie möglich. Auch ohne Worte waren die Momente einige der besten in ihrer jüngsten Erinnerung.

Erst als sich die Tür zur Küche öffnete, hob Layla den Kopf und trat von Chase weg. Faye stand in der Nähe und schaute zwischen ihnen hin und her. „Sobald das hier geregelt ist, werden wir über euch beide sprechen. Aber im Moment will Logan dich sehen, Layla."

Chase wollte ihr folgen, aber Faye schüttelte den Kopf. „Du bleibst hier bei mir, kleiner Bruder. Layla wird für ein paar Minuten allein klarkommen."

Layla bemerkte, dass Chases Pupillen aufblitzten, aber er nickte schließlich. „Aye, natürlich kann sie das. Aber wenn du mich brauchst, Layla, sag es einfach."

Sie hatte keine Ahnung, wie sie einen so fürsorglichen, entschlossenen Mann verdient hatte. Doch jetzt war nicht die Zeit, darüber nachzudenken. „Das werde ich." Um die Stimmung etwas aufzuhellen, fügte sie hinzu: „Achte nur unbedingt auf die Messer, während du bei Faye bist."

Faye knurrte, aber Layla drehte sich um, bevor die jüngere Frau etwas sagen konnte.

Es war an der Zeit, herauszufinden, was mit Logan los war.

Kapitel Acht

Chase hatte noch nie jemanden gesehen, der sich so sehr nach Zuneigung sehnte wie Layla und sich ihr zugleich so verdammt widersetzte. Fast so, als wäre es eine Schwäche, sich halten zu lassen.

Als er sie mehrere Minuten an seine Brust gedrückt hatte, war ein Gefühl von Schutz und Zärtlichkeit erblüht. Er war sich noch nie so sicher gewesen, dass es sich lohnte, auf Layla zu warten. Nicht alle Paarungen zwischen wahren Gefährten waren für beide Partien das Beste, aber er glaubte gern, dass es in ihrem Fall so war. Denn wenn jemand einen Weg finden könnte, sich davonzuschleichen und Layla eine gute Zeit zu bereiten, ohne viel Aufmerksamkeit zu erregen, dann war es Chase.

Er stellte sich vor, mit Laylas weicherem Körper gegen seinen gelehnt, sie jeden Tag zu sehen, sowohl im Bett als auch draußen, und er lächelte. Wenn er zuvor schon gedacht hatte, dass er sie wollte, war er jetzt nur umso sicherer. Er wollte derjenige sein, der sie beschützte, tröstete und sie einfach zum Lachen brachte.

Layla MacFie wäre die Seine, Ende der Geschichte.

Viel zu früh endete ihr privater Moment, und Faye platzte herein. Die Tatsache, dass Layla nicht sofort versucht hatte, ihn wegzustoßen, sprach Bände darüber, wie sie sich ihm gegenüber erwärmte.

Sobald Layla ging, um mit Logan zu reden, suchte Faye seinen Blick und fragte: „Bist du sicher, dass du mit dem fertig wirst, was kommen wird, Chase?"

Da Faye seit mehr als einem halben Jahr die Gefährtin seines Bruders war, beeindruckten ihn ihre Dominanzversuche nicht mehr. „Wenn du das Leben des Gefährten einer Ärztin meinst, dann ja, ich kann damit umgehen."

Sie schüttelte den Kopf, und ihre braunen Locken hüpften. „Nicht nur das. Ich will, dass Layla so glücklich ist wie jeder andere, aber ich habe noch nie davon gehört, dass ein jüngerer Drachenwandler eine ältere Frau als Gefährtin nimmt. Jeder wird euch beide schräg ansehen und versuchen, dich unter Druck zu setzen, dir eine jüngere Frau zu nehmen, wenn auch nur, um das Überleben unserer Art zu sichern."

Wut sammelte sich in seiner Magengrube. „Wir sind hier nicht im fünfzehnten Jahrhundert, als wir das Aussterben fast nicht verhindert hätten, Faye, und du weißt das verdammt gut. Verflixt, deine Familie allein wird unseren Clan schon wieder bevölkern."

Als Faye eine Hand über ihren Bauch legte, rollten ihre Lippen nach oben. „Aye, und eines Tages werden die MacKenzies alles übernehmen, da bin ich mir sicher. Ich versuche doch nur, dich vorzubereiten, Chase. Du bist jetzt mein jüngerer Bruder, und ich will nicht, dass du verletzt wirst."

Er ballte die Hände zu Fäusten. „Jeder beurteilt mich nach meinem Alter, aber das ist nur eine Zahl. Es gibt Männer, die doppelt so alt sind wie ich und in allem verdammt hoffnungslos sind. Ganz zu schweigen davon, dass ich mich zwei Jahre lang kontrolliert habe – zwei lange Jahre –, obwohl ich die ganze Zeit wusste, dass Layla meine wahre Gefährtin ist und ich sie nicht haben kann. Ich werde ihr nichts aufzwingen, aber ich bin mir verdammt sicher, dass ich mein Bestes geben werde, um sie für mich zu gewinnen."

Faye schmunzelte und nickte. „Gut, du hast den Test bestanden. Ich wollte nur sicherstellen, dass du es ernst meinst. Layla ist nicht der Typ, der Leute einfach reinlässt, und ich könnte es nicht ertragen, ihr Herz gebrochen zu sehen, wenn du dich entschließt, aufzugeben, sobald es schwierig wird."

Er knurrte. „Sei froh, dass du schwanger bist, Faye. Sonst wäre ich versucht, dich zu einer Art

Wettbewerb herauszufordern. Natürlich nicht fliegen, aber etwas anderes."

Fayes Gesicht wurde weicher, ohne Zweifel, weil er auf ihren Flügel Rücksicht nahm, der vor einiger Zeit von einer Gruppe von Drachenrittern beschädigt worden war und seitdem nie mehr ganz derselbe war. Sie murmelte schließlich: „Selbst, wenn ich nicht schwanger wäre, könnte ich die Herausforderung ohnehin nicht annehmen. Ich habe Grant versprochen, wegen des Kleinen nichts übermäßig Gefährliches zu tun – sowohl jetzt als auch nach der Entbindung."

Er schnaubte. „Wir werden sehen, wie lange das hält."

Faye streckte eine Hand aus. „Also ist alles in Ordnung zwischen uns? Du bist ein guter Mann, Chase, bezweifle das nicht für eine Minute. Aber ich mische mich gerne ein bisschen hier und da ein, wie du gut weißt. Ich kann nichts dafür."

Die Tatsache, dass Faye auch nur zugab, dass sie sich gern einmischte, war ein großes Zugeständnis.

Seufzend nahm er Fayes Hand und schüttelte sie. „Aye, dir ist verziehen. Aber wenn du Layla auf deine Art testen willst, warte eine Weile, okay? Es hat Monate gedauert, sie dazu zu bringen, mich auch nur anzusehen. Lass mich sie etwas mehr bezaubern, bevor du sie mit all meinen Fehlern erfreust."

Bevor Faye antworten konnte, piepte ihr Handy. Nachdem sie die Nachricht schnell überflogen hatte, öffnete sie die Tür. „Komm. Diese Unterhaltung wird bis später warten müssen. Im Moment wollen Grant und Layla uns oben haben."

Mit einem Nicken folgte Chase seiner Schwägerin hinauf.

Sobald Layla bei Logan im Raum war, hatte sie Grant erlaubt, das Gespräch zu führen, und darauf gewartet, dass er die wichtigste Frage stellte: Warum hatte Logan Vorräte gestohlen?

Natürlich begann sie, als die Minuten vergingen, mit dem Fuß ein wenig auf den Boden zu tippen.

Ihr Drache schnaubte. *Grant verschwendet so viel Zeit damit, nach kleinen Dingen zu fragen, wie zum Beispiel, was gestohlen wurde und wie lange schon. Das hätte er fragen sollen, bevor wir hergekommen sind.*

„Ich bin mir sicher, es gibt eine Erklärung und ein Prozedere. Grant weiß mehr über Verhöre und Geständnisse als wir.

Ihr Drache grunzte und verstummte.

Layla wollte, dass Logan sie ansah, aber er tat es nicht. Das Verhalten war ganz anders als seine übliche kühne, aufgeschlossene Persönlichkeit.

Vielleicht war es Scham oder vielleicht etwas anderes, von dem sie nichts wusste. Layla wusste nur, dass sie nicht mochte, wenn Logan sich benahm, als wäre er ein Fremder.

Endlich stellte Grant die Frage, die Layla hören wollte. „Wem hast du die Vorräte gegeben?"

Logan zögerte, bevor er antwortete: „Ich brauche zuerst eine Garantie."

Grant hob eine Braue. „Du bist nicht in der Position zu verhandeln, Kumpel."

Logan fuhr fort, als hätte Grant gar nichts gesagt. „Ich möchte, dass du versprichst, ein paar Leute zu hören, bevor du sie einfach dem MDA übergibst."

Das MDA, oder Ministerium für Drachenangelegenheiten, war die Aufsichtsbehörde der menschlichen Regierung, die festlegte, wie Drachenwandler in Großbritannien lebten. Logans Bitte bedeutete, dass mindestens eine beteiligte Person ein Drachenwandler sein musste. Zwar konnte es sich um einen Drachenjäger oder Drachenritter handeln – Feinde der Drachen, die überall Gesetze brachen – aber sie zweifelte daran.

Oder zumindest wollte ihr Herz nicht glauben, dass Logan versuchte, einen von ihnen zu beschützen.

Grant ließ sich Zeit mit der Antwort. „Ich habe nie jemanden einfach an das MDA übergeben, ohne vorher mit ihm selbst geredet zu haben, nicht einmal, wenn es ein verdammter Jäger war."

Logan nickte und schien Grants Worten zu vertrauen. Er atmete tief durch und sagte: „Es war für meinen Bruder und ..."

„Für wen sonst noch?", hakte Grant nach.

Logans Augen trafen Laylas. „Yasmin und ihr ungeborenes Kind."

Laylas Herz setzte einen Schlag aus. „Was?"

Logans Blick wurde apologetisch. „Es stimmt, Layla. Mein Bruder und deine Schwester waren verliebt, als Yasmin weggeschickt wurde. Anscheinend ist Phillip hinter deiner Schwester her, hat sie vom Clan One im Iran entführt, und seitdem sind sie auf der Flucht."

Sie versuchte, ihren Mund zum Funktionieren zu bringen, doch es kamen keine Worte. Sie hatte zwar gewusst, dass ihre Schwester für einen Jungen in Lochguard geschwärmt hatte, doch Yasmin hatte nichts von Liebe gesagt.

Und sicherlich nicht, dass sie Phillip Lamont geliebt hatte, den Mann, der Yasmin als Kind das Leben zur Hölle gemacht hatte.

Layla schüttelte den Kopf und sagte: „Ich verstehe nicht. Phillip hat meine Schwester gehasst und alles getan, um sie in Verlegenheit zu bringen."

Logan zuckte die Achseln. „Ich kann nicht behaupten, alle Details zu kennen, aber eines Tages, so sagt sie, in der Mittelschule, hat sich verändert, wie er sie ansah. Er hat aufgehört, sie öffentlich zu necken, aber ich habe nie gedacht, dass er sich in sie verliebt hat. Glaub mir, ich hatte keine verdammte Ahnung, dass er Yasmin hinterhergelaufen war, als er verschwand, sonst hätte ich dem Clan-Anführer etwas gesagt."

Eine Vielzahl von Fragen wirbelte in ihrem

Kopf. Warum war ihre Schwester abgehauen? Wo waren sie in den letzten fünf Jahren gewesen? Warum waren sie jetzt zurückgekehrt?

Bevor sie jedoch ihre Stimme zum Funktionieren bringen konnte, wandte sich Grant zu ihr und fragte: „Kann ich Faye hier reinbringen, Layla? Je weniger oft wir alles erklären müssen, desto mehr Zeit können wir uns auf Lösungen konzentrieren."

Seine Frage brachte sie wieder in die vorliegende Situation zurück. „Aye, aber sie soll auch Chase mitbringen. Er verdient es zu wissen, was los ist, da er mir überhaupt erst geholfen hat, herauszufinden, dass es Logan war."

Sie erwartete, dass Grant weiter über Sicherheit und Freigaben sprechen würde, aber er nickte nur und nahm sein Handy heraus. Nachdem er es wieder weggelegt hatte, konzentrierte er sich auf Logan. „Sag es mir ganz klar: Sind sie in Gefahr?"

„Möglicherweise", erwiderte Logan. „Du wirst verstehen, warum, wenn ich alles erkläre."

Layla beugte sich fast über den Tisch und knurrte, er solle ihr sagen, warum. Würde Layla nach all der Zeit ihre Schwester nur finden, um sie wieder zu verlieren?

Doch Faye und Chase platzten durch die Tür, bevor sie dazu kam. Ohne nachzudenken, suchte sie sofort Chases Blick. Ehe sie blinzeln konnte, saß Chase auf dem Stuhl neben ihr. Fragen brannten in seinem Blick, aber er schwieg. Er legte nur seine Hand mit der Innenfläche nach oben auf seinen

Oberschenkel, als Einladung. Sie zögerte nicht, ihre Hand in seine zu legen, und er legte sofort seine Finger um ihre kühlen.

Obwohl sie immer noch Angst davor hatte, was Logan über ihre Schwester sagen könnte, gab Chases fester Griff ihr etwas mehr Kraft, sich dem zu stellen.

Zum Glück hatte sie keine Zeit, sich mit damit weiter zu befassen, denn Grant ergriff wieder das Wort. „Sag uns, was mit Phillip Lamont und Yasmin MacFie los ist."

Faye hielt den Atem an, und Grant fügte schnell hinzu: „Aye, sie sind zusammen und in der Nähe. Yasmin erwartet auch ein Kind." Grant wandte den Blick aus seinen braunen Augen wieder Logan zu. „Fang an zu reden."

Logan zögerte nicht. „Am Tag, bevor Yasmin sich mit dem iranischen Typen paaren sollte, fand mein Bruder einen Weg, mit ihr zu reden und sie davon zu überzeugen, mit ihm durchzubrennen. Der iranische Clan hat ein Preisgeld auf ihren Kopf ausgesetzt und auf denjenigen, der sie entführt hat. Nach dem, was Phillip sagt, gilt es als Kriegsakt, einen vorgesehenen Gefährten zu stehlen, sobald eine Einigung erzielt wurde."

Faye knurrte. „In welchem Jahrhundert leben wir?"

Grant legte eine Hand auf Fayes Schulter und drückte. „Das ist Tradition, Liebes. Ich bin mir sicher, es gibt einen Grund dafür. Vielleicht hatten sie schon lange Probleme damit, dass andere

Gefährten stehlen, aye? Urteile nicht ohne alle Fakten."

Faye sah kein bisschen beruhigt aus, aber Layla war dankbar, dass Logan wieder sprach, da sie nach weiteren Informationen gierte. Logan sagte: „Jedenfalls hatten sie Angst, hierher zurückzukommen, da es Lochguard Ärger bringen könnte. Mein Bruder ließ mich schwören, es niemandem zu erzählen, sonst würden sie wieder weglaufen."

Layla fand ihre Stimme wieder. „Sie sind wegen des Kleinen zurückgekommen, oder?"

Logan nickte. „Aye, das sind sie – sie sind seit fast einem Monat zurück. Deiner Schwester ging es in den letzten Wochen nicht gut, und ich habe die Vorräte gestohlen, um ihr zu helfen."

Unbekümmert darüber, dass sie es den obersten Beschützern überlassen sollte, da es ihr Verhör war, hob Layla ihre Stimme. „Du hättest zu mir kommen sollen, Logan. Du bist ein guter Pfleger, vielleicht der beste, den ich habe, aber ich bin immer noch die Ärztin. Ich kann ihr mehr helfen als du." Sie ließ Chases Hand los und stand auf. „Ich muss meine Schwester sehen. Jetzt. Sag mir sofort, wo sie sich gerade befinden, damit ich ihnen helfen kann."

Logan schüttelte den Kopf, seine Stimme war müde, als er antwortete: „Ich habe versprochen, ihren Aufenthaltsort nicht zu verraten, Layla. Sobald du deinen Besuch beendet hast und gehst, laufen sie weg. Sie haben beide unseren Familien bereits so viel Ärger gebracht, und sie weigern sich, mehr zu verursachen, egal, wie oft ich ihnen gesagt habe, dass wir nur ihre Sicherheit wollen."

Sie war nicht ganz sicher, ob ihre Eltern dem zustimmen würden. Sie könnten sogar versuchen, den iranischen Clan zu kontaktieren, oder Yasmin wegen ihres Verrats vielleicht verstoßen. Bei diesen Gedanken ballte sie ihre Hände zu Fäusten. Zorn war ein zu zahmes Wort dafür, wie sie sich dann fühlen würde.

Aber sie konnte nicht nur ihren Eltern die Schuld geben. Layla hatte in der Vergangenheit nicht hart genug für ihre Schwester gekämpft – besonders, wenn es darum ging, sie zu kontaktieren und sicherzustellen, dass es ihr gut ging –, aber das würde sich ändern. Logan musste Layla nur verdammt nochmal sagen, wo Yasmin und Phillip waren.

In diesem Moment verschwanden all die Jahre, in denen sie zusammengearbeitet hatten, und Layla wollte nichts mehr, als ihm eine Kralle an die Kehle zu drücken und die Wahrheit zu fordern.

Sie bemerkte kaum, dass Chase sich neben sie stellte. Er sagte entschlossen: „Dann sag mir, wo sie sind, Logan. Ich vermute, dass du es weder Finn, Layla, den Beschützern noch irgendwelchen Familienangehörigen sagen sollst. Aber ich bin mir ziemlich sicher, dass sie keinen jungen, brillanten, charmanten Elektriker auf die Liste aufgenommen haben. Oder, wenn das nicht stimmt, dass du keinem Menschen von ihrem Aufenthaltsort erzählen darfst.

Ich hole sofort eine der Menschenfrauen, wenn nötig."

Logans Pupillen blitzten auf, und nach einer langen Minute sagte er: „Sie haben dich oder die Menschen nicht ausdrücklich erwähnt."

Chase grunzte. „Aye, nun, dann sag mir, wo sie sind. Die anderen sind nur zufällig auch hier."

Für den Bruchteil einer Sekunde konnte Layla Chase nur anstarren. Auch ohne zu fragen, unterstützte er sie.

Sie hatte so das Gefühl, dass er sie immer unterstützen würde.

In der nächsten Sekunde sah Logan zu Faye und Grant. Seine Stimme unterbrach Laylas Gedanken. „Zuerst versprich mir, dass du sie nicht sofort an das MDA übergeben oder dem Clan sagen wirst, dass sie zurück sind."

Faye sprach. „Wir müssen es Finn und unseren vertrauenswürdigsten Beschützern sagen, damit sie euch begleiten, aber ich wüsste nicht, warum wir nicht zumindest für eine kleine Weile warten können." Sie sah zu Grant. „Richtig?" Ihr Gefährte grunzte seine Zustimmung, und sie blickte zurück zu Logan. „Du hast unser Wort. Jetzt sag Chase, wo sie sind."

Logan sah Chase an. „Sie sind in dem verlassenen Cottage im Wald, wo der alte Wildjäger gelebt hat."

Wie alle in Lochguard wusste Layla, wo das war.

„Und erzähl mir alles, was ich über die Gesundheit meiner Schwester wissen muss, und zwar schnell."

„Ihr Blutdruck ist hoch, und seit letzter Nacht hat sie Fieber. Ich fürchte, ihr Drache könnte die Kontrolle übernehmen und dem Kleinen schaden, bevor er oder sie bereit ist zu kommen."

Layla murmelte einen Fluch. Wenn eine Frau in den letzten Wochen der Schwangerschaft versuchte, sich in einen Drachen zu verwandeln, konnte das die Wehen auslösen. Und jedes Kind, das geboren wurde, während eine Frau in Drachengestalt war, starb normalerweise, da das Kleine sich nicht wandeln konnte, bis es älter war, und die Vaginal-muskeln eines Drachen zu stark für ein Kind in menschlicher Gestalt waren.

Als Layla versuchte, nicht daran zu denken, dass der Drache ihrer Schwester versehentlich den Kleinen zu Tode zerquetschte, ging sie zur Tür. „Sonst noch etwas?" Logan listete ein paar Medika-mente auf, die er verabreicht hatte. Als er fertig war, zeigte Layla auf Chase. „Komm, ich brauche deine Hilfe, um Dinge von der Krankenstation zu tragen."

Und deine Unterstützung auch, dachte sie und bemühte sich, nicht die Treppe hinunterzulaufen und zu fallen, bevor sie in die Nacht hinausstürzte.

Kapitel Neun

Im Laufe der Jahre hatte Layla gelernt, ihr Leben in zwei Bereiche zu unterteilen – einen für ihre Rolle als Ärztin und einen für alles andere. Die Fähigkeit war so tief verwurzelt, dass sie leicht die Ängste, Freude und Wut wegpackte, die in ihr tosten, als sie sich auf den Weg zu dem verlassenen Cottage im Wald machte, wo ihre Schwester sich aufhalten sollte.

Aye, sie würde irgendwann ein ernstes Wort mit ihrer Schwester reden. Aber zuerst musste sie sicherstellen, dass Yasmin gesund und nicht in unmittelbarer Gefahr war, was bedeutete, dass nur ihre Arzt-Seite sich jetzt zeigen durfte.

Ihr Drache meldete sich zu Wort. *Wenn es wirklich schlimm wäre, hätte Logan uns Bescheid gegeben. Wir brauchen uns also noch keine Sorgen zu machen.*

Das scheint mir ein bisschen zu einfach. Ich muss

bereit sein für den Fall, dass ihr Zustand sich verschlechtert, oder ihr Kleines in Not gerät.

Was leicht passieren könnte durch übermäßigen Stress. Und da Logans Zögern, ihren Standort mitzuteilen, offensichtlich war, fast so, als ob er wirklich glaubte, dass er seinen Bruder erneut verlieren würde, wenn er etwas sagte, war Stress definitiv ein großes Problem.

Ihr Tier schnaubte. *Wenn sonst nichts, betone den Schutz des Kleinen. Ihre Drachen werden das nicht ignorieren können.*

Da Drachenhälften Kinder über alles andere schätzten, hatte ihr Tier recht. *Vielleicht. Aber wenn es Yas nicht gut geht, ist das Letzte, was wir tun müssen, sie noch weiter zu beunruhigen. Ich werde alles tun, was nötig ist, um sie und ihr Kleines gesund zu halten, und wenn das bedeutet, sie bewusstlos zu schlagen, wenn sie protestiert, tue ich es.*

Sie erreichten den Hügel, und sie hielt kurz inne. Das Cottage wäre auf der Anhöhe.

Nach fast fünf Jahren war sie nur wenige Augenblicke davon entfernt, Yasmin wiederzusehen. Die Schwester, die einst die größte Unterstützerin von Laylas Karrierewahl gewesen war, ihr beigestanden hatte, auch wenn andere behauptet hatten, dass Ärztinnen schwächer seien.

Yasmin. Wäre sie dieselbe? Oder würde sie wie eine Fremde wirken? Layla hatte keine Ahnung.

Da ihr Drache die Kluft zwischen der Seite der Ärztin und ihrem wahren Ich leicht zerbröckelt hatte, erstickten Gefühle ihre Kehle. *Siehst du, was du getan hast? Ich muss mich jetzt darauf konzentrieren, dass ich Ärztin bin, und sonst nichts. Schwäche die Wände nicht noch einmal, solange wir hier sind.*

Ihr Drache rollte sich zu einer Kugel zusammen und legte den Kopf auf die Vorderpfoten, die übliche Position, die er einnahm, wenn Layla Patienten sehen oder operieren musste.

Als Layla versuchte, die Mauer zu flicken, während sie weiterging, sprach Chase schließlich, der still gewesen war und ihre Befehle, ohne zu blinzeln, entgegengenommen hatte. „Ich warte immer noch darauf, dass du mir sagst, was ich tun soll, wenn wir da sind, Mädel."

Ohne ihr Tempo zu verlangsamen, nahm sie die Frage auf und antwortete: „Ich hoffe, es kommt nicht dazu, aber wenn Phillip versucht, Yasmin zu nehmen und zu fliehen, musst du ihn daran hindern."

„Du willst, dass ich mich zwischen einen Mann und seine schwangere Gefährtin stelle?", fragte er etwas verwirrt.

Sie sah ihn an. „Aye, kannst du das machen?"

Er seufzte. „Ich werde es versuchen, aber ich hoffe, es kommt nicht dazu."

„Ich auch", sagte sie, und wusste, dass sie viel von Chase verlangte, da er kein Krieger, Soldat oder irgendeine Art Athlet war. Aye, er war fit genug, aber es war schon immer in den besten Zeiten gefährlich, sich zwischen einen Mann und dessen schwangere Gefährtin zu stellen. „Aber ein paar der Beschützer sollten nicht weit hinter uns sein. Du musst mir nur helfen, bis sie eintreffen."

Er nickte ohne Beschwerde.

Vielleicht hatte sie zu viel verlangt und hätte weitere fünfzehn Minuten warten sollen, bis die Beschützer aufgeweckt worden waren. Wenn Chase verletzt wäre, wäre sie nicht in der Lage, sich zu konzentrieren, und ihre Schwester und ihr Gefährte könnten weglaufen.

Sie hätte jedoch nicht warten können, wenn Yasmin schon so nah war, egal was passierte. Ihr rationales Gehirn war gerade außer Betrieb.

Außerdem gab es ein paar Tricks, die sie benutzen konnten, um ihrer Sache zu helfen. Und als Layla noch überlegte, ob sie ihm beibringen sollte, wie man Phillip mit Medikamenten anstatt mit Gewalt zurückhalten konnte, fragte Chase leise: „Wird es dir gut gehen, Layla?"

Oberflächlich, natürlich, es würde ihr gut gehen. Medizin war ein Muskel, den sie im Laufe der Zeit trainiert hatte und unter allen Umständen, ohne nachzudenken, gebrauchen konnte.

Nachdem jedoch so viele Jahre ohne ein Wort vergangen waren, würde sie jetzt ihre Schwester wiedersehen. Und nicht nur das, Layla könnte sie kurz danach wieder verlieren, entweder dadurch, dass sie erneut weglief, oder wenn es eine Art Komplikation während der Geburt gab.

Also sollte es Layla nicht gut gehen.

Da sie jedoch ihren inneren Zwiespalt nicht

noch einmal aufbrechen wollte, stieß sie einen Atem aus und sagte: „Es wird mir verdammt nochmal gut gehen müssen."

Chase drehte sich mehr auf sie zu und streckte eine Hand aus, um ihre Schulter sanft zu berühren. „Ich habe Vertrauen in dich, aber wir werden dennoch danach darüber reden."

Chase und sein ständiger Wunsch, über sie, ihre Gefühle und ihre Vergangenheit zu reden.

Und doch konnte sie nicht anders, als ein wenig zu lächeln. Er war neugierig, weil es ihm wichtig war. Es war so lange her, dass jemand sie so genau beobachtet oder es gewagt hatte, anzudeuten, dass sie nicht unbesiegbar war. Sie wusste, dass der Großteil des Clans sie verdammt nochmal dafür hielt.

Je mehr Zeit sie mit Chase verbrachte, desto mehr fragte sie sich, ob sie am Ende zusammenpassen würden.

Ein kleines steinernes Cottage mit einem alten Strohdach, das dringend ersetzt werden musste, kam in Sicht. Sie rutschte ihre Arzttasche höher, um die Steigung besser erklimmen zu können, und erreichte im Handumdrehen die Tür.

Der Drang hineinzustürmen war stark, aber sie hob nur eine Hand und klopfte. Nichts passierte, also hob Layla ihre Stimme. „Wenn du da drin bist, Yas, lass mich rein. Ich kann helfen."

Nach einem kaum wahrnehmbaren Murmeln schwang die Tür auf. Die dünne Gestalt von Phillip Lamont begrüßte sie mit wilden Augen. Sie bemerkte kaum, wie viel älter er aussah, als das letzte Mal, dass sie ihn gesehen hatte, bevor er knurrte: „Logan sollte dir nichts von uns erzählen."

Sie war daran gewöhnt, von Drachenmännern mit Knurren und Schreien bedroht zu werden, und so hob Layla nur ihre Augenbrauen. „Er hat es mir nicht erzählt. Er hat es Chase erzählt, und ich stand zufällig gerade dabei. Jetzt lass mich rein, damit ich meiner Schwester helfen kann."

Yasmins leise Stimme erreichte ihre Ohren, schwächer als sie in Erinnerung hatte. „Lass sie rein, Phillip."

Nachdem er seine Augen verengt hatte, trat Phillip zur Seite und erlaubte ihr und Chase den Zutritt.

Layla bemerkte sofort, dass ihre Schwester auf einem alten hölzernen Bettgestell lag, die Matratze war klumpig und nicht so sauber, wie sie es gewollt hätte.

Yasmins Gesicht war blass unter der Bräune ihrer Haut, ihre Wangenknochen zu stark ausgeprägt und ein vorstehender Bauch unter der Decke. Ihr einst dunkles Haar war von Silberfäden durchzogen, und ihr Gesicht mit Lachfältchen um Mund und Augen gesäumt.

Die Schatten unter den Augen ihrer Schwester ließen sie jedoch sofort handeln. Layla stürmte ans Bett und legte ihre Hand auf Yasmins Stirn. Bei dem brennenden Gefühl vergaß sie alles andere außer ihrer neuesten Patientin. „Chase, bring den Infusionsständer und die Tasche her. Such das Kit, von dem ich dir erzählt habe, das mit der Nadel zum Anschließen an den Schlauch."

Phillip stellte sich auf die andere Seite des Bettes. „Was machst du mit ihr?"

„Ich helfe ihr. Sie hat seit mindestens einem Tag Fieber und ist wahrscheinlich dehydriert. Ich möchte ihr Flüssigkeit geben, bevor ich etwas anderes tue." Sie sah endlich Yasmin wieder an. „Du hast keine Allergien entwickelt, seit du gegangen bist, oder?"

Yasmin schüttelte den Kopf. „Nein, ich glaube nicht."

In einer idealen Welt hätte Layla Yasmins Krankengeschichte zur Hand und könnte ihre jährlichen Untersuchungen nach neuen Informationen überfliegen.

Aber sie hatte nichts dergleichen. Nachdem sie also die Infusionsnadel gelegt und die Infusion angeschlossen hatte, sagte sie: „Ich werde dich untersuchen. Beantworte dabei meine Fragen, aye? Und halte nichts zurück."

Yasmin nickte, als Layla das Stethoskop auf ihren Bauch legte. Innerlich erleichtert über den schnellen, gleichmäßigen Herzschlag des Kleinen, berührte und untersuchte sie den Rest des Körpers ihrer Schwester und hielt nur inne, um Chase zu sagen, er solle sich umdrehen, als sie das Nachthemd ihrer Schwester entfernen musste.

Als Yasmin wieder unter der Decke versteckt war, sah Layla zuerst Yasmin an, dann Phillip und wieder zurück und sagte mit ihrer besten autoritären Arztstimme: „Yasmin ist in Gefahr und braucht die modernere Ausstattung meiner Krankenstation. Ich werde versuchen, hier zu tun, was ich kann, aber ohne eine konstante Stromquelle abgesehen von dem alten Generator draußen wird es extrem begrenzt sein. Und bevor ihr protestiert oder droht, wegzulaufen, solltet ihr Folgendes wissen." Sie holte schnell eine Fertigspritze, drückte die Luft hinaus und setzte die Nadel nahe einer Vene an den Arm ihrer Schwester. „Ich kann Yas mit einem Stoß bewusstlos machen, wenn nötig."

Phillip knurrte. „Mir gefällt deine Drohung nicht."

Sie wandte den Blick nicht von den blitzenden Augen, voller Wut und ein wenig Angst. „Und ich will nicht, dass meine Schwester oder euer Kleines stirbt."

Sie starrten einander ein paar Sekunden an, bevor Chases Stimme den kleinen Raum füllte. „Ich weiß, dass ihr zwei unter dem alten Clan-Führer gegangen seid, aber glaubt mir, Finn Stewart ist anders. Er wird euch willkommen heißen und tun, was er kann, um euch zu beschützen. Und weil ihr mich wahrscheinlich nicht kennt: Ich bin mit keinem von euch verwandt und habe daher eine äußerst objektive Sichtweise. Lasst mich also wiederholen: Finn wird euch helfen. Wenn das also euer Grund zu zögern ist, dann ignoriert es."

Yasmin legte eine Hand auf Laylas Arm, und sie

begegnete sofort dem Blick ihrer Schwester, als sie flüsterte: „Aber wenn Azar herausfindet, dass ich hier bin, wird sein Clan hinter uns her sein. Jeder, der uns hilft, ist in Gefahr."

Azar Samadi war der Mann, mit dem sich Yasmin hatte paaren sollen. Sie wusste nicht viel über ihn, um ehrlich zu sein. Aber wenn er nach all den Jahren immer noch einen Groll hegte, würde Layla ihm nie verzeihen können.

Ihr Drache flüsterte. *Mach dir später Sorgen darüber. Konzentrier dich vorerst auf Yasmin.*

Richtig, ihre Schwester, die so blass und zerbrechlich aussah.

Layla wollte nichts mehr, als ihre Schwester zu trösten, aber sie konzentrierte sich auf die Zukunft und hielt die Spritze dort, wo sie war. Layla legte so viel Wahrheit in ihre Worte, wie sie konnte, und antwortete: „Finn ist ein guter Clanführer, der es geschafft hat, in den letzten Jahren aus vielen schwierigen Situationen herauszukommen. Er hat auch starke Verbündete, die ihm zur Seite stehen werden. Also mach dir keine Sorgen darum, uns in Gefahr zu bringen, Yas. Finn wird einen Weg finden, uns alle zu beschützen. Bitte, vertrau mir in dieser Sache, wenn sonst schon nicht."

Yasmins Pupillen blitzten zu Schlitzen und zurück, bevor sie nickte. „Ich vertraue dir!" Sie sah zu Phillip. „Lass es uns versuchen, Phillip. Ich bin es so leid, auf der Flucht zu sein."

Als Phillip die Stirn seiner Gefährtin streichelte

und beruhigende Worte murmelte, war klar, wie sehr er Yasmin liebte. Mit weicherer Stimme sprach Phillip endlich wieder mit Layla. „Na schön, wir gehen. Ich trage sie nach Lochguard."

Sie nahm die Nadel von Yasmins Arm und nickte. „Wenn du dich auf dem Rückweg ein paar Minuten ausruhen musst, lass es uns wissen."

„Das ist nicht nötig", knurrte Phillip.

„Natürlich nicht", sagte sie und wollte nicht unnötig einen beschützenden Gefährten provozieren. „Aber lass mich dir helfen, den Infusionstropf umzuhängen, sobald du Yasmin in deinen Armen hast. Ich möchte ihn nicht noch einmal herausnehmen."

Und als sie half, ihre Schwester in Phillips Arme zu legen, und dann ihre Tasche packte, hoffte Layla, dass Finn sie später nicht umbringen würde, weil sie in seinem Namen gesprochen hatte.

Ihr Drache schnaubte. *Natürlich nicht. Er wird dem Clan immer helfen, wenn er darum gebeten wird, auch denjenigen, die eine Weile weg waren.*

Aye, ich weiß. Aber ich kann mir nicht vorstellen, dass er über die Nachrichten glücklich sein wird.

Nun, gut, dass wir nicht diejenigen sein müssen, die sie ihm überbringen. Faye und Grant werden es tun.

Du bist schrecklich, antwortete sie mit einem halben Lachen in ihrem Kopf.

Bevor sie es wusste, machten sie sich alle auf den Weg nach Lochguard. Und Layla tat ihr Bestes, nicht an Wiedervereinigungen, Streitigkeiten und alles andere zu denken, was später kommen würde. Im Moment war ihre Schwester zurück und kam nach Hause. Das war alles, was zählte.

Finlay Stewart hockte vor dem großen Holzschreibtisch in seinem Büro und beobachtete den goldenen Baby-Drachen darunter, der hin und her eilte und ihn herausforderte, ihn zu schnappen. Jedes Mal, wenn er versuchte, seine Tochter zu fangen, war sie außer Reichweite. Für einen Baby-drachen war sie verdammt schnell.

Mit der beruhigenden Stimme, die am besten bei seinem kleinen Schlingel funktionierte, sagte er: „Freya, Liebes, komm. Daddy muss ein wenig arbeiten."

Er wartete, bis sie etwas näherkam, bevor er versuchte, sie zu schnappen. Doch sie schoss direkt an ihm vorbei und rannte durch den Raum.

Sein innerer Drache lachte, der Bastard.

Normalerweise würde Finn nichts mehr lieben, als für eine kurze Zeit mit seiner Tochter zu spielen. Aber sein fast tägliches Konferenzgespräch mit Clan Stonefires Anführer Bram Moore-Llewellyn sollte in zehn Minuten beginnen. Und wenn Freya im Raum bliebe, würde sie ohne Zweifel in Finns Schoß springen und versuchen, die Kamerazeit für sich zu stehlen. Aus welchem Grund auch immer hatte sie

Gefallen an dem anderen Drachen-Clan-Anführer gefunden, was bedeutete, dass sie die ganze Zeit auf sich aufmerksam machen und versuchen würde, ihn zu verzaubern, und sie würden nichts schaffen.

Seine Gefährtin Arabella lächelte immer selbstgefällig, wenn Finn sich beschwerte, dass seine Tochter zu charmant für ihr eigenes Wohl sei. Sie erwähnte dann, dass das nur gerecht sei – eine charmante Tochter für einen charmanten Vater.

Finn hatte nicht vor, den kleinen Schlingel diesmal gewinnen zu lassen, also sah er sich im Raum um und überlegte sich einen Weg, seine Tochter in die Ecke zu drängen und zu fangen. Er war dabei, seinen ersten Schritt zu machen, als sich die Tür öffnete und Grant McFarland und Faye MacKenzie enthüllte. Beim Anblick ihrer angespannten Gesichter seufzte er. „Was jetzt?"

Freya rannte direkt an ihnen vorbei in den Flur, und er hörte die Stimme seiner Gefährtin sagen: „Ich hab sie!", bevor Faye und Grant in den Raum kamen, die Tür schlossen und Faye sagte: „Du solltest dich vielleicht dafür setzen."

Er sah seiner Cousine in die Augen. „Sag es mir einfach, Faye. Sind es wieder die Jäger oder die Ritter?"

Sie schüttelte den Kopf und ihr wildes Haar hüpfte um ihr Gesicht. „Nein, es hat mit Yasmin MacFie und Phillip Lamont zu tun."

Finn runzelte die Stirn, als er versuchte, sich zu erinnern, was er über das Paar wusste. „Sind sie nicht beide verschwunden, Jahre bevor ich den Clan übernommen habe?"

Grant grunzte. „Aye, das sind sie, und sie sind zurückgekehrt. Und bevor du sagst, dass das gut ist: Es ist durchaus möglich, dass, sie in Lochguard zu behalten, bedeuten könnte, dass einer der iranischen Drachenclans an unsere Tür klopft. Und zwar nicht auf gute Weise."

Er rutschte in seinen Stuhl und seufzte erneut. „Aye, ich sitze. Jetzt erzählt mir alles."

Sobald Faye und Grant ihn über Yasmins und Phillips Durchbrennen, das Leben auf der Flucht und sogar ihr bald geborenes Kind informiert hatten, fragte Grant: „Was willst du tun, Finn?"

Er sprach mit seinem Drachen, einem der wenigen, die ihn jemals wirklich klagen hörten. *Ich dachte, das Leben sollte einfacher werden, je länger ich das Sagen habe.*

Sie brauchen unsere Hilfe. Mehr brauchen wir nicht zu wissen.

Sein Drache hatte natürlich recht.

Finn sah auf die Uhr und dann zurück zu Faye und Grant. „Natürlich bleiben sie hier unter unserem Schutz. Haltet mich über alles auf dem Laufenden, egal, wie klein es ist. Ich habe in wenigen Minuten ein Telefonat mit Bram, und ich werde ihn um Hilfe bitten, falls bald eine Gruppe wütender Drachenwandler vor unserer Haustür auftaucht."

Faye trat einen Schritt vor. „Wenn das erledigt ist, kannst du vielleicht Yasmin und Phillip besu chen? Sie sind unter dem alten Anführer gegangen, und ich denke, dich zu treffen, wird helfen, ihre Ängste zu lindern."

„Wenn man bedenkt, dass der alte Bastard den MacFies erlaubt hat, ihre Tochter im Grunde zu verkaufen, kann ich es ihnen nicht verübeln." Finn musterte Fayes Gesicht. „Wie geht Layla damit um?"

Er und Layla waren in ungefähr dem gleichen Alter und kannten einander schon ihr ganzes Leben lang. Aber er hatte sie nie über das Verschwinden ihrer Schwester reden hören, nicht ein einziges Mal. Die Drachenfrau hatte die Privatsphäre auf ein ganz neues Niveau gehoben.

Grant antwortete: „Erschüttert, aber okay."

Der Mann zögerte, aber bevor Finn ihn fragen konnte, warum, sprang Faye ein. „Chase hat Layla geholfen und sich um sie gekümmert. Ich denke, das hilft mächtig."

Also hatte der Junge die Ärztin endlich dazu gebracht, ihn zu bemerken.

Sein Drache meldete sich zu Wort. *Ich habe dir doch gesagt, sie sind wahre Gefährten.*

Aye, vielleicht. Aber ich werde bei dem Thema nicht drängen, um herauszufinden, ob das die Wahrheit ist. Die Tatsache, dass Layla sich an irgendwen lehnt, ist ein wahres Wunder. Verdammt, sie hat uns ihr nie helfen lassen, außer wir werden im Grunde angegriffen oder so ein Mist.

Finn antwortete dem Paar: „Gut. Sorgt dafür, dass Chase so lange wie erforderlich an ihrer Seite sein kann. Sprecht mit seinem Chef, wenn nötig, und verschafft ihm etwas Freizeit, aye?"

Die beiden hatten kaum genickt, als Finns Computer mit einem eingehenden Videoanruf piepte. „Das wird Bram sein. Ich besuche euch, wenn ich fertig bin, und wir können mehr über die mögliche Bedrohung durch den iranischen Clan reden. Ich vertraue darauf, dass ihr beide die Dinge mit Yasmin und Phillip klärt und ihre Familien darüber informieren werdet."

Die beiden nickten und gingen. Als er allein war, drückte Finn auf Empfangen, und Brams dunkles Haar und die blauen Augen füllten den Bildschirm. Bram runzelte gleich die Stirn. „Warum habe ich das Gefühl, dass das kein netter Anruf sein wird, bei dem wir über unsere Kinder plaudern?"

„Eines Tages kommen wir dorthin. Für die nächste Weile brauche ich aber vielleicht deine Hilfe ..."

Kapitel Zehn

Die nächsten vierundzwanzig Stunden vergingen verschwommen. Layla stabilisierte ihre Schwester, behandelte Phillip wegen Dehydrierung und leichter Unterernährung und tat alles in ihrer Macht Stehende, um das Paar und ihr Kind aus jeglicher gesundheitlicher Gefahr zu befreien.

Der Arzt von Seahaven war wie vorher geplant gekommen, und ohne zu viel Anweisung von Layla hatte Dr. Daniel Keith die Runden methodisch durchgeführt und die meisten anderen Patienten für den Tag gesehen. Als sich die Dinge am Abend verlangsamten, war Layla zum ersten Mal allein mit dem Arzt in ihrem Büro.

Sie war so erschöpft, dass sie ihm nur anbot, ihr seine Notizen zu geben. Aber anstatt ihrer Aufforderung zu folgen, grunzte Dr. Keith und schüttelte den

Kopf. „Nein, Sie müssen nach Hause gehen und sich ausruhen, MacFie."

„Das hier ist meine Krankenstation, Dr. Keith. Ich weiß, wie sie zu führen ist."

Er warf seine Akten auf ihren Schreibtisch. „Aye, natürlich tun Sie das, aber das hier sind ungewöhnliche Umstände. Ruhen Sie sich aus, und ich werde bis zum Morgen übernehmen."

Tief in ihrem Inneren wollte sie Okay sagen und nach Hause gehen. „Ich kann nicht. Meine Schwester braucht mich vielleicht."

„Hören Sie, ich verstehe ja, dass Sie sich um Ihre Schwester sorgen. Aber was nützen Sie, wenn Sie erschöpft sind und einen Fehler machen? Und, nein, ich meine nicht Sie im Speziellen. Wir alle haben irgendwann welche gemacht." Er sah ihr in die Augen. „Seien Sie vernünftig, und überlegen Sie, was würden Sie einem Assistenzarzt in dieser Situation empfehlen?"

Layla wusste, dass sie ihm sagen würde, er solle sich ausruhen und später wiederkommen. Und doch, wenn sie zugeben würde, dass sie eine Pause brauchte, wäre das für sie fast wie eine Niederlage, als würde sie ihre Schwester wieder im Stich lassen.

Ihr Drache knurrte. *Hör auf! Selbst Finn verlässt sich auf die Hilfe der anderen Clanführer. Wenn er es schafft, warum können wir dann nicht dasselbe tun?*

Nach fünf Jahren will ich meine Schwester nicht wieder im Stich lassen.

Du lässt sie ja nicht im Stich. Dr. Keith scheint

mehr als in der Lage zu sein, sich um sie zu kümmern.

Diese Entscheidung hast du nach einem Tag getroffen? Ich will glauben, dass er ein guter Arzt ist, aber es ist zu früh dafür.

Ihr Tier grunzte. *Er hat heute erstaunliche Arbeit geleistet, was dir viel sagen sollte, vor allem, wenn man an das Feedback des Clans zu seinen Behandlungen denkt.*

Layla musterte das wie gemeißelte Gesicht und die warmen Augen des Arztes vor sich. Er hatte sich mit den Patienten wirklich gut geschlagen, und sogar Lorna MacKenzie hatte ihn dafür gelobt, wie er sie behandelt hatte.

Auch wenn Layla vermutete, dass Lorna keinen Arzt hatte aufsuchen müssen und nur Dr. Keith selbst hatte sehen wollen, bedeutete das Lob der Drachenfrau jedem innerhalb des Clans viel. Vor allem, da Lorna sich an die Zeit erinnerte, als Dr. Keith in Lochguard gelebt hatte, bevor sein Vater und seine menschliche Mutter vom früheren Anführer rausgeworfen worden waren und ihr Sohn ihnen gefolgt war, was bedeutete, dass Lorna eine ausgewogenere Meinung über den Mann hatte.

Während Layla darum kämpfte, die Augen offenzuhalten, traf sie eine Entscheidung. Sie konnte Yasmin nicht helfen, wenn sie vor Erschöpfung ohnmächtig wurde. „Na schön, ich ruhe mich bis zum Morgen aus. Und Sie rufen mich an, sobald sich irgendwas bei einem der Patienten ändert, verstanden?"

„Bei meiner Ehre, Sie haben mein Wort." Er lächelte ein wenig. „Und meine Gefährtin sagt, *ich* sei der sturste Arzt, den sie je getroffen hat! Ich werde sie Ihnen vorstellen müssen, nur um zu beweisen, dass sie falschliegt."

Layla stand auf und schüttelte den Kopf. „Ich bin aus der Notwendigkeit heraus stur, wie die meisten dominanten weiblichen Drachenwandler es sein müssen, um mit Ihresgleichen fertig zu werden." Als sie ihre Tasche hochnahm, fügte sie hinzu: „Obwohl ich gern einmal Ihre Gefährtin kennenlernen würde, Dr. Keith."

„Nennen Sie mich Daniel. Und sie wird sich auch freuen, Sie kennenzulernen. Sie ist ein Mensch und wollte nach Lochguard kommen, seit Finn angefangen hat, für Schlagzeilen zu sorgen."

Die beiden Clans waren schon zu lange Fremde gewesen. Aber das war mehr Finns Problem als ihres. Layla wollte später darüber nachdenken, mehr mit Daniel und seiner Gefährtin zu reden, wenn sie nicht mehr im Stehen einschlafen würde.

Layla gab die letzten Anweisungen, verabschiedete sich von allen und machte sich auf den Weg aus der Krankenstation.

Draußen war es dunkel, nur ein schwaches Leuchten kam von den spärlichen Straßenlaternen. Nicht, dass es ein allzu großes Problem war, wenn man ihre scharfe Drachenwandler-Sehkraft bedachte.

Sie war jedoch kaum ein paar Schritte vom Gebäude entfernt, als jemand ihre Hand nahm und eine vertraute männliche Stimme ihre Ohren erfüllte: „Lass mich dir helfen, Mädel.“

Chase. Erleichterung wusch über sie. Wäre es jemand anderes gewesen, hätte sie das Angebot abgelehnt. Sie war jedoch zu erschöpft, um das bei ihm zu tun. Sie lehnte sich gegen seine Brust und flüsterte: „Ich bin so müde!“

Er streichelte ihren Rücken. „Ich weiß, Liebes. Ich weiß.“

In der nächsten Sekunde hob Chase sie sanft in seine Arme, und Layla konnte nichts anderes tun, als ihre Arme um seinen Hals zu schlingen und sich gegen seinen harten, warmen Körper zu lehnen. Sein konstanter Herzschlag lullte sie innerhalb von Minuten in den Schlaf.

Es war verdammt viel schwieriger, als Chase es sich vorgestellt hatte, sich einfach von Layla fernzuhalten und sie ihre Arbeit machen zu lassen.

Aber er war weder Arzt noch Pfleger, und alles, was er getan hätte, wäre, sie zu verlangsamen oder schlimmer, sie dazu zu bringen, einen Fehler zu machen. Stattdessen hatte Chase so viele Dinge erledigt, wie er konnte, um der Krankenstation zu helfen, und er tat sein Bestes, Grant über alles zu berichten, was zum Thema Phillip und Yasmin gesagt worden war.

Bald schon konnte er nichts anderes tun als warten.

Also hatte er dafür gesorgt, dass in Laylas Kühlschrank Essen zum Aufwärmen war, und tat sein Bestes, um die Dinge für den Moment vorzubereiten, wenn sie nach Hause kam, damit sie nicht viel Mühe aufwenden musste, um ins Bett zu gehen.

Und irgendwann während der zahllosen Aktivitäten hatte Finn ihm einen seltsamen Befehl gegeben – es zu seiner obersten Priorität zu machen, Layla zu überwachen und sich um sie zu kümmern.

Als würde er das verdammt nochmal nicht sowieso tun.

Sein Drache schnaubte. *Finn weiß, dass Layla alle auf Distanz hält. Du kannst ihm keinen Vorwurf machen, dass er jede Art von Nähe fördern will.*

Ich schätze, das bedeutet, dass er die Paarung unterstützt.

Wenn nicht, hätte er das gesagt.

Chase grunzte. *Obwohl es nicht Finn ist, den wir letztendlich überzeugen müssen.*

Sein Drache richtete sich etwas höher auf. *Sie wird schon bald Ja sagen.*

Ein freundschaftliches Schweigen fiel zwischen ihm und seinem Tier, als sie außerhalb der Krankenstation warteten. Als es immer später wurde, fragte er sich, ob Layla sich zwingen würde, bis zum Morgen zu arbeiten.

Er würde ihr noch eine halbe Stunde geben, bevor er nach ihr sah. Aye, er tat sein Bestes, um ihre Arbeit nicht zu stören, aber ein Teil von Chases Aufgabe bestand darin, sicherzustellen, dass sie sich nicht umbrachte.

Nach etwa zehn Minuten jedoch kam Layla schließlich herausgestolpert.

Und aye, sie stolperte tatsächlich, und er musste eine Hand ausstrecken, um sie aufzufangen.

Nachdem er ihr Hilfe angeboten hatte, lehnte sie sich ohne Gegenwehr an ihn, und seine ruhelose Energie verschwand. Seine einzige Aufgabe für die absehbare Zukunft war es, sich um Layla zu kümmern. Nichts sonst spielte eine Rolle.

Er hob sie hoch, und sie wog fast nichts in seinen Armen. Er liebte die Wärme ihres Körpers an seinem und wusste genau in diesem Moment, warum er dazu bestimmt war, Laylas wahrer Gefährte zu sein. Sie würde nie auf sich selbst aufpassen und sich immer um andere kümmern wollen. Ihr Wohlbefinden zu gewährleisten, wäre seine Aufgabe. Zum ersten Mal in seinem Leben wäre er für jemand anderen verantwortlich, anstatt dass andere versuchten, sich um ihn zu kümmern oder ihn zu beschützen, wie es seine Mutter und sein Bruder getan hatten.

Er kuschelte ihre schlafende Gestalt mehr an sich, machte sich auf den Weg zu ihrem Haus und tat sein Bestes, um zu ignorieren, wie ihr Duft in seine Nase eindrang. Oder wie die Weichheit ihrer Brüste an seiner Brust Hitze durch seinen Körper schickte.

Sein Drache knurrte. *Wie lange müssen wir denn noch warten? Ich will sie.*

Nicht jetzt, Drache. Es ist zu viel los.

Ich weiß, dass wir sie noch nicht küssen können. Aber es gibt verdammt viel, was wir tun können, ohne diese Grenze zu überschreiten. Und es würde Layla auch entspannen.

Vielleicht willst du dich ja an jemanden ranmachen, der nicht bei Bewusstsein ist, aber ich nicht.

Sein Tier knurrte. *Natürlich würde ich das nicht tun. Aber wenn sie aufwacht, könnte es ihr eine neue Art von Energie geben, wenn wir ihren Körper verehren.*

Als sein Drache Bilder davon aufblitzen ließ, wie sie an Laylas Brust saugten, zwischen ihren Oberschenkeln leckten und ihr Gesicht beim Orgasmus beobachteten, biss Chase die Zähne zusammen. *Hör auf! Wenn wir nicht beweisen können, dass wir ein unterstützender Gefährte sein können, lässt sie uns nie etwas davon tun.*

Unterstützend, ja. Aber ich bezweifle, dass Layla einen passiven will.

Da er sich gerade nicht mit seinem Drachen auseinandersetzen wollte, errichtete er ein mentales Gefängnis und warf das Tier hinein. Und auch wenn sein Drache gegen die Wände schlug, hielten sie.

Chase hasste es, das zu tun, aber er wollte jede Sekunde mit Layla in seinen Armen genießen und keine Zeit damit verschwenden, mit seinem inneren Tier darüber zu diskutieren, wie sie Layla gewinnen könnten.

Er konzentrierte sich auf die Frau in seinen Armen. Selbst bei schwachem Licht konnte er ihre teilweise geöffneten Lippen sehen, ihre dunklen Wimpern auf ihrer Haut und Haarsträhnen, die über ihre Wange fielen.

Er glaubte nicht, dass sie noch schöner hätte sein können.

Und eines Tages könnte sie ihm gehören.

Instinktiv hielt er sie fester. Nein, sie *würde* ihm gehören.

Chase erreichte schließlich ihr Cottage und schaffte es, reinzukommen, ohne sie aufzuwecken. Erst als er sie endlich aufs Bett legte, rührte sie sich. „Waaas?", keuchte sie.

Er lächelte über die verschlafene Reaktion und streichelte sanft ihre Wange, bevor er ihr eine Haarsträhne hinter das Ohr steckte. „Wir sind zu Hause, Liebes. Sobald ich dich zugedeckt habe, gehe ich nach unten und schlafe auf dem Sofa."

Layla hob eine Hand und packte seine. „Bleib bei mir."

Sein Herz schlug doppelt so schnell, als er langsam fragte: „Ist das eine kluge Entscheidung? Was, wenn du mich im Schlaf versehentlich küsst?"

Sie runzelte die Stirn und gab ihr Bestes, den

Kopf zu schütteln. „Werde ich nicht. Bitte, Chase. Bleib bei mir."

Er hatte das Ehrenwerte getan und angeboten, woanders zu schlafen. Aber er wollte Layla nicht um seine Gesellschaft betteln lassen.

Er beugte sich hinab und küsste ihre Wange. „Aye, ich werde dich halten. Lass mich dich zuerst ins Bett legen."

Layla blieb die ganze Zeit im Halbschlaf, als er ihre Schuhe auszog und sie unter die Decke manövrierte. Vielleicht hätte er anbieten sollen, sie um- oder auszuziehen. Aber eine nackte Layla wäre gefährlich und eine zu süße Versuchung, also ließ er ihre Kleider an.

Sobald sie lag, zog er seine eigenen Schuhe aus und kletterte zu ihr hinein. In der Sekunde, in der er sich auf seine Seite legte, kuschelte sie sich an seine Vorderseite und legte einen Arm um ihre Taille.

Als er sie hielt, die Hitze ihres Körpers seinen erwärmte, schloss er die Augen und schmiegte sich an ihren Hals. „Gute Nacht, Liebes."

Sie murmelte „Gute Nacht" und war innerhalb von Sekunden weg.

Chase hielt sie fester, versuchte, nur den Moment zu genießen und seinen schmerzhaft harten Schwanz zwischen ihnen zu ignorieren.

Das würde eine verdammt lange Nacht werden.

Aber als Layla anfing, leise zu schnarchen, lächelte er. Vor ein paar Tagen hatte Layla alles in ihrer Macht Stehende getan, um ihm zu entgehen.

Und doch war sie hier, schnarchend, während sie sich an ihn kuschelte, und vertraute ihm genug, um ihn bei sich schlafen zu lassen.

Seine wahre Gefährtin war stark und dickköpfig, mit einem versteckten Sinn für Humor, den er gern öfter hervorlocken wollte. Ganz zu schweigen davon, dass sie auch verwundbar und manchmal sogar zerbrechlich war. Der Kontrast rührte etwas in ihm. Er wollte sie nie wieder gehen lassen.

Er liebte sie.

Nicht, dass er das so bald sagen würde. Im Moment war er damit zufrieden, sie an seinem Körper zu halten und mit ihrem Duft in der Nase einzuschlafen.

Kapitel Elf

Layla gehörte normalerweise zu denjenigen, die aus dem Bett sprangen, sobald sie wach waren. Zum Teil wegen ihres Berufs, aber auch weil die Morgenstunden ihre Lieblingszeit waren.

Doch als sie langsam die Augen öffnete und gegen das schwache Tageslicht blinzelte, das durch das Fenster strömte, warm und gemütlich unter der Decke, verspürte sie noch nicht den Wunsch, aus dem Bett zu springen.

Dann schmiegte sich jemand an ihren Hals und hielt sie um ihre Mitte, und sie lächelte und erinnerte sich daran, dass Chase die Nacht bei ihr geblieben war.

Er knurrte: „Wage es nicht, mich schon zu verlassen."

Sie wollte ihn gerade schon necken, als seine Hand ihren Unterleib streichelte. Jeder Zug seiner

Finger ließ mehr Wärme durch ihren Körper strömen, was ihr Herz stärker klopfen ließ.

Ihr Drache klang verschlafen, als er sagte, *Beweg
deine Hand tiefer. Nach so langer Zeit ohne männliche Berührung wird es nicht lange dauern.*

Froh, dass Chase nicht sehen konnte, wie ihre
Wangen rot wurden, antwortete sie: *Warum musst
du dir jetzt so was einfallen lassen? Obwohl ich weiß,
dass man mich gerufen hätte, wenn sich bei Yasmin
etwas verändert hätte, was bedeutet, dass es ihr gleich
oder besser gehen sollte, habe ich keine Zeit für egois-
tische Dinge wie Orgasmen. Wir sollten aufstehen
und nach ihr sehen.*

Ihr Tier knurrte. *Du bist gestresst, ich hatte seit
Jahren keinen Sex, und wir sind beide tickende Zeit-
bomben. Ermutige ihn. Eine halbe Stunde für uns
selbst wird auf lange Sicht allen zugutekommen.*

Auf den Tadel in der Stimme ihres Drachen hin
hielt Layla inne, um über die Worte nachzudenken.
Für Drachenwandler war Sex ein wesentlicher
Bestandteil ihrer allgemeinen psychischen Gesundheit. Wenn irgendeiner ihrer Mitarbeiter so angespannt oder überarbeitet gewesen wäre wie sie, hätte
Layla demjenigen geraten, sich einen willigen
Partner zu suchen und sich eine Weile zu
entspannen.

Sie hasste es, wenn ihr Tier nicht nur rational
war, sondern auch noch recht hatte.

Vielleicht, nur vielleicht, konnte sie einmal ein
wenig Zeit für sich selbst verbringen, vorausgesetzt,

es gab keinen Notfall, der auf ihrem Handy auf sie wartete. Es wäre auch nicht mal ganz egoistisch. Wenn sie entspannter wäre, würden ihre Schwester und alle anderen auch davon profitieren.

Ihr Drache meldete sich erneut zu Wort. *Dann ermutige ihn. Er war geduldig und wird es wahrscheinlich bleiben, es sei denn, er erfährt, dass du seine Berührung auch willst.*

Als sie noch darüber debattierte, was sie tun sollte – Layla war mutig und unkompliziert als Ärztin, aber weniger, wenn es darum ging, eine Geliebte zu sein – ging Chases Hand einen Zentimeter tiefer. Er sagte: „Als dein zukünftiger Gefährte ist es meine Aufgabe, in jeder Hinsicht auf dich zu achten. Und bevor du sagst, dass es nicht wichtig ist, solltest du wissen, dass du meinen Namen im Schlaf gestöhnt hast, Mädel."

Ihre Wangen erhitzten sich noch mehr. „Sag das nicht."

Seine Finger bewegten sich noch näher an das nun pochende Nervenbündel zwischen ihren Oberschenkeln. „Das ist nichts, wofür du dich schämen solltest, Liebes. Aber es bedeutet, dass ich nicht gut schlafen konnte, und stattdessen lag ich wach und habe an hundert Möglichkeiten gedacht, dich im Wachen zum Stöhnen zu bringen." Seine Finger hielten inne, und Layla schrie fast Nein. Er fügte hinzu: „Lass mich mal eine von ihnen versuchen, aye?"

Layla wollte Ja schreien. Vor einer Minute war sie bereit gewesen, das zu tun.

Und doch, als er um Erlaubnis bat, kam die Realität mit Karacho zurück. Schließlich wartete jemand darauf, dass sie auf der Krankenstation auftauchte. Also schüttelte sie den Kopf. „Dr. Keith wird nach Hause gehen wollen."

Chase knabberte an ihrem Ohrläppchen, bevor er es ein-, zwei-, dreimal leckte. Das Pochen zwischen ihren Oberschenkeln wurde intensiver.

Er sagte: „Du sollst den Morgen freihaben, auf Befehl von Finn und Dr. Sid."

„Dr. Sid?", wiederholte sie.

„Aye, sie ist aus Stonefire gekommen. Sie hat irgendwas gesagt, dass alle ihrem und Gregors Sohn etwas vorgurrten, und dass sie bereitwillige Babysitter nicht ablehnen würde. Finn hat mir in der Nacht eine SMS geschrieben, genau wie Dr. Sid. Sie sagten mir, ich solle den Befehl auch durchsetzen. Und keine Sorge, deiner Schwester und ihrem Gefährten geht es besser."

„Aber –"

Er leckte ihr den Hals, bevor sein heißer Atem ihre Haut streichelte und sie erzittern ließ. „Wenn du versuchst, vor 14:00 Uhr einen Fuß auf die Krankenstation zu setzen, sagte Dr. Sid, würde sie dich so oft wie nötig in hohem Bogen rauswerfen." Er lächelte an ihrer Haut. „Obwohl ich zugeben muss, dass das ein ganz schöner Anblick wäre."

169

Sie stupste seine Rippen hinter sich mit dem Ellbogen an. „Nicht lustig, Chase."

Seine Hand streichelte erneut ihren Bauch. „Wenn die ernste, ordentliche Ärztin wiederholt rausgeschmissen würde? Aye, das wäre es. Obwohl ich zugeben muss, dass es mir schwerfallen würde, nicht die liebenswerte Falte wegzuküssen, die du ohne Zweifel zwischen deinen Augenbrauen hättest." Er biss ihr in den Hals, bevor er den leichten Stich mit seiner Zunge beruhigte, und sie konnte kaum ein Stöhnen im Hals zurückhalten. Er sagte: „Aber ich bin bereit, diesen Anblick zu opfern, wenn es bedeutet, dass ich dich nackt haben kann und du dich unter meiner Berührung windest."

Seine Finger erreichten endlich ihre Klitoris, und als er sie sanft durch ihre Hose rieb, stöhnte Layla auf und zuckte bei der Berührung zusammen.

Ihr Drache knurrte. *Du vertraust Dr. Sid. Lass ihn uns mit seiner Zunge ficken. Es wird so viel besser sein, als dagegen anzukämpfen, wie erregt wir sind.*

Layla versuchte, einen Grund zu finden, warum sie es nicht sollte. Aber als Chase die köstliche Reibung fortsetzte, brach die Begierde, die sie so lange unterdrückt hatte, durch.

Verlangen, Sehnsucht, Lust. Sie wollte, dass der Mann neben ihr sie berührte, sie leckte und sie alles außer seiner Berührung vergessen ließ.

Sie bewegte ihre Hüften im Rhythmus zu seinen Bewegungen, drehte den Kopf und küsste die Unterseite seines Kiefers. Dann flüsterte sie: „Okay."

Mit einem Knurren hatte Chase sie auf dem Rücken, und er war über ihr, seine Augen voller Begierde. Der Blick, zusammen mit der Art, wie er ihre Handgelenke über ihrem Kopf hielt, ließ ihr Herz stolpern und Feuchtigkeit zwischen ihre Beine rauschen.

Sie hatte sich nie jemandem unterwerfen wollen. Aber der Gedanke daran, dass Chase die Kontrolle hatte, sie neckte, sie heiß machte, bis er sie endlich kommen ließ, machte sie kühn. Sie spreizte ihre Schenkel, hob ihre Brust und flüsterte: „Ich will dich, Chase. Zeig mir, wie sehr du mich auch willst."

Mit einem Knurren hielt er ihre Handgelenke an Ort und Stelle, während er eine Kralle an seiner freien Hand ausfuhr. In der nächsten Sekunde war ihr Oberteil in der Mitte geteilt, ihr BH verschwand gleich danach, bis die kühle Luft ihre Brustwarzen streichelte und sie zu harten Punkten machte.

Er zog die Kralle zurück und umkreiste ihre feste Knospe, berührte sie aber nicht. „Du bist verdammt perfekt, besser als ich es mir je vorgestellt habe."

Bevor sie etwas dagegen einwenden konnte, beugte er sich hinab und nahm ihre Brustwarze in den Mund, saugte vorsichtig, und jeder Zug ließ Layla ihre Beine weiter auseinanderspreizen. Als er sich auf die andere Seite bewegte und dasselbe mit dem anderen pochenden Gipfel tat, brannte ihre Haut heißer, und sie wollte mehr als nur seinen Mund an ihrer Brust. Sie wollte seine Grausamkeit zwischen ihren Schenkeln.

Ihr Drache grunzte. *Dann sag es ihm. Er kann deine Gedanken nicht lesen.*

„Bitte, Chase." Sie hob ihre Hüften, wollte ihre Hose und das Höschen verschwinden lassen und musste seine Finger an ihrer Haut spüren.

Sie bewegte seine Hand zwischen ihre Oberschenkel und schrie auf, als er den Stoff streichelte, der ihr geschwollenes Fleisch bedeckte. „Willst du, dass ich deine süße Pussy verschlinge?"

Sie wimmerte, und alles, was sie hervorbringen konnte, war ein halbherziges „Ja".

Er ließ sie los, zerriss ihre Hose und warf die Fetzen auf den Boden. Sie lag völlig nackt vor ihm.

„Sieh mich an, Layla."

Sie riss ihren Blick von seinem angespannten Schwanz weg, der in seiner Hose gefangen war, und hielt den Atem an, als sie seine blitzenden Augen sah, voller Hitze und Versprechen.

Obwohl sie die lustige und entschlossene Seite gesehen hatte, hatte er sich seine Begierde nie wirklich anmerken lassen. Bis jetzt.

Und sie konnte kaum atmen.

Er fuhr fort: „Sieh mir zu, wie ich dich koste, was ich so lange schon tun wollte."

Sie nickte, und er beugte sich vor, um ihren Bauch zu küssen, jeden ihrer Oberschenkel, bevor er ihre Hüften hochhob und ihrem Blick erneut begegnete.

Seine Zunge streichelte ihren Eingang, und sie stöhnte. Er fuhr fort, leckte und stieß zu, wobei er darauf achtete, ihre Klitoris nicht zu berühren. Sie bewegte eine Hand zu seinem Kopf, grub ihre Nägel hinein und zog an seinen Haaren, wollte, dass er höher ging, dorthin, wo sie vor Verlangen pochte.

Aber er folterte sie weiter mit Lecken und Stößen und machte ihren Körper heißer, fester, bis sie Angst hatte, sie würde in tausend Stücke zerbrechen.

Schließlich murmelte er etwas, das sie nicht verstehen konnte, bevor seine Zunge ihre harte Knospe fand und sie in einem langsamen, gleichmäßigen Rhythmus leckte. Ihre Hüften zuckten hoch, aber er hielt sie fest. Als er den Druck seiner Zunge erhöhte, stöhnte sie und war so nahe dran. Es war, als wüsste der Mann genau, was ihr gefiel, ohne, dass er fragen musste.

Sie packte seine Haare kräftiger, wollte nicht, dass er sie verließ.

Nicht, dass Chase irgendein Zeichen gegeben hätte, dass er das wollte. Er ließ nicht von seiner köstlichen Folter ab, und sie bog ihren Rücken und stöhnte, als er den Druck und das Tempo gegen ihre Klitoris erhöhte. Der Druck stieg schließlich an, und sie schrie seinen Namen, als die Lust explodierte und mit jedem Krampf ihrer inneren Muskeln durch ihren Körper strömte.

Chase fuhr fort, sie noch ein paar Sekunden lang zu lecken und sich an ihr zu laben, bevor er die Innenseite jedes ihrer Oberschenkel küsste und dann ihren Unterleib. Er legte seinen Kopf auf ihren Bauch, nahm ihre Hände in seine und drückte sie.

Sein Anblick, zerzaust und mit geröteten Wangen, ließ ihr Inneres hüpfen. Sie wusste immer noch nicht, warum Chase McFarland von allen Frauen im Clan ausgerechnet sie wollte.

Ihr Drache knurrte. *Mach das nicht. Wir sind es wert.*

Sie ignorierte ihr Tier und konzentrierte sich zurück auf den Mann, der auf ihr lag. Irgendwie fand sie den Mut, zu fragen: „Und? War es so gut, wie du dachtest?"

Er schmunzelte langsam, Zufriedenheit blitzte in seinen Augen. „Besser. Deinen Geschmack werde ich nie leid werden, Liebes. Niemals."

Vielleicht hätten einige Frauen den Kommentar als Übertreibung abgetan. Aber etwas an Chases Tonfall klang nach Wahrheit.

Nie in ihrem Leben hatte sie unbedingt einen Mann in sich haben wollen.

Und in diesem Moment entschied sich Layla, ein Geheimnis zu teilen, das Ärzte hüteten, eines, das sie normalerweise nicht weitersagen konnten, ohne von dem Clanführer dafür bestraft zu werden.

Eines Tages würde Chase jedoch ihr Gefährte sein – ja, er hatte mehr als bewiesen, dass er es aushalten konnte, aus dem Weg zu gehen, wenn sie jemandem auf der Krankenstation helfen musste. Und obwohl sie so bald keine Zeit für den Gefähr-tenrausch hatte, gab es einen anderen Weg, mehr von sich zu teilen. Einen Weg, der ihn ermutigen konnte, sie weiter zu umwerben, anstatt sie frustriert abzuschütteln, wenn ein weiterer Angriff, eine Epidemie oder ein anderes derartiges Ereignis eintreten sollte, was jede Art von Rausch erneut verzögern würde.

Sanft nahm sie eine ihrer Hände aus seinen, strich ihm durchs Haar, über seine Augenbraue und dann seine Lippen. „Ich will mehr als deinen Mund, Chase."

Er runzelte die Stirn. „Auch wenn die meisten mich jetzt einen Idioten nennen würden, weil ich das überhaupt erwähne, aber sagtest du nicht, dass du mit dem Rausch warten willst? So gern ich dich küssen und dich hier und jetzt beanspruchen würde, denke ich, es ist nur der Orgasmus, der da aus dir spricht. Du wirst es sofort bereuen, Liebes."

Sie schnaubte. „Du bist so überzeugt von deinen Fähigkeiten, dass ich mit nur einem Orgasmus alle rationalen Gedanken verlieren würde?"

Er knurrte, und die Vibration seiner Kehle gegen ihren Bauch jagte eine neue Hitzewelle durch ihren Körper. Sie verstand kaum seine nächsten Worte. „Muss ich dir meine Fähigkeiten noch einmal beweisen, bis du nichts als ein Haufen Gelee auf diesem Bett bist?"

Ihr Drache meldete sich zu Wort. *Das klingt nach einer perfekten Art, mit dem Morgen umzugehen.*

Nicht, wenn wir später noch arbeiten müssen.

Layla bedeutete ihm, hoch zu ihr zu kommen,

und er tat es und zögerte nicht, eine schützende Hand auf ihre Hüfte zu legen. Als er mit seinem harten Daumen über ihre nackte Haut strich, wollte sie ihn auf den Rücken rollen und ihn auf der Stelle nehmen.

Er hob eine Augenbraue und erinnerte sie daran, dass sie ihm etwas hatte sagen wollen. Nachdem sie seine Wange berührt hatte, sagte sie: „Es gibt eine Reihe von Dingen, die Drachenärzte und Clanführer wissen – Dinge, die anderen verborgen bleiben. Die meisten dieser Geheimnisse werden bewahrt, um andere zu schützen oder unüberlegte Entscheidungen zu verhindern, die zu lebenslangem Elend führen könnten."

Er sah ihr in die Augen. „Aye, da bin ich mir sicher. Aber warum sagst du mir das?"

Sie streichelte weiter sein Gesicht und mochte seine Stoppeln am frühen Morgen unter ihren Fingern. „Weil ich eines davon mit dir teilen möchte. Kannst du versprechen, es geheim zu halten?"

Seine Hand rieb ihre Hüfte. „Natürlich."

Sie biss sich auf die Unterlippe. Sie würde es ihm sagen, aye, das würde sie.

Aber ein winziger Teil von ihr fürchtete sich. Er konnte Nein sagen und würde dann wissen, dass es immer einen Ausweg für ihn gab, wenn er erkannte, dass sie zu viel war, um sie als Gefährtin anzunehmen.

Und das ängstigte sie. In kurzer Zeit hatte sich Chase einen Weg in ihr Leben gebahnt, ihr gezeigt, wie einsam sie gewesen war, und sie dazu gebracht, ihn mehr zu wollen, als sie seit Langem etwas gewollt hatte.

Ihr Drache knurrte. *Er hat zwei verdammte Jahre auf uns gewartet und alles getan, um zu beweisen, dass er uns als Gefährte einer Ärztin unterstützen kann. Er wird uns nicht leid werden.*

Chase beugte sich vor, um ihre Wange, ihren Kiefer und ihr Ohrläppchen zu küssen. „Sag es mir, Liebes."

Sie atmete tief durch, und die Worte strömten von ihren Lippen. „Potentiell wahre Gefährten können Sex miteinander haben, ohne den Rausch auszulösen, solange keiner den anderen auf die Lippen küsst."

Chases Kopf schoss hoch, seine Augen geweitet, als er in ihre sah. „Was sagst du da?"

Sie lächelte. „Es stimmt. Das Risiko einer Schwangerschaft ist immer noch da, was auch der Grund ist, warum wir es niemandem erzählen oder besser gesagt, jeden glauben lassen, dass Sex einen Rausch auslösen kann, genau wie ein Kuss."

Er runzelte ein wenig die Stirn. „Aber wäre es nicht besser für beide Parteien, es vorher auszuprobieren?"

Sie zuckte mit einer Schulter. „Vielleicht, vielleicht auch nicht. Hauptsächlich gibt die Geheimhaltung einem Paar wahrer Gefährtin die Gelegenheit, sich erst kennenzulernen, ohne nur das Körperliche zu wollen. Ganz zu schweigen davon, dass die

177

Jessie Donovan

meisten nicht zurückhaltend genug sind, um daran zu denken, dass sie einander während des Sex nicht küssen dürfen." Sie sah ihm in die Augen. „Wärst du dazu in der Lage?"

Chase zögerte nicht. „Aye, wenn ich dich von hinten nehme. Aber ist es das, was du willst, Mädel? Ich kann warten, bis sich die Dinge etwas beruhigt haben. Nicht, weil ich dich nicht will, sondern weil ich dir beweisen will, dass ich dich als meine Gefährtin will, nicht nur als jemanden, mit dem ich ein paarmal ins Bett hüpfen kann."

Sie bewegte ihre Finger, um seinen Kiefer zu streicheln. „Ich weiß, du könntest warten. Das hast du mir viele Male gezeigt – letzte Nacht, in den letzten Tagen und sogar in den zwei Jahren, als ich keine Ahnung hatte, dass wir potenziell wahre Gefährten sind. Aber ..."

Chase berührte ihre Wange und fragte: „Aber?"

Sie lächelte schüchtern. „Ich will nicht warten. Aye, der Rausch kann warten, und ich bin mir nicht sicher, ob ich schon ganz dafür bereit bin." Sie bewegte ihre Hand an seiner Brust hinab und streichelte tiefer. „Aber ich will dich, Chase McFarland. Unbedingt."

Ihre Hand erreichte schließlich den harten Umriss seiner Erektion, die gegen seine Hose drückte, und ihr lief das Wasser im Mund zusammen, weil sie ihn ganz sehen wollte.

„Verdammt, der Blick in deinen Augen, Layla. Kein Mann könnte dazu Nein sagen."

Sie drückte vorsichtig seinen Schwanz, und Chase stöhnte. „Dann erhebe deinen ersten Anspruch, Chase, und zeig mir, wie viel besser du bist als das, was ich in meinen Träumen in der letzten Woche gesehen habe."

Mit einem Knurren setzte er sich auf, riss sich die Kleidung vom Leib und streichelte seinen Schwanz. Laylas Blick beobachtete die Bewegung, und sie leckte sich die Lippen, weil er so hart und lang war.

Mit einem Stöhnen ließ Chase los und drehte sie auf ihren Bauch. „Ich halte nicht lange durch, wenn du mich weiter so ansiehst." Er beugte sich hinunter, küsste ihren Nacken und fügte hinzu: „Aber ich muss sicherstellen, dass du für mich bereit bist, Liebes. Also ist es Zeit für mehr Folter mit meinen Lippen und meiner Zunge."

Und als er besagte Folter begann, lernte Layla wieder einmal, wie viel Geduld ihr zukünftiger Gefährte wirklich hatte.

Chase konnte kaum glauben, was Layla ihm erzählt hatte. Nicht nur, dass sie ihn wollte, sondern dass er sie mit seinem Schwanz beanspruchen konnte und nicht den Rausch auslösen würde.

Sein Drache knurrte. *Denk nicht, handle einfach.*

Layla lag vor ihm auf dem Bauch, ihr schöner Po und ihre Hüften wackelten vor Ungeduld.

Auch wenn er nichts lieber täte, als ihre Hüften

zu heben, in sie zu stoßen und sie sicher wissen zu lassen, dass er sie danach nicht gehen lassen würde, zähmte er irgendwie den Drang und legte die Hände auf ihren Po. Er rieb langsame Kreise, Laylas Haut wärmte sich unter seiner Berührung, und sie bog ihre Hüften nach oben.

Er lachte leise. „Noch nicht, Liebes."

Aye, er wollte sie ein bisschen necken, aber es war mehr als zwei Jahre her, seit er das letzte Mal Sex gehabt hatte, und Chase war nicht sicher, wie lange er ohne den Rausch durchhalten würde.

Sein Drache meldete sich zu Wort. *Lass mich die Kontrolle übernehmen. Ich kann länger durchhalten.*

Auf die Herausforderung hin antwortete er: *Auf keinen verdammten Fall. Das erste Mal gehört mir.*

Sein Tier lehnte sich zurück, Zufriedenheit im Blick, denn es wusste, dass Chase der Herausforderung jetzt gewachsen sein würde.

Da Chase nicht mehr Zeit mit seinem Tier verschwenden und die willige, nackte Frau vor sich ignorieren wollte, legte er eine Hand zwischen ihre Schenkel. Als er ihre Pussy streichelte, bog Layla sich sogar noch höher.

Vorsichtig führte er seinen Mittelfinger einen Zentimeter ein, und es gefiel ihm, wie feucht sie schon war – alles für ihn –, und zog sich dann zurück. Ihre Hüften folgten ihm, während sie leise wimmerte.

Es war immer noch schwer für ihn zu glauben,

dass Layla nackt war und um seinen Schwanz bettelte.

Müßig fickte er ihre Pussy mit seinem Finger, fügte bald einen zweiten hinzu und beobachtete, wie Laylas Hüften sich mit ihm bewegten. Er versetzte ihr einen Klaps auf den Po, und sie packte die Laken mit ihren Fingern.

Das schien seinem Mädel zu gefallen.

Er gab ihr noch einen Klaps und erhöhte die Geschwindigkeit seiner Finger. Als sie fast in seine Hand tropfte, zog er sich zurück, und Layla schrie auf. „Nein, hör nicht auf!"

Er rieb ihren Rücken, bis er ihren Hals erreichte, und drückte sanft. „Möchtest du auf meinen Fingern oder auf meinem Schwanz kommen?"

Sie zögerte, und er beugte sich hinunter, um ihren unteren Rücken zu küssen. Er sagte: „Halte dich bei mir nie zurück, Layla." Ich habe Fantasien aus zwei Jahren durchzuspielen, aber ich bin kein egoistischer Bastard. Sag mir, was du willst, und ich mache es. Aber du musst mit Worten sagen, was du möchtest." Er bewegte seine Lippen weiter über ihre Wirbelsäule hinauf, küsste sie auf dem Weg, bis sein Körper sich über ihrem krümmte und er sein Kinn auf ihre Schulter legte. „Sag mir, was du willst – meine Finger oder meinen Schwanz?"

Sie flüsterte: „Deinen Schwanz. Bitte, Chase, ich brauche dich in mir."

Hätte Chase nicht ein Leben lang Erinnerungen daran gehabt, wie die versehentliche Schwanger-

Jessie Donovan

schaft seiner Mutter sie zu einem Leben voller Elend verurteilt hatte, wäre Chase wahrscheinlich ohne ein weiteres Wort wieder hinter ihr aufgestanden und hätte sie immer wieder beansprucht, bis sie beide vor Erschöpfung gezittert hätten.

Aber Chase fand die Kraft, zu fragen: „Hast du ein Kondom?"

„Nein, die sind längst abgelaufen. Aber du musst auch keins benutzen."

Sein Schwanz stieß einen Tropfen Vorsamen aus bei der Vorstellung, in Laylas warmer Pussy zu kommen, wie sie ihn auf eine Art packen und loslassen würde, die kein anderer Mann je wieder fühlen würde.

Aber seine Stimme war rau, als er sagte: „Ich kann ihn herausziehen. Keine Garantie, aber weniger Risiko."

Als Antwort drückte sie ihren Po zurück gegen seinen Schwanz und wackelte. „Wenn es passiert, passiert es. Eines Tages wird es das sowieso. Beanspruche mich, Chase, und lass mich alles außer dir in mir vergessen."

Mit einem Knurren knabberte er an ihrer Schulter und drückte seinen harten Schwanz fest gegen ihren Po. „Sag mir das noch einmal."

„Ich will dich, Chase. Lass keinen von uns noch länger warten."

Er wünschte sich, er hätte ihren Mund küssen können, in langsamen Bewegungen knabbern und lecken, um ihr zu zeigen, wie glücklich die Worte ihn machten.

Doch er konnte es nicht. Also küsste Chase sich den Weg über ihre Wirbelsäule hinunter und streichelte dabei langsam ihre Seiten. Sobald er wieder zwischen ihren Beinen kniete, hob er ihre Hüften und versetzte ihr einen Klaps auf die Pobacke. „Halte ihn oben."

Er nahm seinen Schwanz in die Hand, rieb mit dem Kopf auf und ab durch ihre Falten, hielt dann inne, um ihn auf ihre Klitoris zu klopfen, als er sie erreichte, und es gefiel ihm, ein anderes Stöhnen zu hören, das Layla für ihn von sich gab.

Er spreizte ihre Beine noch weiter und tat sein Bestes, um nicht zu sabbern bei Anblick ihrer geschwollenen, nassen Pussy, die sie ihm präsentierte. Nur für ihn.

Er legte seinen Schwanz an ihren Eingang, und drückte ihn einen Zentimeter hinein. „Du bist so eng, Liebes. So eng."

Schweiß rann an seinem Gesicht hinunter, als er Zentimeter um Zentimeter eindrang. Er musste sich zusammenreißen, nicht auf der Stelle zu kommen.

Nein. Seine Frau hatte Besseres verdient.

Sein Drache befahl, *Halte lange genug durch, bis sie kommt, sonst übernehme ich die Kontrolle.*

Mit der erneuerten Drohung nahm Chase ein paar tiefe Atemzüge und stieß die restlichen Zentimeter hinein. Als er vollkommen in ihr war, fluchte er. „Du bist so verdammt eng, feucht und perfekt." Er rieb ihre Schultern. „Ich will nie wieder gehen."

Laylas Stirn war gegen die Matratze gedrückt. „Verdammte Hölle, Chase, du bist so groß!"

Männliche Zufriedenheit rauschte durch ihn. Er griff nach vorn und zupfte sanft eine ihrer Brustwarzen, bevor er sich zu der engen Knospe zwischen ihren Oberschenkeln bewegte. Als er Druck ausübte und streichelte, verkrallte Layla sich fester in die Laken. Er sagte: „Und ich kann es kaum erwarten, eines Tages deine süßen Lippen um meinen Schwanz zu sehen."

Sie spannte ihre inneren Muskeln an, und er atmete zischend ein. Layla sagte: „Quäle mich, und ich quäle dich."

Er konnte es nicht abwarten, sie von Angesicht zu Angesicht zu beanspruchen und zu sehen, wie sie rot anlief, wenn sie solche Dinge sagte. „Dann ist jetzt Zeit für etwas Vergnügen."

Chase zog sich zurück und stieß zunächst langsam, steigerte dann sein Tempo, vorsichtig darauf bedacht, den Rhythmus seiner Finger an ihrer Klitoris anzupassen.

Er tat sein Bestes, ihr den Rücken zu reiben, ihren Po, überall, wo er sie mit seiner anderen Hand anfassen konnte. „Denk dran, sobald ich kann, werde ich deinen Mund quälen, während ich deine Pussy beanspruche."

„Chase, verdammt, ich kann es kaum erwarten."

Ihre Worte ließen etwas in ihm reißen, und

Chase bewegte sich schneller, der Klang von Fleisch gegen Fleisch füllte den Raum, während er alle rationalen Gedanken verlor, bis auf das Bedürfnis, Layla zu füllen und sie als seine eigene zu beanspruchen. Vielleicht noch nicht mit einem Rausch oder einer offiziellen Paarungszeremonie, aber genau hier, genau jetzt, war genauso wichtig.

Nicht nur, weil sie schön oder clever oder freundlich war. Das hier war der Anfang ihrer Zukunft, die er so lange gewollt hatte.

Während er das lange Streicheln fortsetzte, beschleunigte sich Laylas Atmung, und er spürte, wie sich der Druck an seiner Basis erhöhte. Er knirschte mit den Zähnen und versuchte, sich so gut es ging zurückzuhalten. Er durfte nicht vor ihr kommen, nicht jetzt.

Layla schrie auf, ihre Muskeln packten ihn und ließen ihn wieder los. Der verdammte, wunderbare Druck brachte ihn über den Rand. Chase hielt inne, als er sich in sie ergoss und sie mit seinem Samen beanspruchte.

Nach dem längsten Orgasmus seines Lebens beugte er sich über Layla, legte seine Arme um ihre Mitte und manövrierte sie auf dem Bett, beide auf die Seite.

Er blieb so, mit dem Ohr gegen ihre Schulter, während er versuchte, zu Atem zu kommen.

Wenn er an Laylas frühere Worte dachte, warum niemand offenbarte, dass potenzielle wahre

Gefährten Sex haben konnten, ohne einander zu küssen, musste er lachen.

Sie lehnte sich noch mehr an ihn und fragte: „Was ist so lustig?"

Eine seiner Hände streifte langsam ihren Bauch hinauf, bis er mit ihrer Brustwarze spielen konnte und mit dem Zeigefinger über den noch harten Gipfel hin und her fuhr. „Nur, dass ich verstehe, warum ihr den Leuten nicht von der Sex-Sache zwischen wahren Gefährten erzählt. Das war verdammt erstaunlich, und wenn ich mich nicht zwei Jahre lang in Geduld geübt hätte, hätte es mich dazu verleiten können, jetzt etwas Voreiliges zu tun."

Es war ein Zeichen ihres Vertrauens in ihn, dass sie schnaubte und nicht versuchte, sich wegzuziehen. „Aye, nach alten, kaum lesbaren Aufzeichnungen, hat es schon vor Jahrhunderten ein ziemliches Problem verursacht. Etwas über die Zerstörung von Bündnissen und dass ein schottischer Clan gegen einen anderen aufgewiegelt wurde, als Schottland noch mehr als einen Drachen-Clan hatte."

Er hob den Kopf, küsste ihre Schulter und murmelte: „Ich werde es nie einer Seele erzählen, versprochen. Obwohl wir, da wir es ja nun schon wissen, die Informationen vielleicht noch ein paar Mal nutzen können?"

Sein Vorschlag konnte als ernst oder leichtfertig angesehen werden – er überließ es ihr.

Dann drückte sie ihre inneren Muskeln um seinen halbharten Schwanz, und Blut stürzte wieder gen Süden. „Nur, wenn ich dich diesmal reiten darf. Ich werde wegsehen, aber ich will dich noch tiefer in mir fühlen."

Mit einem Stöhnen manövrierte er sich so, dass sie saßen, Layla noch auf seinem jetzt stahlharten Schwanz. „Das hier ist eine meiner Fantasien, Mädel. Dass du mich reitest, versuchst mich zu brechen, und währenddessen treibe ich dich in den Wahnsinn, bis du diejenige bist, die in meinen Armen kommt."

Sie wackelte ein kleines bisschen. „Dann sollte ich wohl anfangen."

Und als Layla ihn noch viel schlimmer folterte als er sie, musste er ihr in die Schulter beißen, als er kam, um nicht ihr Gesicht zu sich zu drehen und sie mit dem Mund wissen zu lassen, wie sehr er sie bereits liebte.

Kapitel Zwölf

Eine Weile später, als Layla mit dem Kopf auf Chases Brust lag, seinen Herzschlag unter ihrem Ohr, spielte sie mit dem dunkelblonden Haar auf seiner Brust und wünschte sich selbstsüchtig, dass sie den ganzen Tag so bleiben könnte.

Aye, sie würde nicht leugnen, dass sie sich nach mehr Sex mit ihm sehnte. Doch es war mehr als das. Layla war eine sehr zurückhaltende Person, meist aus beruflichen Gründen. Und von den Armen eines Mannes umgeben zu sein, dem sie vertraute, einem, dem sie alles anvertrauen konnte und für den sie mittlerweile etwas empfand, war fast undenkbar.

So sehr, dass sie fürchtete, es sei ein Traum. Einer, von dem sie aufwachen und sich fragen würde, wie sie ihn schnell vergessen und zu ihrer alten Gewohnheit zurückkehren konnte, alles selbst tun zu wollen und dabei alles zu vergessen, was sie sich wünschte.

Seit so vielen Jahren hatte sie gelebt, ohne wirklich zu leben. Layla wollte nicht dorthin zurückkehren.

Ihr Drache sprach mit verschlafener Stimme. *Hör auf, dir Sorgen zu machen. Die leichten Schmerzen zwischen unseren Oberschenkeln sind Beweis dafür, dass Chase und alles, was mit ihm zusammenhängt, real ist. Hör auf, so zu tun, als könnten wir keine schönen Dinge und eine glückliche Zukunft haben wie so viele andere.*

Andere hatten für das Recht auf eine solche Zukunft gekämpft, so wie es ihre Schwester getan hatte.

Das schlechte Gewissen füllte gleich ihren Körper. Hier war sie, in einem postorgasmischen Dunst, und ihre Schwester saß in einem Krankenhauszimmer fest. Sie hatte sich mehr als eine halbe Stunde für sich selbst genommen. Layla hätte sich längst anziehen und versuchen sollen, mehr über Yasmins Zustand zu erfahren.

Ihr Drache knurrte. *Dr. Sid passt auf sie auf, und sie hat Chase gesagt, dass es Yasmin besser geht. Außerdem haben wir noch ein paar Stunden, bevor wir überhaupt wieder ins Gebäude dürfen. Genieße jetzt den Moment, um uns für später aufzuladen.*

Chases Stimme grollte in seiner Brust. „Woran denkst du gerade, Liebes?"

Als seine Hand ihren Rücken in warmen Kreisen

streichelte, kuschelte sie sich mehr an seine Seite. „Dass das alles immer noch wie ein Traum scheint." Sie hielt inne und fügte hinzu: „Und dass ich mich ein bisschen schuldig fühle, wenn ich hier in deinen Armen liege, wenn ich etwas anderes tun sollte, etwas Nützliches."

Er nahm die Hand auf seiner Brust und hob sie an seine Lippen. Nachdem er ihre Hand geküsst hatte, antwortete er: „Das hier ist verdammt nützlich, Mädel. Jeder braucht eine Pause, um sich zu entspannen, selbst eine Superärztin wie du. Außerdem vertraust du doch Dr. Sid, aye?"

„Natürlich."

„Dann weißt du, dass sie es dir sagen würde, wenn irgendwas nicht stimmte."

Während er weiter ihren Rücken streichelte, ließ ihr schlechtes Gewissen ein wenig nach. Nicht vollkommen, aber tief in ihrem Inneren wusste sie, dass er recht hatte.

Ihr Drache schnaubte. *Aye, das hat er. Jeder vernünftige Drachenwandler weiß, dass regelmäßiger Sex uns innere Tiere glücklich macht, was bedeutet, dass du auch glücklicher sein wirst.*

Sie lächelte und legte ihr Kinn auf seine Brust, damit sie seinem Blick begegnen konnte. „Mein Drache scheint dir zuzustimmen."

Er schmunzelte. „Dann sind wir drei gegen eine. Ich mag diese Zahlen."

Sie versetzte ihm einen Schlag auf die Brust.

„Für den Moment. Erwarte nicht, dass mein Drache immer auf deiner Seite sein wird."

Chase ließ ihre Hand los und bewegte seine an ihr Gesicht, indem er ihre Wange mit dem Zeigefinger verfolgte. „Ich weiß, aber denk daran, dass du uns alle auf deiner Seite hast, für alle Herausforderungen, die dir bevorstehen."

Seine Worte ließen etwas Realität auf sie zurückkrachen, insbesondere einen bestimmten Aspekt in Bezug auf ihre Eltern. „Aye, es gibt Dinge, die ich nicht länger aufschieben kann."

„Du meinst deine Eltern?"

Sie blinzelte überrascht. „Ja, aber wie hast du das erraten?"

Er nahm ihre Hand und küsste noch einmal ihre Handfläche, nur, dass er diesmal mit der Zunge gegen ihre Haut schnippte, bevor er sagte: „Sie sind gestern nicht zur Krankenstation gekommen, und du hast sie nicht verlassen. Es ist natürlich möglich, dass du mit ihnen telefoniert hast, aber ich glaube nicht, dass du das tun würdest, nicht, wenn es um so etwas Wichtiges geht."

Sie legte ihre Wange zurück auf die feste, warme Haut von Chases Brust. „Du hast recht, ich habe noch nicht mit ihnen gesprochen. Teils aus Notwendigkeit, teils aus Feigheit. Aber man hat ihnen zumindest von Yasmins Rückkehr erzählt. Und ein Teil von mir denkt, wenn es ihnen wirklich wichtig gewesen wäre, wären sie zur Krankenstation gehetzt, um sie zu sehen."

Die Tatsache, dass sie es nicht getan hatten, ließ Layla das Schlimmste vermuten, dass ihre Eltern Yasmins Rückkehr als eine Art Verrat ansehen würden. Layla hoffte nur, dass sie Yasmins Aufenthaltsort nicht dem iranischen Clan meldeten.

Ihr Drache richtete sich höher auf. *Wenn sie das tun, wird Finn sie beschützen. Und wahrscheinlich auch unsere Eltern bestrafen.*

Layla wollte keine Bestrafung, aber ihre Eltern zu bitten, sich so zu verhalten wie früher, als sie und ihre Schwester jünger gewesen waren und das Leben mehr Lachen geboten hatte, war ziemlich unmöglich.

Chases Stimme gewann ihre Aufmerksamkeit. „Ihr Verlust, Layla. Ich weiß, dass du das jetzt vielleicht nicht erkennen oder zugeben kannst, aber vielleicht kannst du es eines Tages."

„So wie du", flüsterte sie.

„Aye, obwohl ich nicht behaupten werde, vollkommen über den Verlust meines Vaters hinweg zu sein. Aber es geht mir besser als noch vor zwei Jahren." Chase zwang ihr Gesicht sanft nach oben, bis sie in seine Augen sah. „Egal, du gehst mit dieser ganzen Situation besser um, als ich es getan hätte. Wenn meine Eltern versucht hätten, eine Schwester von mir in einen fremden Clan zu schicken, ohne irgendeine Art von Liebe oder Bindung zwischen ihr und dem zukünftigen Gefährten, wäre ich verdammt sauer gewesen. Und im Gegensatz zu meinem Bruder bin ich nicht der stille, brütende Typ – sie würden genau wissen, was ich von dem ganzen Mist halte.“

Sie zog Kreise auf Chases Brust. „Nun, ich habe ihnen nie vergeben, aber ich verstehe auch, dass meine Mutter dachte, sie würde das Richtige tun. Ihre eigene Mutter, meine Großmutter, wurde in eine arrangierte Paarung gebracht. Hätte mein Vater nicht bemerkt, dass meine Mum seine wahre Gefährtin ist, und sie nicht geküsst hätte, hätte sie wahrscheinlich ebenfalls eine arrangierte Paarung akzeptiert. Es ist nicht immer leicht, eine Tradition aufzugeben, besonders, wenn jede Generation etwas mehr davon verliert.“

Er streichelte ihre Wange mit einem Finger. „Ich bin sicher, es gibt viele Traditionen, die nicht beinhalten, jemandes Glück wegzugeben, oder?“

Der Gedanke daran, dass ihre Mutter versucht hatte, sie und ihre Schwester dazu zu bringen, als Kinder die persische Sprache zu lernen, brachte sie zum Schnauben. „Aye, beispielsweise zu versuchen, eine Sprache zu lernen, die nur meine Großmutter regelmäßig benutzte.“ Sie wurde ein wenig ernster. „Es ist kompliziert. Noch mehr, wenn man bedenkt, wen meine Schwester und ich als Gefährten ausgewählt haben.“

„Warum? Sind zwei mutige schottische Männer nicht gut genug?“ Er küsste ihre Braue. „Ich kann recht charmant sein. Vielleicht muss ich etwas davon bei deiner Mutter verwenden.“

Sie versuchte, die Stirn zu runzeln, lachte aber.

„Um ehrlich zu sein: Ich würde Eintritt zahlen, um das zu sehen. Sie hätte keine Ahnung, was sie damit anfangen sollte." Layla biss sich auf die Unterlippe, bevor sie hinzufügte: „Das heißt, wenn sie uns jemals sehen will."

Chase drückte sanft ihre Taille. „Wann immer du bereit bist, mit ihnen zu reden, bin ich da."

Sie begegnete seinem Blick und fragte: „Wirklich?"

„Aye, natürlich. Ich werde immer da sein, wenn du mich brauchst, Layla. Immer."

Tränen brannten in ihren Augen, und sie versuchte, sie wegzublinzeln. Layla ließ sich ihre Emotionen normalerweise nicht bei anderen anmerken. Niemand wollte eine weinerliche oder wütende Ärztin sehen.

Ihr Drache meldete sich zu Wort. *Er ist ja nicht irgendwer, er wird unser Gefährte sein.*

Bei dem Gedanken, jeden Tag zu Chases Schmunzeln und Streicheleinheiten aufzuwachen, versiegten ihre Tränen. Sie hob eine Hand und berührte seine Wange. „Ich wünschte, ich könnte dich jetzt verdammt nochmal küssen."

„Ich auch, Liebes. Ich auch."

Sie starrten einander mindestens eine Minute lang an, hielten den Blick und sagten beide viel, ohne ein Wort zu sprechen.

Nach so kurzer Zeit bedeutete Chase ihr schon so viel. Dieser Gedanke sollte sie erschrecken. Und doch ließ es ihr Herz höherschlagen.

Sie, Layla MacFie, mit einem Gefährten, zu dem sie nach Hause kommen, den sie lieben und mit dem sie sogar Kinder haben konnte.

Etwas, von dem sie nie gedacht hätte, dass sie es haben würde.

Sie wollte keine Tränen riskieren, küsste seine Brust und sagte: „Komm, lass uns duschen. Ich bin mir sicher, dass es eine deiner Fantasien ist, mich nackt und tropfnass zu sehen, aye?"

Seine Pupillen blitzten auf, und er knurrte: „Auf mehr als eine Art."

Ihre Wangen brannten bei seiner Doppeldeutigkeit. „Du bist unverbesserlich."

„Aye, und das ist genau das, was du brauchst", sagte er selbstgefällig.

Mit einem Lachen sprang sie aus dem Bett und rannte zum Badezimmer, wollte, dass er ihr nachlief.

Und das tat er, bis er einen Arm um ihre Taille schlang und sie zurück gegen seine Brust zog. Dann schmiegte er sich an ihre Wange und flüsterte: „Wir werden später eine ordentliche Verfolgungsjagd machen, sobald sich die Dinge etwas beruhigt haben."

Der Gedanke, sich in einen Drachen zu verwandeln und Chase zu entkommen, brachte sie zum Lächeln. „Das fände ich schön."

Er knabberte an ihrem Hals und grunzte. „Gut. Denn wenn jemand es verdient, ein bisschen Spaß in seinem Leben zu haben, dann bist das auf jeden Fall du, Layla."

Layla legte ihre Hände über seine an ihrer Taille und drückte sanft seine warme Haut. Es wäre so leicht, sich in den Mann an ihrem Rücken zu verlieben.

Nicht, dass sie jetzt die Zeit hätte, natürlich. Aber vielleicht könnte sie eines Tages so glücklich sein wie Finn und seine Gefährtin, oder irgendeiner der MacKenzies.

Dann kam ihr ein Gedanke auf, der sie zum Stöhnen brachte. „Wenn wir Gefährten werden, dann muss ich ab und zu an einem MacKenzie-Dinner teilnehmen, oder?"

Er schnaubte. „Aye, Faye wird darauf bestehen." Chase senkte die Stimme. „Aber keine Sorge, ich beschütze dich vor jeglichen fliegenden Kartoffeln oder Brötchen."

„Und Messern?"

„Messern auch, obwohl ich vielleicht eine Ärztin brauche, die mir danach besondere Aufmerksamkeit schenkt."

Sie drehte sich in seinen Armen, bis sie ihre Hände hinter seinem Nacken ineinanderlegen konnte. „Ich glaube, das lässt sich einrichten."

„Besonders mein Schwanz könnte dann vielleicht etwas mehr Aufmerksamkeit brauchen."

„Das wäre wirklich schade, wenn ein Messer da einschlagen würde."

Er knurrte. „Das wird niemals passieren."

„Weil dein Drache deinen Penis so sehr mag?"

Er senkte seine Stimme und murmelte: „Ich

glaube, es gibt noch jemand anderes, der ihn mag."
Seine Hand bewegte sich zwischen ihre Schenkel,
bevor er mit einem Finger in sie eindrang. „Habe ich
recht, Mädel?"

Sie widersetzte sich einem Stöhnen, als er ihn
langsam hinein- und herauszog: „Vielleicht. Wie viel
Aufmerksamkeit du erhältst, hängt jedoch davon ab,
ob du ein guter Patient bist oder nicht. Da du ein
Mann bist, könnte das hart für dich sein."

Als er seinen Finger schnell hineinstieß, fiel es
Layla schwer, sich auf seine Antwort zu konzentrieren. „Etwas ist in der Tat hart, aber nicht das."

Er schmunzelte, drückte seine feste Länge gegen
ihren Po, und Layla neigte den Kopf. „Ich denke, ich
sollte wohl besser überprüfen, ob du hart genug bist,
oder?"

Er lachte leise, bevor er seine Finger entfernte
und seinen Schwanz von hinten an ihrem Eingang
positionierte. „Wie Frau Doktor befiehlt."

Mit einem schnellen Stoß war Layla mehr als
überzeugt. Und für die nächste Stunde vergaß sie
alles außer dem Mann, der ihr mehr als jeder andere
das Gefühl gab, lebendig zu sein. Die Realität würde
bald genug über ihr hereinbrechen, aber für eine
Stunde, nur eine Stunde, könnte sie einfach eine
Frau sein, die ihren Mann neckte und das Leben
genoss.

Kapitel Dreizehn

Wenige Stunden später sah sich Layla
der Realität gegenüber. Tatsächlich,
als sie durch die Tür der Krankensta-
tion trat, mit Chase an ihrer Seite, fürchtete sie sie.

Die Krankenstation, die so lange ihr Zufluchtsort
gewesen war, fühlte sich anders an. Fast so, als ob sie
einen Job zu erledigen hätte, aber bei der ersten
Gelegenheit abhauen wollte, um etwas zu tun, das
nichts damit zu tun hatte.

Mit anderen Worten, sie wollte mehr als nur
Ärztin sein – sie wollte auch das Leben genießen.

Ihr Drache schnaubte. *Natürlich möchtest du das
Leben außerhalb dieses Gebäudes genießen. Wir
wollen nicht riskieren, hier Sex zu haben, und dass
Leute uns erwischen. Der Tratsch wäre nervig.*

Drache, es gibt mehr im Leben als Sex zu haben.

Vielleicht. Aber wenn du Chase schon satthast,

dann übernehme ich gern die Kontrolle und lauge ihn für dich aus.

Auf keinen Fall. Er gehört vorerst mir.

Ihr Drache schnaubte. *Du kannst andere Aktivitäten genießen, und ich kann das tun. Schließlich ist es nur fair zu teilen.*

Sie knurrte innerlich. *Noch nicht. Wir werden irgendwann teilen, aber für die erste kleine Weile gehört er mir, Drache. Wir dürfen den Rausch jetzt nicht riskieren, oder?*

Chase flüsterte und unterbrach den Austausch: „Dein Drache lässt dich ziemlich kräftig die Stirn runzeln, Mädel."

„Er ist nervig", knurrte sie.

Er schmunzelte. „Also, ein normaler Drache, aye?"

Ihr Tier schnaubte. *Er würde solche Dinge nicht sagen, wenn ich das Sagen hätte und auf seinem Schwanz reiten würde.*

Bevor Layla antworten konnte, tauchte eine vertraute braunhaarige weibliche Gestalt aus der Tür nach hinten auf. Trotz der Tatsache, dass Dr. Cassidy „Sid" Jackson ein sehr kleines Kind hatte, sah sie bemerkenswert wach aus und lächelte sogar. All die Jahre, in denen sie als Ärztin mit wenig Schlaf hatte auskommen müssen, kamen ihr wohl jetzt zunutze, wenn sie sich um ihren Sohn kümmerte.

Sid blieb einen halben Meter vor ihnen stehen, blickte von Layla zu Chase und wieder zurück und nickte. „Gut. Ihr seht beide ziemlich ausgeruht und größtenteils entspannt aus, wie ich gehofft hatte."

Laylas Bauchgefühl sagte ihr, dass Sid wusste, dass sie miteinander geschlafen haben. Layla musste sich zusammenreißen, um ihren Kopf hochzuhalten und ihre Wangen nicht rot werden zu lassen. „Aye, und bereit, wieder an die Arbeit zu gehen. Wie geht es meiner Schwester?"

Die andere Frau deutete zur Hintertür, die zu den privaten Patientenzimmern führte. „Yasmin ist wach, und es geht ihr viel besser. Sie hat nach dir gefragt, sieh doch ruhig selbst nach ihr."

Ein Schuldgefühl krachte durch sie. Layla hätte diejenige sein sollen, die ihre Schwester überwachte. Stattdessen war sie zu Hause gewesen, hatte Sex gehabt und eine Weile lang alles vergessen.

Sid legte eine Hand an ihren Arm und sagte sanft: „Ich sehe das schlechte Gewissen in deinem Gesicht. Vergiss es bitte. Du wirst jetzt viel besser arbeiten, als wenn du kaum ein oder zwei Stunden Schlaf gehabt hättest. Jeder braucht mal eine Pause." Sie hielt eine Sekunde inne, bevor sie hinzufügte: „Sobald sich die Dinge beruhigt haben, werden wir ein nettes langes Gespräch führen. Gregor hatte auch immer ein schlechtes Gewissen, weil er Lochguard so eilig verlassen hat, und es ist deutlich zu sehen, dass er vergessen hat, dir vorher einen guten Rat zu geben. Nicht, dass du keine verdammt gute Arbeit geleistet hast, aber es gibt ein paar Dinge, die du hören musst, Layla."

Sid war um ein paar Jahre älter als Layla und hatte sich auch als Ärztin mehr als bewährt. Was bedeutete, dass Layla sich ihren Rat zu Herzen nahm. Sie nickte. „Aye, wir werden reden. Aber lass mich erst einmal Yasmin sehen."

„Geh nur durch. Das Personal weiß, dass du wieder reindarfst."

Sie hob die Brauen. „Du hättest mich wirklich rausgeworfen, wenn ich früher gekommen wäre?"

Sid hob ebenfalls die Brauen. „Ja, das hätte ich. Ich bin nicht nur Ärztin, ich bin mit einem gepaart. Und wir sind ein übermäßig hartnäckiger Haufen. Wenn es zu einem Kampf darum kommt, wer am Ende gewinnt, dann bin ich das."

Die Stonefire-Ärztin hatte noch nie übertrieben, zumindest soweit Layla wusste. Sie vermutete, wenn Sid sagte, sie würde gewinnen, würde sie es wahrscheinlich tun.

Ungeduldig, ihre Schwester zu sehen, ging Layla zur Hintertür. Chase versuchte zu folgen, aber Dr. Sid nahm seine Hand, um ihn zurückzuhalten. Für den Bruchteil einer Sekunde vergaß Layla, dass Sid gepaart und eine frischgebackene Mutter war. Sie mochte nicht die Hand einer anderen Frau an ihrem Mann. Vielleicht hatte sie gerade laut geknurrt.

Chase musste ihre Eifersucht bemerkt haben, denn er kam zu ihr und küsste ihre Wange. „Ich habe zwei Jahre auf dich gewartet, Liebes. Ich werde verdammt nochmal nirgendwo hingehen, jetzt, da du endlich mir gehörst."

Vielleicht wären einige darüber aufgebracht, dass er solch einen Anspruch geltend machte, aber es half, Frau und Tier zu beruhigen. „Das ist neu für mich, Eifersucht zu fühlen. Ich hoffe, dass es meiner Arbeit nicht im Weg stehen wird."

Er strich ihren Kiefer entlang und murmelte: „Du wirst dich schon früh genug daran gewöhnen. Schließlich hast du die Kontrolle über all die Medikamente, die unsere Drachen zum Schweigen bringen können. Ganz zu schweigen von denen, die uns bewusstlos machen können. Niemand wird versuchen, deinen Mann zu stehlen."

Layla würde so etwas nie tun, aber sie wusste, dass Chase sie neckte. „Gut."

Er lachte leise, küsste ihre Wange noch einmal und ging zurück an Sids Seite.

Layla atmete tief durch, trat durch die Hintertür und ignorierte die Blicke, die ihr zweifellos nach Chases öffentlicher Zuneigungsbekundung zugeworfen wurden. Sie würde sich später um das Clangerede kümmern. Im Moment war ihre Schwester wichtiger.

Mit jedem Schritt schlug ihr Herz kräftiger, bis sie vor der Tür zu Yasmins Zimmer stand. Sie atmete tief durch, klopfte leise an und trat ein, ohne auf eine Antwort zu warten.

Drinnen saß Yasmin in ihrem Bett, Kissen hinter ihrem Rücken, und ein Haufen Strickutensilien lag um sie herum. Phillip Lamont saß in einem Stuhl neben ihrem Bett, seinen Kopf neben ihrem Bein, während er leise schnarchte.

Yasmin legte einen Finger an ihre Lippen und bedeutete Layla, zu ihr zu kommen.

Sie nahm sich ein paar Sekunden Zeit, um zu bemerken, dass ihre Schwester weniger blass war und ihre Wangen etwas mehr Farbe hatten. Ganz zu schweigen davon, dass die Ringe unter ihren Augen schwächer waren. Als sie auch noch sah, dass ihr Blick fast zufrieden wirkte, stieß Layla endlich den Atem aus, den sie angehalten hatte.

Yasmin ging es wirklich besser.

Und Layla musste sich an ihre Ausbildung erinnern, um nicht erleichtert zu schluchzen.

Ihr Drache sagte vorsichtig: *Es geht ihr gut. Das ist alles, was zählt.*

Da sie Sids Wort vertraute, widerstand Layla dem Drang, nach Yasmins Akte zu greifen, und stellte sich stattdessen auf die Seite des Bettes, gegenüber der, wo Phillip schlief. Sobald sie die Hand ihrer Schwester nahm – auch deutlich wärmer als am Tag zuvor –, hielt Layla ihre Stimme leise, als sie fragte: „Brauchst du irgendwas? Sag es mir einfach, und ich sorge dafür, dass du es bekommst."

„Mir geht es gut, Layla. Wirklich." Sie sah zu Phillip. „Obwohl, wenn es eine Möglichkeit gibt, ihn davon zu überzeugen, in seinem eigenen Bett zu schlafen, würde ich es schätzen."

Laylas Lippen bogen sich nach oben. „Ich

bezweifle, dass ich ihn von deiner Seite wegziehen kann, ohne ihn ins Koma zu bringen."

Yasmin sah sie wieder an. „Nein, mach das nicht. Das würde er mir nie verzeihen."

Stille folgte für ein paar Sekunden. Nicht die angenehme, die sie einst als Schwestern und beste Freundinnen geteilt hatten. Nein, jahrelange Entfremdung und Geheimnisse machten sie zu einem unangenehmen Schweigen.

Am Ende entschied sich Layla, unverblümt zu sein. „Warum hast du zugestimmt, in den Iran zu gehen, Yas, wenn du doch Phillip geliebt hast? Der Gedanke, ich hätte meine Schwester jahrelang sicher hier haben können, anstatt mir Sorgen darüber zu machen, wie unglücklich du vielleicht in einer arrangierten Paarung bist, bringt mich zum Weinen."

Yasmins Blick bewegte sich zu Phillips Gesicht, als sie antwortete: „Phillip und ich hatten einen Streit, und da er mich nie wirklich darum gebeten hatte, seine Gefährtin zu werden, hielt ich es für das Beste, einen sauberen Strich darunter zu ziehen und Schottland zu verlassen. Es hat mein Herz in tausend Stücke gebrochen, aber ich konnte ihm nicht mehr ständig vergeben."

„Ihm was vergeben?"

Yasmin bewegte sich, als wollte sie Phillips Stirn streicheln, zog sich aber zurück und ballte ihre Hand zu einer Faust. „Es wird jetzt albern klingen, nach allem, was wir durchgemacht haben."

Layla drückte die Hand ihrer Schwester, bis

Yasmin wieder ihrem Blick begegnete. „Sag es mir, Yas."

Yasmin seufzte. „Aye, nun, jedes Mal, wenn ich erwähnt habe, dass ich ihn liebe, wurde sein Gesicht verschlossen, und er verschwand für eine Woche ohne ein Wort. Beim ersten Mal war ich besorgt. Und als er zurückkam, tat er so, als wäre nichts passiert. Aber jedes Mal, dass er ging, wenn ich meine Gefühle erwähnte, verletzte er mich mehr. Ich fragte ihn immer wieder, was los sei, aber er wiegelte das ab und lenkte mich mit Küssen und Sex ab. Aber es kam der Punkt, wo ich die Wahrheit wissen musste. Also habe ich ihn in einen Raum gedrängt, die Tür verschlossen und ihn gefragt, warum er mich immer wieder zurückwies, und ihm gesagt, dass keiner von uns gehen würde, bis er antwortete."

Auch wenn Layla wusste, dass ihre Schwester Phillip jetzt liebte und sie sich offensichtlich hingebungsvoll umeinander kümmerten, wenn sie fünf Jahre lang auf der Flucht gewesen waren, wollte sie ihn am liebsten in eine Ecke drängen und fragen, wie er Yasmin so hatte wehtun können.

„Layla." Auf die Stimme ihrer Schwester hin kehrte sie in die Gegenwart zurück, und ihre Schwester fuhr fort: „Es hat am Ende geklappt, also versuch nicht, ihn zu verletzen, bitte."

Irgendwo in ihrem Hinterkopf hasste sie es, wie höflich Yasmin mit ihr sprach. Es gab jedoch wichtigere Dinge, die sie angehen musste, und so antwortete sie: „Werde ich nicht. Aber sag mir seine Antwort auf deine Frage."

„Er hatte Angst, einfach ausgedrückt. Seine Eltern waren einander ergeben, und am Ende hatte sie das umgebracht. Er hatte Angst, dass uns das Gleiche passieren könnte. Du kennst die Geschichten, wie jeder in Lochguard, aye?"

Layla nickte. Obwohl Phillips und Logans Eltern schon lange vor Laylas Arztausbildung gestorben waren, hatte sie die Geschichten gehört.

Eine Gruppe von Menschen hatte ihre Mutter gefangen genommen. Als ihr Gefährte zugestimmt hatte, sich im Austausch für ihre Freiheit auszuliefern, hatten die Menschen sie am Ende beide getötet, indem sie ihnen das Blut abzapften, das sie wahrscheinlich auf dem Schwarzmarkt verkauft hatten.

Pfund und Pence waren mehr wert gewesen als ein Leben.

Sie hatte lange nicht mehr an ihre Geschichte gedacht. Auch wenn Layla nicht verstand, wie ein solches Ereignis dazu führen konnte, jemanden zu verletzen, den man liebte, hatte sie längst gelernt, dass der Verstand auf mysteriöse Weise funktioniert. Das war einer der Gründe, warum sie die Medizin der Psychologie vorzog.

Endlich meldete sie sich zu Wort. „Irgendwas muss sich geändert haben, aye? Sonst wäre er dir nie gefolgt."

Yasmin lächelte, als sie ihren Gefährten anstarrte. „Als er mir sagte, dass er mich nie ganz lieben könnte, sonst würde es mir wehtun, vielleicht sogar töten, habe ich es abgebrochen und zugestimmt, dass Mum eine Paarung arrangierte. Erst als ich wirklich weg war, erkannte er, dass er ein Narr gewesen war, und kam hinter mir her. Er beobachtete mich und wartete auf den richtigen Moment, um mit mir zu sprechen – schwierig, da ich immer Aufseher hatte, die für mich übersetzen mussten –, und flehte um Vergebung. Bevor ich antworten konnte, bat er mich, seine Gefährtin zu sein und mit ihm davonzulaufen.

Ich hatte nichts als die Kleidung auf meinem Rücken und meine Tasche mit etwas Geld. Und obwohl Azar mir gegenüber nur höflich gewesen war, gab es keine Leidenschaft oder Liebe. Er folgte den Wünschen seines Vaters, nichts mehr. Und plötzlich konfrontiert mit einem Leben mit einem Mann, der nett, aber jahrzehntelang reserviert sein würde, oder einem Mann, der alles riskiert hatte, um mir zu sagen, dass er mich liebte und mich als seine Gefährtin wollte, entschied ich mich für Phillip."

„Und selbst nach allem, was du durchgemacht hast, hättest du die gleiche Wahl getroffen, aye?"

Yasmin nickte. „Wir hatten ein ziemliches Abenteuer." Sie legte eine Hand auf ihren großen Bauch. „Aber das Kleine hat alles verändert."

Nach ein paar Sekunden fragte Layla: „Warum bist du nicht zu mir gekommen, Yasmin? Du weißt, dass ich dir geholfen hätte."

Ihre Schwester rieb langsam Kreise auf ihrem

Bauch und hielt ihren Blick abgewandt. „Ich hatte gehört, dass du zur Chefärztin ernannt worden warst, und ich wusste, dass du wahrscheinlich alles verlieren würdest, wofür du gearbeitet hast, wenn du mir und Phillip hilfst. Es ist nur eine Frage der Zeit, bis Azars Clan hierherkommt und wer weiß was als Entschädigung fordert." Yasmin sah ihr endlich wieder in die Augen. „Ich wollte nicht dein Leben ruinieren, Layla."

„Oh, Yas." Sie beugte sich hinab und zog ihre Schwester in eine Umarmung. Dann schloss sie die Augen und fügte hinzu: „Ich habe dich so sehr vermisst. Und es tut weh, dass du nicht gemerkt hast, dass ich alles für dich tun würde."

Yasmin erwiderte die Umarmung, und ihre Stimme schwankte, als sie antwortete: „Das war ja der Punkt, ich wusste es. Deshalb wollte ich dich beschützen."

Layla zog sich genug zurück, um Yasmin in die Augen zu sehen, und bemühte sich, die Tränen für eine Sekunde zu ignorieren. „Ich bin mehr als alt genug, um meine eigenen Entscheidungen zu treffen, Yasmin. Versprich mir, dass du dich nie wieder zurückhalten wirst, um meine Hilfe zu bitten."

Eine Träne fiel aus dem Auge ihrer Schwester. „I-ich verspreche es."

Sie nickte. „Gut." Layla zog ihre Schwester zurück in eine Umarmung und ließ ein paar Tränen über ihre Wangen kullern. „Ich hab dich lieb,

Schwesterchen! Und Finn, die Beschützer und ich sorgen dafür, dass ihr in Sicherheit sein werdet und wieder hier leben könnt."

So blieben sie ein paar Minuten lang, jede hielt die andere und versuchte, nicht zu weinen. Oder wenigstens nicht mehr zu weinen. Erst als ein Klopfen erklang, ließ Layla Yasmin los und stand auf. Sie wischte ihre Tränen weg, räusperte sich und sagte: „Wer da?"

„Finn."

Sie flüsterte Yasmin zu: „Ich würde Finn mein Leben anvertrauen. Hab' keine Angst vor ihm, aye? Er wird euch helfen."

Sobald Yasmin nickte, ging Layla zur Tür und öffnete sie. Sie benutzte die strengste Arztstimme, als sie sagte: „Du kannst ein paar Minuten haben, aber sie sollte sich danach ausruhen."

Wenn Finn ihre roten Augen bemerkte – was er natürlich tat, der Mann bemerkte alles –, erwähnte er es nicht. Stattdessen nickte er. „Das ist ohnehin in etwa der Zeitraum, über den ich mich konzentrieren kann. Meine Gefährtin benutzt unsere Tochter, um eine instabile Drachenfrau zu heilen. Ein paar Minuten weg ist so ziemlich alles, was ich schaffen kann, bevor ich nach der kleinen Freya schauen muss."

Arabella setzte ihre Tochter also bei Aimee King ein. Sie fühlte ein Flüstern des schlechten Gewissens, weil sie nicht dafür da war, aber dann erinnerte

Jessie Donovan

sie sich, dass Sid über zwanzig Jahre lang einen stillen Drachen gehabt hatte. Wenn ein Arzt Aimee besser verstehen und ihr helfen konnte, dann wäre es Sid Jackson.

Sie trat beiseite, ließ Finn in den Raum und schloss die Tür. Dann ging sie zurück zum Bett ihrer Schwester und bemerkte, dass Phillip wach war und schützend über seiner Gefährtin stand.

Layla deutete auf Finn. „Das hier ist Lochguards Clan-Anführer Finn Stewart. Finn, ich weiß nicht, ob du dich an sie erinnerst, aber das sind meine Schwester Yasmin und ihr Gefährte Phillip Lamont."

Finn nickte ihnen zu. „Aye, ich erinnere mich vage. Sie waren in einigen Kursen mit meinen Cousins, wenn ich mich recht erinnere." Er sah sie einzeln an, bevor er fortfuhr, „Aber genug mit den Formalitäten. Ich kenne einen Teil eurer Geschichte, aber nicht alles. Erzählt es mir, und dann überlegen wir, was als Nächstes zu tun ist."

Yasmin runzelte die Stirn. „Das scheint mir zu einfach zu sein."

Finn zuckte die Schultern. „Ihr wart eine Weile weg. Wenn wir Drachenjäger, Drachenritter und vertriebene Drachenwandler überwinden können, die verdammt versessen auf Rache sind, sollte ein wenig Diplomatie mit dem iranischen Clan eine Kleinigkeit sein."

Als Yasmin und Phillip ihre Geschichte erzählten, begann Layla zu denken, dass am Ende alles in

Ordnung kommen würde. Wenn es einen Weg gäbe, es funktionieren zu lassen, würde Finn ihn finden.

Chase stand in seiner weißen Drachengestalt da und beobachtete ein kleines goldenes Drachenbaby, das von einem Busch zum anderen tobte, und entschied, dass dies tatsächlich eine vielversprechende Möglichkeit war, ihn abzulenken, während Layla ihre Schwester besuchte.

Sein inneres Tier meldete sich zu Wort. *Denk nur daran, dass der kleine Drache die Tochter des Clanführers ist.*

Als wüsste ich das nicht schon.

Trotzdem, als er der kleinen Freya dabei zusah, wie sie, so gut ein winziger Drache es konnte, herumlief, schob er alles beiseite, was schiefgehen konnte, und konzentrierte sich auf das Gute. Er half mehreren Personen – Dr. Sid, Arabella und Aimee King –, aber es war auch eine weitere Möglichkeit, Layla zu helfen. Aimee war schließlich ihre Patientin. Und wenn sie auch nur ein bisschen durch das hier heilte, würde das alle erleichtert aufatmen lassen.

Arabella MacLeod kam in ihrer menschlichen Gestalt auf ihn zu, die seltene Wintersonne betonte die Narbe in ihrem Gesicht und die geheilten Verbrennungen an ihrem Hals. Der Anblick erinnerte ihn daran, wie wichtig das hier für die Drachenfrau war. Sie hatte selbst einen langen Heilungsprozess von Folter und einem schweigenden Tier hinter sich.

Sie tätschelte seine Seite und sagte: „Holly und Sid werden Aimee in ein paar Minuten zum Fenster bringen. Es ist am besten, wenn du neben dem Gebäude stehst, größtenteils außer Sicht, und nur dann hineilst, wenn Freya versucht, wegzulaufen."

Er konnte nur nicken. Laut Arabella reagierte Freya am besten auf männliche Drachenwandler in ihrer Drachengestalt, deswegen war er hier.

Nachdem er Freya verspielt mit dem Schwanz auf den Rücken geklopft und ihr damit gesagt hatte, sie solle brav sein, ging Chase in Position. Er konnte das fragliche Fenster kaum sehen und bemühte sich, den Atem nicht anzuhalten, als Aimee in Sicht kam.

Sie war ein Jahr älter als er, aber die Angst und Panik, die sie immer bei sich trug, kombiniert mit den tiefen Sorgenfalten um ihre Augen und den Mund, ließen sie älter erscheinen. Er hatte ursprünglich zugestimmt, um Laylas willen zu helfen, aber als er sah, wie die Frau hektisch in alle Richtungen blickte, als ob sie nach einer Bedrohung suchte, schwor er, alles zu tun, um ihr auch zu helfen.

Er bemerkte die Sekunde, als sie Freya einem Insekt hinterherhüpfen sah. Ihr Gesicht entspannte sich, und sie kam näher ans Fenster.

Bald schien Aimee mit den Frauen bei ihr zu sprechen. Und für eine Sekunde fragte sich Chase,

ob Freyas Anwesenheit wirklich der Schlüssel zur
Genesung der Drachenfrau war.

In der nächsten Minute jedoch flogen einige
Drachen über sie und brüllten. Chase sah auf und
versuchte, schaffte es aber nicht, sie zu erkennen.
Dazu noch die Tatsache, dass niemand es wagen
würde, über das Haus des Clanführers zu fliegen
und solch einen Lärm zu machen – Finn und Ara
hatten drei kleine Kinder –, sagte ihm, dass sie
Fremde waren.

Er rannte sofort zu Freya und hob sie mit seiner
Vorderpfote hoch. Als Arabella vor ihm stehen blieb,
übergab er den kleinen Drachen.

Da sich der Himmel weiter mit unbekannten
Drachen füllte, wobei jeder bei seiner Ankunft
brüllte, füllte ein Gefühl der Vorahnung seinen
Bauch. Er hatte keine Ahnung, wie sich das so
schnell herumgesprochen haben konnte, aber er
vermutete, dass sie vom Clan One im Iran stammten.

Als Arabella im Haus war, wechselte Chase
schnell in seine menschliche Gestalt zurück und
rannte zum Hauptsicherheitsgebäude. Er musste
seinem Bruder sagen, was er gesehen hatte, und ihm
alle Details geben, an die er sich erinnern konnte.

Nur dann konnte er Layla finden und auf sie
aufpassen. Erst dann konnte er Layla finden und
über sie wachen. Nein, er konnte keine medizinischen Eingriffe durchführen, aber er vermutete, dass
Layla und ihre Schwester in den kommenden Tagen
jede Unterstützung brauchen würden, die sie

bekommen konnten. Auf keinen verdammten Fall würde er Layla erlauben, sich all dem allein zu stellen.

Und so rannte er eiliger, um seine Pflicht seinem Bruder gegenüber so schnell wie möglich zu beenden, damit er sich um seine Frau kümmern konnte.

Kapitel Vierzehn

D a die Krankenstation größtenteils schalldicht war, beachtete Layla das leise Brüllen zunächst nicht, das von der offenen Tür kam. Manchmal führten die Beschützer Übungen durch, sowohl untereinander als auch gelegentlich mit Beschützern aus Stonefire im Norden Englands. Das war nicht völlig außergewöhnlich.

Sie hatte ihre Schwester gerade erst zum Schlafen gebracht – auch Phillip, indem sie ein Bett direkt neben Yasmins aufgestellt hatten, damit sie beide liegen konnten – und wollte sie nicht unnötig wecken.

In der Sekunde jedoch, als Sid in der Tür auftauchte, mit der wohl finstersten Miene, die sie je bei der Drachenfrau gesehen hatte, wussten sowohl Frau als auch Tier, dass etwas nicht stimmte. „Was ist passiert?"

„Ich musste Aimee ruhigstellen und an einen

anderen Ort bringen, es gab keine andere Wahl bei all dem Aufruhr."

Sie unterdrückte schnell ihre Sorge um die Frau. Sie konnte nichts tun, bis Aimee aufwachte. „Ich spüre, dass mehr an dieser Geschichte ist, Sid."

Sid deutete in den Flur. Layla folgte. Sobald sie die Tür geschlossen hatte, drehte sie sich zu der Drachenfrau zurück. „Was ist passiert?"

„Mehrere Drachengeschwader sind am Himmel aufgetaucht, ununterbrochenes Gebrüll. Das war zu viel für Aimee, und sie ist mit einem hysterischen Schrei zu Boden gegangen. Sobald sie ruhiggestellt war, hat Holly vorgeschlagen, sie vorübergehend bei Cat MacAllister unterzubringen."

Da Cat Aimee zweimal pro Woche besucht und eine Kunsttherapie ausprobiert hatte, war das eine gute Wahl. Aimee kannte die Frau gut genug, um nicht wieder komplett abzuschalten.

Aber so wichtig es auch war, dass Aimee sicher war, etwas anderes lag ihr im Magen. Obwohl Layla das Gefühl hatte, die Antwort zu kennen, fragte sie: „Was für Drachen sind das?"

„Niemand hat es bestätigt, aber wir vermuten, dass sie aus dem Iran kommen."

Layla sah zur geschlossenen Tür und zog die Ärmel ihres Laborkittels glatt. „Sie dürfen es nicht erfahren. Noch nicht. Sie sind beide in einem empfindlichen Zustand und brauchen Ruhe, nicht zusätzlichen Stress."

„Natürlich. Aber wenn die mysteriösen Drachen

aus dem Iran sind, müssen sie irgendwann mit ihnen reden."

„Vielleicht muss es gar nicht so weit kommen – vielleicht gelingt es Finn, einen Waffenstillstand auszuhandeln."

„Möglicherweise, aber du kannst sie nicht ewig im Dunkeln lassen, Layla. Das weißt du."

Das tat sie, aber trotzdem traf sie der Drang, ihre jüngere Schwester zu schützen, mit voller Kraft. Schließlich hatte Layla das in den letzten fünf Jahren nicht getan, und sie schwor sich, das nie wieder passieren zu lassen.

Ihr Drache hob den Kopf, um zu sprechen, aber Chase kam um die Ecke und blieb neben ihr stehen. Wenn die Drachen aus dem Iran wären, würde er es wahrscheinlich schon wissen.

Ein Blick auf sie, und er verzog das Gesicht. „Du hast von den iranischen Drachen gehört."

„Dann sind es also sie."

Er nahm eine ihrer Hände, seine Berührung half ihr, sie etwas mehr zu erden. Er nickte. „Ja, und es wird schlimmer. Einige von ihnen haben sich in ihre menschliche Gestalt gewandelt und fordern, mit Yasmins Familie zu sprechen. Wenn du also nicht willst, dass eure Eltern für sie sprechen, musst du sofort mit mir zum Hauptsicherheitsgebäude der Beschützer kommen."

Der Gedanke, dass sich ihre Eltern für Yasmin entschuldigten und für sie sprachen – eine Tochter, die sie nach fünf Jahren Abwesenheit noch nicht besucht hatten –, brachte Layla dazu, ihre Krallen ausfahren und jemandem wehtun zu wollen.

Und sie hatte noch nie jemandem wehgetan. Aber ausnahmsweise war sie versucht, wenn sie dadurch für die Sicherheit ihrer Schwester in Lochguard sorgen konnte.

Chase tippte mit dem Daumen auf ihren Handrücken, und sie begegnete seinem Blick, als er sagte: „Du weißt, Finn wird sie nicht einfach übergeben, egal, was eure Eltern sagen. Yasmin ist erwachsen und kann ihre eigenen Entscheidungen treffen."

Layla stieß einen langen Atem aus. „Ich weiß. Ich bin mir jedoch nicht sicher, wie besonnen ich bleiben werde, wenn ich meine Eltern sehe, vor allem, wenn sie versuchen, Yasmin in irgendeiner Weise zu verunglimpfen."

Er trat einen Zentimeter näher, sein Blick heftig. „Wenn du ruhig bleiben kannst, wenn Dutzende Drachenwandler bei einem Angriff verletzt werden, kannst du das hier auch. Ich kann mich dazusetzen, wenn du willst." Er sah zu Sid, und dann zurück zu ihr. „Du weißt, was für eine Zukunft ich mir wünsche."

Er sprach davon, Gefährten zu sein.

Die rationale Seite ihres Gehirns sagte, es sei viel zu früh. Sie sollten länger warten, bevor sie irgendeine Ankündigung machten. Vor allem, weil es auch noch keinen Rausch gegeben hatte.

Ihr Drache hob endlich den Kopf und sagte, *Du*

*hattest Angst, dass er sich ohne den Rausch zurück-
zieht, und jetzt benutzt du diese Ausrede?*

Sie zögerte. Layla konnte mit ihren Eltern und
den iranischen Drachen umgehen, wenn nötig. Und
doch wäre es einfacher, Chase an ihrer Seite zu
haben. Vor allem, wenn Azar Samadi die Ansichten
seines Vaters vertrat, was bedeutete, dass die Männer
das letzte Wort in familiären Angelegenheiten
hatten. Daran erinnerte sie sich noch von den
Verhandlungen vor fünf Jahren.

Doch wenn sie diesen Schritt ging, gäbe es kein
Zurück. Noch vor einem Monat hätte sie das
erschreckt. Aber als Chase sie anstarrte, seine warme
Hand ihre hielt, konnte sie sich nicht vorstellen, ohne
ihn zu sein. Also berührte sie seine Wange und sagte:
„Aye, du bist mein zukünftiger Gefährte. Also wirst
du natürlich bei mir sitzen."

Falls Sid überrascht war, ließ sie es sich nicht
anmerken. Die Drachenfrau grunzte. „Dann geht!
Ich halte hier die Stellung. Komm wieder zu mir,
wenn du die Gelegenheit hast. Wir hatten immer
noch nicht dieses Gespräch."

„Ich bringe sie selbst zurück, sobald sich die Lage
etwas beruhigt hat", sagte Chase. Er zog an ihrer
Hand. „Komm. Jeder wartet auf uns."

Und so ließ Layla MacFie, die Frau, die immer
stark und unter Kontrolle sein musste, Chase glücklich für eine Weile die Führung übernehmen.
Schließlich musste sie all ihre Sturheit und Dominanz für das bevorstehende Treffen bewahren. Denn

wenn ihre Eltern irgendwas sagten, um Yasmin herabzuwürdigen oder zu bedrohen, müsste Layla sie überstimmen. Das konnte sie, als Clanärztin. Obwohl sie vermutete, dass es nicht einfach wäre.

Doch egal, wie schwierig es wurde, Chase würde ihr zur Seite stehen. Sie musste nicht mehr all ihre Kämpfe allein führen. Von jetzt an würden sie und Chase gemeinsam kämpfen.

Chase tat sein Bestes, um seine Freude über Laylas Worte zu verbergen. *Aye, du bist mein zukünftiger Gefährte. Also wirst du natürlich bei mir sitzen."*

Und wären nicht die Hürden von Hindernissen gewesen, die sich ihr schnell genug in den Weg stellten – nein, *ihnen* –, wäre er stehen geblieben, um sie zu küssen und ihr seine Gefühle mitzuteilen.

Aber wie so viele Dinge in ihrer Beziehung, müsste all das warten.

Sein Drache grunzte. *Wenn jemand jemals sagt, wir seien zu jung und impulsiv, werde ich denjenigen anknurren. Vielleicht sogar wandeln, damit ich ihm in die Ohren brüllen kann.*

Viele werden es sagen, aber am Ende werden die meisten die Paarung akzeptieren, da Finn es tut. Also verschwende nicht die Energie, um Vergeltungspläne aufzustellen. Wir werden all unseren Verstand brauchen, um mit den iranischen Drachen umzugehen.

Aye, ich weiß. Layla wird nie wirklich glücklich

sein, wenn die Zukunft ihrer Schwester nicht sicher ist.

Sie kamen am Hauptsicherheitsgebäude der Beschützer an und gingen hinein. Da ihm sein Bruder gesagt hatte, wohin er Layla bringen sollte, ging Chase den richtigen Gang hinunter, bis er die Tür des größten Konferenzraums erreichte. Die Tür war geschlossen, und er hielt direkt davor an. Da der Raum schallisoliert war, sagte er, ohne Angst davor zu haben, gehört zu werden: „Sag mir, wie ich mich da drin verhalten soll. Ich möchte nicht übergriffig sein und mich in einen mittelalterlichen Alphamann verwandeln, der in einem Duell um deine Ehre kämpft."

Trotz allem lächelte Layla. „Ich werde sehen, wie weit ich gehen kann. Aber wenn sie altmodisch und etwas mittelalterlich sind, wie du es formuliert hast, dann musst du vielleicht für mich und meine Schwester sprechen. Ich bin die ältere Schwester und als mein zukünftiger Gefährte bedeutet das, dass du Phillip in dieser Hinsicht überlegen bist."

Der Gedanke an Rangordnung nach Geburtsreihenfolge und Geschlecht ließ ihn die Stirn runzeln. Chase war noch nie so dankbar für die lockere Art von Lochguard gewesen. Er nickte. „Aye, ich kann bei Bedarf einspringen."

Sie küsste rasch seine Wange. „Danke!"

„Kein Dank nötig. Jetzt sichern wir die Zukunft deiner Schwester. Bereit?"

Layla atmete einmal tief durch. „Nicht ganz, aber es muss reichen."

Dem kurzen Blitz der Unsicherheit in ihren Augen nach zu urteilen, wusste er, dass sie nicht sicher war, wie es mit ihren Eltern laufen würde. „Wir werden uns dem gemeinsam stellen, mit Finn, Grant und Faye. Wir werden alles klären, wirst schon sehen."

Nachdem er ihren Handrücken geküsst hatte, ließ er sie los und klopfte.

Die Tür öffnete sich, um seinen Bruder zu enthüllen. Als Grant die Augenbrauen hob, sich offensichtlich fragend, warum Chase hier war, obwohl Grant ihm gesagt hatte, er solle sie allein kommen lassen, antwortete Layla entschlossen: „Als mein zukünftiger Gefährte hat Chase jedes Recht, mich zu begleiten. Und wenn ich mich jetzt gleich mit ihm paaren muss, um sicherzustellen, dass er teilnehmen kann, werde ich das tun."

Sein verdammter Bruder blinzelte nicht einmal. „Eure zukünftige Absicht ist gut genug für mich." Grant drehte sich halb um und fragte: „Finn?"

Finn bewegte sich nicht von seinem Stuhl. „Ich erkenne es an und möchte nicht die Chance auf eine gute Paarungszeremonie verpassen. Wir machen das später." Er deutete zu den leeren Stühlen links von ihm. „Kommt rein!"

Das taten sie, und Chases Blick fiel direkt auf das ältere Paar, von dem er annahm, dass es Laylas Eltern waren. Er hatte die MacFies nie persönlich getroffen – zumindest nicht, soweit er sich erinnern konnte –, aber die Augen und die Nase der Frau waren genau die gleichen wie die von Layla. Sie musste ihre Mutter sein.

Sowohl der Mann als auch die Frau starrten auf den Tisch und beachteten ihre Tochter nicht.

Chases früheres Versprechen, nicht mittelalterlich zu werden, wurde so viel schwieriger. Layla hatte nichts getan, um solche Bosheit zu verdienen. Und aye, wenn Eltern aus eigenen egoistischen Gründen ihr Kind ignorierten, war das in seinem Buch tatsächlich grausam.

Irgendwie schaffte Chase es auf die andere Seite des Tisches, ohne zu knurren oder die MacFies zu bedrohen. Layla setzte sich neben Finn und Chase neben sie. Da bekam er den ersten Blick auf die iranischen Drachenwandler.

Sie waren viel jünger, als er erwartet hatte – der älteste war wahrscheinlich nicht mehr als Mitte dreißig. Sie hatten alle dunkles Haar und Augen in verschiedenen Brauntönen. Den in der Mitte jedoch, mit einem leichten Bart, musterte Chase am meisten, da der Mann Layla anstarrte.

Unter dem Tisch ballte er seine Hand zu einer Faust. Der Mann hatte mitgehört, dass Layla Chases zukünftige Gefährtin war, und doch provozierte er ihn fast absichtlich.

Sein Drache seufzte. *Gib nicht nach, das will er ja nur.*

Gott sei Dank füllte Finns Stimme den Raum

und zog Chases volle Aufmerksamkeit auf sich. „Yasmin MacFies Familie ist da. Ich habe geduldig gewartet, aber nicht mehr. Sagen Sie mir, warum Sie ohne Erlaubnis über das Land meines Clans geflogen sind."

Der Mann, der in der Mitte saß, sprach in fast makellosem Englisch. „Mein Name ist Azar Samadi, und ich bin gekommen, um Gefälligkeiten auszutauschen und die Dinge wiedergutzumachen."

Auf die Worte des Mannes hin verkrampfte sich Layla an seiner Seite. Er bewegte seine Hand unter dem Tisch, legte sie auf ihr Knie und ließ sie wissen, dass er da war, wenn sie ihn brauchte.

Layla hatte kaum die Enttäuschung und Wut über ihre Eltern eingedämmt, die sie ignorierten, bevor sie Azar Samadi gegenübersaß.

Aye, er war etwas älter, als beim letzten Mal, dass sie ihn getroffen hatte, mit ein paar grauen Haaren zwischen den schwarzen und tieferen Linien um seinen Mund. Aber er war es, der Mann, den ihre Eltern dafür ausgewählt hatten, Yasmins Gefährte zu sein.

Azars Vater war jedoch nirgendwo zu sehen. Tatsächlich waren alle Drachenmänner auf der anderen Seite des Tisches recht jung. Sie fragte sich, ob es Absicht war, damit Finn und die anderen ihn unterschätzen würden.

Ihr Drache sagte, *Oder vielleicht sind sie hier, ohne dass die Älteren davon wissen.*

Nachdem sie sich über die Jahre viel mit dem Tod beschäftigt hatte, erwartete Layla nicht, dass am Ende alles automatisch glücklich sein würde. Und der Vorschlag ihres Drachen wäre zu einfach.

Ein kleiner Teil von ihr wünschte sich jedoch mehr als alles andere, dass mit diesem einen Treffen die Angelegenheit geregelt werden könnte, damit Yasmin wieder ein normales Leben führen konnte.

Und als Azar sagte, dass er alles in Ordnung bringen wolle, spannte Layla sich an und hielt den Atem an. Chases Berührung auf ihrem Knie half ihr, wieder zu atmen. Aber es verringerte nicht das Herzklopfen.

Finn hielt eine Sekunde inne, bevor er antwortete: „So, wie ich das verstehe, ist es ein schweres Vergehen, wenn jemand Ihre vorgesehene Gefährtin entführt. Ist das wahr?"

Azar blinzelte nicht. „Traditionell ja. Aber es gibt kein Clangesetz, das die Bestrafung vorschreibt. Zumindest nicht mehr. Es war jedoch noch in Kraft, als Yasmin weglief."

Layla beugte sich vor, aber Finn war der Anführer und hatte die Kontrolle über das Gespräch. Ihr Clan-Anführer fragte: „Was meinen Sie mit ‚nicht mehr'? Hier in Lochguard mögen wir es unkompliziert. Sagen Sie mir also einfach, was ich wissen muss, aye?"

Azar zuckte mit den Schultern. „Ich bevorzuge

das auch. So sind wir in den letzten Jahren im Iran bei der Zersplitterung von Drachenclans gelandet."

„Zersplitterung von Drachenclans?", wiederholte Faye MacKenzie. „Warum wissen wir nichts davon?"

Azar sah Faye an. „Weil wir sehr gut darin sind, Geheimnisse zu bewahren."

Finn meldete sich zu Wort, was wahrscheinlich gut war, wenn man Fayes Stirnrunzeln bedachte. Lochguards Anführer grunzte. „Sie sind schon wieder vage."

Azar zuckte mit den Schultern. „Kurz gesagt, Yasmins Verschwinden löste einen Kampf innerhalb des Clans aus. Mein Vater wollte ihr nachgehen und sie zwingen, mich zu paaren. Ich habe ihm gesagt, er solle es gut sein lassen."

Layla blinzelte. „Es gut sein lassen?"

Einer von Azars Mundwinkeln zuckte hoch. „Ja. So sehr ich bereit war, mich mit einer Frau zu paaren, um der Position meines Vaters im Clan zu helfen, habe ich doch auch Stolz. Ich wollte keine Frau zwingen, die lieber weglaufen und sich verstecken wollte, als bei mir zu bleiben."

Layla blieb der Mund offenstehen, als sie versuchte, die Nachrichten zu verdauen.

Azar wollte Yasmin nicht gewaltsam wegnehmen oder bestrafen.

Der iranische Mann fuhr fort: „Der Kampf hatte sich schon seit einiger Zeit zusammengebraut – die jüngeren Generationen gegen die alten. Sie leben auf einer Insel im nördlichen Teil, die nicht annähernd so viele Invasoren und Eroberer gesehen hat wie einst Persien und jetzt Iran. Die Drachenclans in der Region haben trotz der sich ständig verändernden Menschen an der Macht ihre Identität bewahrt, indem wir unsere eigenen Traditionen gepflegt haben. Als jedoch die benachbarten Clans in Pakistan und der Türkei begannen, ihre Wege zu modernisieren, kämpften die Iraner gegen den Wandel. Sie wollten abgelegen bleiben, um die alten Wege zu ehren. Nur, dass dies zu einem wachsenden Problem führte – einer schrumpfenden Bevölkerung."

Finn neigte den Kopf. „Sie haben also auch keine Menschen gepaart?"

Azar schüttelte den Kopf. „Nein, deshalb mussten mein Vater und andere anfangen, sich an diejenigen zu wenden, die den Iran verlassen hatten, um zu entscheiden, ob sie eine Paarung mit ihren Kindern arrangieren könnten, oder zumindest jene, die reine Drachenwandler waren. Wir mussten dringend neues Blut in den Clan einführen. Selbst angesichts von Schwierigkeiten wollten mein Vater und die anderen an der Macht nicht einmal einen Hauch von menschlichem Blut in unserer Mitte. Ein lächerlicher Gedanke, fürs Protokoll."

Seine Worte ließen Layla sich fragen, ob er selbst in eine Menschenfrau verliebt war.

Layla schob den Gedanken beiseite und sah ihre Mutter an, aber die starrte immer noch auf den Tisch. Sie brannte darauf zu fragen, ob ihre Mutter von all dem gewusst hatte – einschließlich der Meinungsverschiedenheit und der Durchsetzung alter Methoden –, bevor sie Yasmin weggeschickt hatte.

Und doch konnte sie das gerade nicht tun und riskieren, Finns Befragung zu unterbrechen.

Ihr Drache flüsterte, *Sie werden danach noch hier sein, was bedeutet, dass wir nicht mehr laufen oder ihnen ausweichen werden. Wir müssen sie zur Rede stellen.*

Layla stimmte ihrem Tier zu.

„Wann fing die Zersplitterung der Clans an?", erkundigte sich Finn.

Azar zögerte nicht. „Vor etwa drei oder vier Jahren. Es ist größtenteils erledigt, sonst wäre ich nicht hier. Diejenigen, die sich an die alten Weisen klammern wollen, leben in der östlichen Hälfte des Iran. Diejenigen von uns wie ich, die versuchen, die Gegenwart zu begrüßen, leben in der westlichen Hälfte."

„Sie sind also offensichtlich nicht hier, um Yasmin zurückzuholen", erklärte Finn. „Was für einen Gefallen wollen Sie dann?"

„Bevor ich es Ihnen sage, muss ich zuerst etwas tun." Er sah zu Layla. „Es tut mir leid, dass Ihre Schwester so lange auf der Flucht sein musste. Ich habe ständig auf Informationen über sie gelauscht, um ihr zu sagen, dass sie nicht in Gefahr ist. Aber ich erfuhr erst letzte Nacht von ihrem Verbleib, als Ihre Eltern meinem Clan eine Nachricht schickten. Sie hatten offenbar keine Ahnung, dass mein Vater dort nicht mehr lebt."

Layla konnte ihren Ausbruch nicht eindämmen und wandte sich ihren Eltern zu. „Ihr habt was getan?"

Ihr Vater sah sie schließlich an, sein Blick vorsichtig. Es war schwer, sich daran zu erinnern, dass der harte Mann am anderen Ende des Tisches mit ihr als Kind Fangen gespielt und sie zum Lachen gebracht hatte.

Emotionen schnürten ihre Kehle zu, aber als Chase mit dem Daumen über ihr Knie hin und her strich, half das, den Schmerz, die Wut und den Verrat, die in ihr herumrollten, zu dämpfen.

Ihr Vater antwortete: „Hätten wir ihren Standort geheim gehalten, hätte der Vertrag, den wir unterschrieben haben, uns schuldig gemacht, und sie wären hinter uns her. Zumindest haben wir das so verstanden."

Jede Besonnenheit, die sie besaß, flog aus dem Fenster. Layla stand auf und zischte: „Sie ist eure *Tochter*! Eltern sollen ihre Kinder beschützen und nicht aufgeben, um ihre eigene Haut zu retten."

Finn hob eine Hand und bedeutete Layla, sich zu setzen. Nur weil sie den Mann respektierte und ihm vertraute, dass er sich um sie und die anderen kümmern würde, folgte sie dem Befehl.

Finn sah ihre Eltern an. „Wir werden das später besprechen, glaubt mir."

Ihre Eltern nickten schwach, und Finn sah zu

Azar zurück. „Jetzt, da Sie Ihre Entschuldigung vorgetragen haben, sagen Sie mir, was zur verdammten Hölle Sie wollen."

Azar zögerte nicht. „Eine Allianz."

Finn runzelte die Stirn. „Warum?"

„Ich habe die Nachrichten über die britischen Drachenclans verfolgt. Sie und Stonefire haben viel getan, um den Drachenwandlern in Ihrem Land zu helfen. Wenn Sie so ehrgeizig sind, wie ich denke, dann wollen Sie, dass Drachen-Clans auf der ganzen Welt Allianzen schließen und Informationen austauschen. Das ist der einzig logische nächste Schritt. Also biete ich Ihnen die Chance an, mit mir und den anderen gleichgesinnten Drachen-Clan-Führern im westlichen Iran zu arbeiten."

Finn trommelte mit den Fingern auf den Tisch und blickte Azar für ein paar Sekunden nur an. Layla wusste nicht viel über Bündnisse und die Politik, mit anderen Clans auszukommen. Aber sie spürte, dass das hier wichtig war. So sehr, dass es ihr half, ein wenig zu vergessen, dass ihre verräterischen Eltern keine drei Meter entfernt saßen.

Finns Finger hielten inne. „Ich stehe Diskussionen offen gegenüber. Sie werden jedoch zuerst Ihren Clan-Mitgliedern befehlen, aufzuhören, über meinem verdammten Haus zu schweben und meinen Kindern Angst zu machen."

„Wird erledigt."

„Und sobald Sie sich dann in einem Lager in der

Nähe niedergelassen haben – wir haben ein paar Landstücke, die wir als Ackerland nutzen, das funktionieren sollte –, können Sie morgen mit jedem anderen Anführer Ihrer Gruppe zurückkehren, einschließlich aller Ärzte, da diese Informationen genauso teilen sollten wie Clan-Führer, falls einer Sie begleitet hat."

„Es ist ein Arzt bei uns."

Finn deutete auf Layla. „Dann wird er oder sie sich bei Dr. MacFie melden, wenn er bereit ist. Sie wissen es vielleicht nicht, aber Layla ist jetzt die Chefärztin hier."

Azar zögerte nicht zu nicken. „Dr. Keshmiri wird auf eine Einladung warten."

„Gut." Finn deutete auf Faye und Grant. „Meine Beschützer zeigen Ihnen, wo Sie Ihr Lager aufschlagen können. Ich melde mich morgen auch über einen von ihnen."

Azar und seine Landsleute waren sich bewusst, dass sie entlassen worden waren; sie standen auf und folgten Faye und Grant aus dem Raum.

Damit blieben Layla, Chase, Finn und Laylas Eltern zurück.

Sie biss die Zähne zusammen und versuchte ihr Bestes, ihre Zunge vor Finn zu hüten. Er wäre derjenige, der über das Schicksal ihrer Eltern entschied. Und es würde viel schneller gehen, wenn sie nicht anfing zu schreien.

Aber, oh, wie sie noch etwas mehr schreien wollte. Das war das Einzige, was sie tun konnte, um nicht in Tränen auszubrechen über das, was ihre Eltern getan hatten.

Ihr Drache sagte leise, *Ich weiß, es tut weh, aber es gibt viele Personen, an denen uns etwas liegt und denen im Gegenzug an uns etwas liegt. Konzentrier dich für den Anfang auf Yasmin und Chase. Sie sind unsere Zeit mehr wert als unsere Eltern.*

Wenn es doch nur so einfach wäre. Ich weiß, wir sind fünfunddreißig Jahre alt und erwachsen, aber es tut immer noch weh zu wissen, dass ihnen so wenig an mir und Yasmin liegt.

Lochguards Anführer stand schließlich auf und bewegte sich auf die andere Seite des Tisches, was Laylas Drache daran hinderte zu antworten. Als Finn sich über die hölzerne Oberfläche beugte, stützte er seine Hände auf den Tisch. „Scott und Almira, ihr schuldet eurer Tochter, nein, euren Töchtern, viele Entschuldigungen."

Ihr Vater schüttelte den Kopf. „Das alles war geklärt, bevor du Anführer wurdest, Finn. Es wurde genehmigt und gebilligt. Wir folgen nur dem Vertrag, den wir unterschrieben haben. Es gibt nichts, wofür wir uns entschuldigen müssten."

Layla kniff die Augen zusammen bei den Worten ihres Vaters, ihre Traurigkeit wurde durch Wut ersetzt. *Es tut ihm nicht einmal leid, dass er Yasmin gemeldet hat,* sagte sie zu ihrem Drachen.

Das Knurren, das von Finns Lippen kam, hielt ihr Tier still.

Der Clanführer betrachtete jeden von ihnen abwechselnd. „Es gibt etwas, an das fast überall alle Drachenwandler glauben, und zwar das: Wir schätzen unsere Kinder. Glaubt ihr wirklich, ich würde wegschauen, wenn ihr gegen diesen Grundsatz verstoßt?"

Ihre Mutter ergriff das Wort, ihre Stimme ein wenig zittrig. „Wir haben getan, was wir für das Beste für Yasmin hielten. Azar war dazu bestimmt, ein Clan-Führer zu werden, und wie du gesehen hast, ist er einer geworden. Kein Mann wäre besser in der Lage, seine Frau zu schützen, als ein Anführer. Er war eine gute Wahl."

Finn stand plötzlich auf. „Aber was ist mit gestern Abend? Yasmin wurde schwanger und in einem verletzlichen Zustand hergebracht – und was war euer erster Gedanke? Euer eigenes Leben zu retten, indem ihr sie dem iranischen Clan meldet, obwohl ihr genau wisst, dass ihnen eine Strafe droht. Wie zum Teufel ist das in ihrem besten Interesse?"

Layla hatte Finn nicht so verärgert gesehen, seit er einige Mitglieder von Lochguard ins Exil schicken musste, weil sie seiner Führung nicht folgen wollten.

Ihr Drache flüsterte, *Und er tut es für Yasmin und uns. Er ist ein guter Mann.*

Das leugnete sie nicht. Da er jedoch ein guter Anführer war, gab es für ihn nur zwei Optionen, die er den Eltern anbieten konnte, ohne die Loyalität des Clans zu verlieren: Sie mussten sich aufrichtig entschuldigen und ihren Töchtern Wiedergutmachung leisten – oder es drohte Verbannung.

Und Layla war sich nicht sicher, was sie von der letzteren Option hielt. So verletzend und egoistisch sie auch gewesen waren, sie waren immer noch ihre Eltern. Im Exil wären sie verwundbar und könnten sogar von Drachenjägern gefangen genommen werden.

Sie mochte ihre Handlungen nicht und stimmte ihnen nicht zu, aber sie wollte auch nicht, dass sie starben.

Gott sei Dank füllte Finns Stimme den Raum und zog ihre volle Aufmerksamkeit auf sich. „Wie ich sehe, habt ihr nichts zu eurer Verteidigung vorzubringen. Das ist wahrscheinlich das Beste, denn mein Bullshit-Messgerät kann im Moment nicht viel mehr verarbeiten." Finn verschränkte die Arme vor der Brust und kniff die Augen zusammen. „Ihr wisst, ich kann das nicht durchgehen lassen, Scott und Almira. Aber ich gebe euch eine Wahl. Gebt euch Mühe, Reue zu zeigen, sowohl in Worten als auch Taten, und ihr werdet eine Probezeit bekommen, um hierzubleiben. Oder, wenn ihr euch weigert, gebe ich euch zwei Tage, um eure Angelegenheiten in Ordnung zu bringen, und ihr könnt den Clan für immer verlassen."

Das Blut wich aus dem Gesicht ihrer Mutter. „Wir haben nichts falsch gemacht."

Finn schnitt mit der Hand durch die Luft. „Ich

werde mich nicht wiederholen. Ihr habt eure Optionen. Ihr bleibt in diesem Raum, bis ihr euch entschieden habt, welchen Weg ihr wählt." Er sah Layla an und dann Chase. „Ihr zwei kommt mit mir."

Layla starrte ihre Eltern für ein paar Sekunden an und wollte, dass sie sie anschauten und ihr gegenüber eine Art Zärtlichkeit zeigten.

Eine Sekunde verging, dann eine weitere und noch eine. Keiner von beiden richtete den Blick auf sie.

In diesem Moment wusste sie, dass sie sich nie entschuldigen würden. Sie würden lieber das Exil wählen, als zuzugeben, dass sie etwas falsch gemacht hatten.

Tränen drohten zu fallen. Ihre eigenen Eltern kümmerten sich mehr um ihren Stolz als um sie oder Yasmin.

Da sie wusste, dass sie sich nicht länger zusammenreißen konnte, folgte sie Finn aus dem Raum. Sobald Finn im Flur war, sagte er: „Chase, der Raum nebenan ist leer. Sprich mit Layla dort. Wenn ihr beide bereit seid, dann kommt zu mir."

Layla bekam kaum mit, wie Chase sie in den anderen Raum manövrierte; benommen erlaubte sie ihm, sie hineinzuführen. Aber sobald er die Tür schloss und sie gegen seine Brust zog, ließ sie die Tränen fallen, die sie zurückgehalten hatte. Und bevor sie auch nur versuchen konnte, es aufzuhalten, fing sie schon an zu schluchzen.

Zum ersten Mal in seinem Leben wünschte sich Chase, er wäre eine Art Soldat oder Kämpfer, damit er Laylas Ehre verteidigen könnte. Was ihre Eltern ihr gerade angetan hatten, war eines der miesesten Dinge, die sie hatten tun können, sie hatten sie im Grunde verleugnet und alles, weil sie sich verdammt nochmal nicht entschuldigen und nicht zugeben wollten, dass sie falschlagen.

Chase hielt sie fest und ließ sie so viel weinen, wie sie es brauchte. Gerade er verstand, wie es war, wenn ein Elternteil ging oder einen absichtlich verleugnete. Und in Laylas Fall war es nicht nur ein Elternteil. Nein, beide hatten sie verraten.

Er wollte knurren und fluchen, aber stattdessen murmelte er beruhigende Worte in Laylas Ohr, während er ihr langsam den Rücken rieb. Es gab so wenige Male, in denen Layla ihre Gefühle zeigen konnte, und sie verdiente die Chance, um das zu trauern, was sicherlich in den nächsten Tagen passieren würde.

Sein Drache schnaubte. *Ich schlage vor, sie ändern ihre Meinung, aber ich glaube nicht, dass es passieren wird.*

Ich auch nicht, Drache. Wenn überhaupt, werden sie die Fersen nur tiefer eingraben, um sich davon zu überzeugen, dass sie das Richtige getan haben.

Zumindest wird Layla bald eine Mutter bekommen. Unsere würde so etwas niemals tun.

Nein, seine Mum würde das nicht. Sie hatte mehr als bewiesen, dass für sie ihre Söhne an erster Stelle kamen – sie war in Lochguard geblieben, anstatt ihrem Gefährten zu folgen, der sich für das Exil entschieden hatte.

Wenn überhaupt, würde es seine Mum ein bisschen glücklicher machen, wenn er Layla paarte.

Obwohl er keine Ahnung hatte, wann sie tatsächlich eine Paarungszeremonie haben würden, weil es nicht der richtige Zeitpunkt dafür war. Nicht, weil er es nicht wollte. Nein, weil Layla die Trauer überwinden musste, die sicher kommen würde, während sie gleichzeitig versuchte, ihre Schwester gesund zu halten.

Er würde jedoch nicht zulassen, dass Layla auf alle anderen aufpasste und sich selbst vernachlässigte. Sie mochte noch nicht seine Gefährtin sein, aber sie war seine Frau in seinem Herzen, und damit musste er sie beschützen.

Da ihr Schluchzen sich vor einem Moment beruhigt hatte und sie nur noch gegen seine Brust gedrückt war, sagte er sanft: „Ich bin hier, Liebes. Sag mir, was du brauchst, und ich mache es."

Sie schmiegte sich an seine Brust. „Halt mich nur noch ein paar Minuten, Chase. Danach kann ich mich der Welt wieder stellen, aber ich muss ein paar Minuten hierbleiben."

Er küsste ihre Braue. „Wir fangen damit an, aber wenn du denkst, ich werde dich nicht für die nächste

Weile genau beobachten und dich verwöhnen, wann immer ich kann, dann bist du verrückt."

Er hörte das Lächeln in ihrer Stimme. „Ich weiß nicht, ob ich jemals verwöhnt worden bin. Es macht mich neugierig darauf, was du tun würdest."

Er zog sie fester an seine Brust. „Dann ist das entschieden, du wirst gründlich verwöhnt, bis du mir sagst, ich kann mir ein paar der Geschenke sonst wohin schieben."

„Aber du weißt, dass ich das nie versuchen würde, weil mir das einfach mehr Arbeit in der Chirurgie machen würde."

Er schnaubte. Selbst nachdem dieser Mist in ihrem Leben passiert war, hatte seine Frau einen schnellen Verstand. „Diese Aussage lässt mich glauben, dass manche Leute seltsame Sachen da hineinschieben."

„Du machst dir keine Vorstellung." Sie hob den Kopf und legte eine Hand an seine Wange. „Ich liebe dich."

Er blinzelte eine Sekunde. „Das Reden über Ärsche hat dir klargemacht, dass du mich liebst?"

Sie nickte. „In gewisser Weise. Aber es ist alles. Die fürsorgliche Geste, deine Fähigkeit, mich meine Arbeit machen zu lassen, wenn ich es brauche, und aye, du redest über seltsame Dinge wie sich etwas in den Arsch zu schieben, um mich zum Lächeln zu bringen, während ich nicht gedacht habe, dass ich es könnte."

Er ließ eine Hand an ihrer Wirbelsäule hinauflaufen und legte die andere besitzergreifend an ihren Nacken. „Ich habe mich in dich verliebt, noch bevor wir von Ärschen sprachen. Das sollte etwas romantischer sein, denke ich."

Sie sah ihm in die Augen. „Sag das noch einmal."

„Was, Ärsche?"

Sie verdrehte die Augen. „Nein, du Idiot. Genug mit den Ärschen."

Er bewegte seine freie Hand über ihre und drückte. „Ich liebe alles an dir, Layla, auch deinen schönen runden Arsch."

Ihr Blick fiel auf seine Lippen. Jede Zelle in seinem Körper schrie, sie auf den Mund zu küssen. Doch er konnte es nicht. Noch nicht.

Also ging er zu ihrem Kiefer, ihrem Ohr, ihrem Hals, küsste und leckte, ließ sie wissen, dass er mehr tun würde, wenn er könnte.

Layla fädelte ihre Finger durch sein Haar und kratzte über seine Kopfhaut, was ihm Wärme und Lust durch den Körper jagte.

Trotz seines harten Schwanzes und der fast stöhnenden Frau in seinen Armen konnte Chase aufhören, ihre Haut zu küssen, und sich wieder aufrecht stellen. Bei der Verwirrung in Laylas Augen sagte er: „Wir können das hier nicht machen, Liebes. Das weißt du."

Sie runzelte die Stirn, und schob ihre Unterlippe ein wenig vor. Eine Layla mit Schmollmund war eines der reizendsten Dinge, die er je gesehen hatte.

Und wenn sie das je herausfinden sollte, wäre er bald Wachs in ihren Händen.

Nicht, dass es ihm etwas ausmachte, vor allem, wenn ihre Hände sich entschieden, jeden Teil von ihm zu streicheln und zu berühren.

Sie neigte den Kopf. „Wir können viel tun, ohne den Rausch auszulösen, Chase. Und genau jetzt brauche ich dich.

Ihre Worte regten seinen Drachen an, und er sagte, *Dann finde irgendwo einen anderen Ort, wo wir sie haben können. Sie braucht gerade Nähe, und du kannst nicht näherkommen, als wenn unser Schwanz in ihre heiße, enge Pussy dringt.*

Layla berührte seinen Kiefer. „Bitte, Chase. Ich muss mich jetzt gewollt fühlen. Und ich weiß rational, dass viele Leute mich wollen, ihnen etwas an mir liegt und all das. Aber ich will dich, Chase. Ich brauche den Mann, den ich liebe."

Wie konnte er ihr das jetzt verweigern? Er nahm ihre Hand und deutete mit dem Kopf zur Tür. „Ich kenne den Hinterausgang aus diesem Gebäude. Mein Cottage ist nicht weit weg." Er beugte sich vor und küsste ihre Wange. „Und hier ist eine Vorschau darauf, wie sehr ich dich will, Layla MacFie." Er führte ihre Hand zu seinem harten Schwanz, der gegen seine Hose drückte. „Und ich werde auch nie aufhören, dich zu wollen. Ich liebe dich. Jetzt komm. Ich werde es dir so oft beweisen, wie du willst, ohne den Rausch zu beginnen."

Nach einem weiteren Kuss auf ihre Wange

bewegte er sich so schnell und leise wie möglich. Und sobald sie in seinem Cottage waren, zeigte er Layla ein halbes Dutzend Mal, wie sehr er sie wollte, und achtete auch darauf, ihr wiederholt zu sagen, dass er sie liebte. Seine zukünftige Gefährtin würde nie daran zweifeln, wie viel ihm an ihr lag. Niemals.

Kapitel Fünfzehn

Am nächsten Morgen ging Layla mit Chase an ihrer Seite auf Finns Cottage zu.

Sehr zu ihrer Schande war sie am Abend zuvor früh eingeschlafen. Und Chase, der überfürsorgliche Drachenmann, der er nun mal war, hatte sich mit Finn und Sid abgesprochen, damit es in Ordnung war, wenn sie sich ausruhte.

Sie hatten beide Ja, und so hatte sie schamlos die Nacht durchgeschlafen.

Ihr Drache meldete sich zu Wort. *Wir werden dadurch besser sein. Mit all dem Schreien und den Orgasmen hätten wir nicht mehr als ein paar Gedanken zusammenbringen können.*

Wir waren nicht so müde.

Doch, das waren wir. Und hör auf, dich für alles schuldig zu fühlen. Yasmin und ihr Gefährte haben auch fast die ganze Zeit geschlafen. Und angesichts der Neuigkeiten, die wir ihnen bringen müssen, nachdem wir mit Finn gesprochen haben, brauchen sie ihre Kraft.

Chase drückte ihre Hand, und sie sah ihn an. Seine Bartstoppeln machten ihn nur noch sexyer. Verdammte Männer und ihre Fähigkeit, aus dem Bett zu rollen und besser auszusehen als je zuvor.

Er hob die Brauen. „Ich sehe die kleine Furche zwischen deinen Augenbrauen, Mädel. Was ist los?"

„Ich denke nur daran, wie unfair es ist, dass du so sexy bist."

Er schnaubte. „Du bist viel schöner als ich, Layla-Love. Ich denke, nach gestern Nacht weißt du jetzt, wie sehr ich jeden Zentimeter deines Körpers schätze."

Sie wollte, dass ihre Wangen nicht rot anliefen, und flüsterte: „Nicht hier. Wir sind fast bei Finn."

„Ich bezweifle, dass er Zeit hat, Abhörgeräte einzurichten, nur um zu hören, was auch immer in der Nähe geplaudert wird." Er beugte sich vor. „Wollen wir es testen?"

Sie kämpfte gegen ein Lächeln an. „Definitiv nicht. Ich weiß, du willst mich nur ablenken und mich vergessen lassen, was gleich passieren wird, aber diesmal wird es nicht funktionieren." Die Herausforderung glitzerte in seinen Augen, und sie kicherte. „Hör auf, Chase. Ich meine es so. Ich kann das nicht weiter aufschieben."

Er küsste kurz ihre Nase, bevor er sich wieder zurückzog. „Ich weiß, aber du musst zugeben, dass es Spaß macht, es zu versuchen, aye?"

„Schätze schon. Ich würde ja mehr sagen, aber ich muss dein Ego nicht so früh am Tag schon aufblasen."

Chase grinste. „Nach gestern Nacht sollte es meinem Ego eine Weile gut gehen. Was hast du noch gesagt?" Er senkte seine Stimme und sprach mit einer helleren Tonhöhe. „Du bist so hart und dick, Chase. Ja, härter, schneller. Verdammt, es war noch nie so gut."

Ihre Wangen wurden rot. Da ihr bewusst war, dass Chase sie eine Weile ablenken konnte, räusperte sie sich und zog an seiner Hand. „Wenn du willst, dass ich diese Dinge noch einmal sage, wirst du dich benehmen."

Chase zwinkerte, was ihren Bauch kribbeln ließ. „Für den Moment. Aber wenn wir allein sind, niemals."

Das war natürlich genau das, was sie wollte. Es wurde immer schwieriger, sich ihr Leben vorzustellen, bevor Chase sich endlich hineingedrängt hatte.

Sie erreichten Finns Tür, sie hob ihre Augenbrauen hoch und warf Chase einen Blick zu, als ob sie sagen wollte: „Ich meine es so. Benimm dich!" Dann klopfte sie, bevor er noch etwas sagen konnte.

Ihr Drache schnaubte. *Aber es macht so viel Spaß mit ihm. Ich mag ihn. Er könnte dich endlich dazu bringen, dich mehr zu entspannen.*

Die Tür öffnete sich und zeigte Arabella mit einem ihrer Söhne. Da er an ihrer Schulter schlief, konnte Layla nicht erkennen, welcher der Zwillinge es war.

Arabella deutete mit dem Kopf und sagte: „Kommt rein, und keine Sorgen wegen ihm hier. Er verschläft buchstäblich alles. Seine Schwester hat einen Schrank voller Geschirr umgeworfen, und er hat sich nicht einmal gerührt."

Layla trat ein. Normalerweise würde sie nach der Gesundheit der Drillinge fragen, aber im Moment fiel ihr nichts anderes ein als das, was ihre Eltern beschlossen hatten. Sie fragte: „Ist Finn in seinem Arbeitszimmer?"

„Nein, er ist in der Küche. Er hat ‚Freya-Ablenkungsdienst', bis ihr da seid. Kommt rein."

Als Layla der Drachenfrau folgte und ihr zusah, wie sie ihrem Sohn etwas zu murmelte, hoffte Layla, sie bekäme keine Drillinge. Ein Kleines machte schon viel Arbeit. Wie Arabella drei gleichzeitig schaffte – und dabei nicht den Verstand verlor –, hatte Layla keine Ahnung.

Sie betraten die Küche, und Layla sah Finn mit Freya in ihrer blonden menschlichen Babygestalt. Er ließ sie hüpfen, während er ein Kinderlied sang. Dann entdeckte er sie und Chase, bedeutete ihnen mit dem Kopf, sich an den Tisch zu setzen, und beendete das Lied.

Als er fertig war, versuchte er, Freya Arabella zu übergeben, aber die Kleine hielt sich fest. Ihre Finger verwandelten sich sogar in Krallen, und sie machten ohne Zweifel Löcher in Finns Hemd.

Arabella runzelte die Stirn. „Ich würde ja sagen, dein Daddy muss arbeiten, aber wir beide wissen, dass das keine Rolle spielt. Sie wird bei dir bleiben müssen, Finn. Zumindest, bis deine Tante kommt, um zu helfen."

Finn lächelte zu seiner Tochter hinab. „Aye, die kleine Freya liebt ihre Tante Lorna, nicht wahr?"

Freya winkte mit der freien Hand und machte eine Art Babygurgeln.

Der Anblick brachte Layla auch zum Lächeln. Finn und Arabella waren der Beweis dafür, dass einige Eltern ihre Kinder mehr als alles andere liebten. Und Layla war entschlossen, auch eine von ihnen zu sein, sobald sie ein eigenes Kleines hatte.

Aye, nun, das hieß, wenn sie jemals die Chance bekam, den Gefährtenrausch mit Chase durchzumachen.

Ihr Drache murmelte, *Hast du vergessen, wie Babys gemacht werden? Wir könnten schon schwanger sein.*

Als Layla innerlich ihrem Tier die Zunge herausstreckte, versuchte sie, sich auf Finn und das, was kommen sollte, zu konzentrieren.

Er rutschte schließlich in den Sitz gegenüber von ihr und Chase am Küchentisch, bevor er ihrem Blick begegnete. „Ich verspreche, dass ich nicht geplant habe, dafür ein Publikum zu haben. Aber Freya versucht immer öfter, in ihrer Drachengestalt zu fliehen, und sie wird zumindest bei mir bleiben."

Layla winkte das mit einer Hand ab. „Keine

Sorge. Du kannst mir genauso gut einfach sagen, was passieren wird, Finn. Es gibt keinen Grund, um den heißen Brei herumzureden. Sie gehen, nicht wahr?"

Er grunzte. „Aye, sture Bastarde, das sind sie. Ich wünschte, ich könnte ihnen noch ein paar Chancen geben, aber ich darf nicht riskieren, dass der Clan meine Führung in Frage stellt. Vor allem, wenn sich die Dinge gerade erst beruhigen nach der Zweiteilung. Ich hoffe, du verstehst das."

Da sie sich in der Nacht davor die Augen ausgeheult hatte, konnte Layla sich zusammenreißen, als sie diese Nachricht hörte. „Natürlich tue ich das, Finn. Wann brechen sie auf?"

Als Freya versuchte, sich von seinem Schoß zu rollen, rückte er sie wieder zurecht und ließ sie vorsichtig hüpfen. „Spätestens morgen. Ich werde nichts erzwingen, aber wenn du sie ein letztes Mal treffen möchtest, kann ich das arrangieren."

Sie zögerte nicht und schüttelte den Kopf. „Sie haben gestern ihre Ansichten deutlich gemacht. Meine Schwester braucht mich mehr."

Finn musterte sie eine Sekunde lang. „Soll ich es Yasmin und Phillip sagen? Oder möchtest du das lieber selbst tun?"

„Ich sollte es sein. Ich bin mir nicht sicher, ob Yasmin oder ihr Gefährte viele Tränen vergießen werden, wenn man bedenkt, was sie durchgemacht haben. Wenn man dann noch hinzufügt, dass unsere Eltern ihren Aufenthaltsort verraten haben, ist es sicherer, wenn ich da bin, falls ich sie beruhigen muss."

Die Nachrichten konnten die Wehen auslösen. Das Kleine war jetzt jederzeit fällig, und Stress konnte ihn oder sie etwas früher kommen lassen.

Finn zog Freya wieder zurück, nahm den Holzlöffel vom Tisch und gab ihn ihr zum Spielen. Ihr Anführer sah dann zu Chase. „Es stimmt also, du willst dich mit Layla paaren, aye?"

Es lag Layla auf der Zunge zu sagen, dass sie direkt vor ihm saß. Sie spürte jedoch, dass Finn in Abwesenheit eines Vaters die Rolle übernehmen würde.

Chase setzte sich ein wenig aufrechter hin. „Aye, das tue ich. Ich liebe sie. Und noch wichtiger ist, dass sie Ja gesagt hat."

Finn sah zu Layla zurück. „Willst du ihn wirklich? Keine Eile, Mädel. Ich weiß, dass du dich gestern unter Druck gesetzt gefühlt hast, aber du kannst dir bei Bedarf mehr Zeit nehmen."

Sie sah zu Chase, und er begegnete ihrem Blick, als er ihre Hand unter dem Tisch nahm. Als er ihr den Handrücken streichelte und sie mit Wärme und Liebe in den Augen anstarrte, lächelte sie. „Ich will es. Die Paarung wird jedoch warten müssen, bis meine Schwester entbunden hat – und wahrscheinlich auch Faye –, aber sobald wir es danach schaffen können, aye, ich will ihn." Sie sah zurück zu Finn. „Obwohl das bedeutet, Stonefire noch einmal um einen Gefallen bitten zu müssen. Entweder Sid oder

Gregor werden während des Gefährtenrauschs hierbleiben müssen.“

Finn hob eine Braue. „Was ist mit dem Arzt des Seahaven-Clans, Dr. Keith? Es wäre einfacher für ihn, zu kommen und abends nach Hause zu fahren. Im Flug ist ihr Clan nicht weit von hier.“

„Er macht einen fähigen Eindruck, aber ich kenne ihn nicht gut genug. Vielleicht kann er einem der Stonefire-Ärzte helfen, aber ich würde gern mehr mit ihm zusammenarbeiten, bevor ich ihm die volle Betreuung des Clans für ein paar Wochen übertrage.“

Finn seufzte. „Aye, ich nehme an, das ist die logische Denkweise. Ich werde Stonefire um Hilfe bitten. Und wenn das so weitergeht, könnte Bram eine meiner Nieren verlangen, und ich müsste sie ihm geben.“

Arabella schnaubte in der Nähe des Spülbeckens. „Ich bezweifle, dass er nach einer fragen würde. Er hätte Angst, etwas von deiner Persönlichkeit in seinen Körper zu absorbieren.“

Finn schmunzelte seine Gefährtin an. „Ich weiß nicht, er könnte ein bisschen mehr Charme gebrauchen.“

Arabella öffnete den Mund, um zu antworten, aber jemand stürzte durch die Vordertür und rannte in Rekordzeit durch den Flur.

Grant McFarland platzte schwer atmend in den Raum, deutlich Angst in seinen Augen.

Layla stand gleich auf. „Was ist los?“

„Es ist Faye. Sie blutet und hat Schmerzen. Ich denke, das Kleine kommt."

Layla ging direkt zu ihm. „Wo ist sie?"

„Im Hauptsicherheitsgebäude. Ich wollte sie nicht bewegen."

Sie sah zu Chase. „Hol meine Tasche von der Krankenstation und alarmiere die anderen; sie sollen die Trage bringen, und Holly soll uns dort treffen." Sie drehte sich zu Grant um. „Jetzt erzählst du mir alles auf dem Weg."

Als Layla auf das Gebäude der Beschützer zulief, hoffte sie, dass der Tag nicht noch schlimmer enden würde als der Tag zuvor.

Nein. Faye MacKenzie war jung, stur und stark. Wenn jemand eine schwierige Geburt überstehen konnte, wäre sie das.

Faye MacKenzie schrie, als eine weitere Wehe kam. Es war, als hätte sich ihr Kleines in einen kleinen Drachen verwandelt und versuchte, sich mit seinen scharfen Krallen herauszukratzen.

Iris Mahajan, eine weitere Beschützerin, stand neben ihr und zuckte nicht einmal, als Faye ihre Hand zerquetschte. Obwohl Grants Anwesenheit mehr helfen würde, schätzte sie Iris' Unterstützung, nachdem sich die anderen so weit wie möglich von ihr entfernt hatten.

Sobald die Kontraktion aufhörte, betrachtete sie

die männlichen Beschützer, die auf der gegenüberliegenden Seite des Hauptraums standen. „Feiglinge, euer ganzer verdammter Haufen."

Und sie knurrte vielleicht hinterher.

Ihr Drache summte eine Sekunde leise, bevor er sagte: *Spar dir deine Energie. Das Kleine braucht uns.*

Sie sind so verdammt schwach. Es ist doch nur etwas Blut.

In Wirklichkeit war da mehr, als ihr gefiel. Und mit jeder Sekunde, die verstrich, wurde ihr schwindliger.

Wo zum Teufel war Grant? Sie brauchte ihren Gefährten hier, bei sich. Wenn jemand ihre Ängste lindern konnte, war er es.

Denn, aye, Faye hatte Angst. Ihr Kind war früh dran, sie blutete, und jede Kontraktion schien ihr all die Kraft zu nehmen, die sie hatte.

Sie wollte nicht sterben. Ihr eigener Vater war am Tag ihrer Geburt gestorben, und Faye wollte ihr Kind nicht mutterlos lassen.

Tränen brannten in ihren Augen, und ihr Drache richtete sich in ihrem Kopf auf. *Hör auf! Wir werden nicht sterben. Layla wird bald da sein.*

Iris sprach ganz leise. „Aye, das sind Feiglinge. Aber überleg doch mal, wenn sie zusehen, wie du das hier überlebst, werden sie zweimal darüber nachdenken, in Zukunft zu behaupten, du seist schwächer als sie. Wenn überhaupt, wirst du in der Lage sein, sie bis zu ihrem Dahinscheiden damit aufzuziehen, dass sie vor einem winzigen bisschen Blut und einigen Schreien zusammengezuckt sind."

Weibliche Beschützer waren rar gesät. Typisch Iris, sie im beängstigendsten Moment ihres Lebens zum Lächeln zu bringen. „Du kannst mir gern dabei helfen."

Als sie einander anlächelten, tat Faye ihr Bestes, nicht bis zur nächsten Wehe zu zählen, von der sie wusste, dass sie kommen würde. Obwohl, angesichts der Tatsache, dass der Schmerz immer noch in ihrer unteren Hälfte pochte, könnte das Zählen vielleicht besser helfen.

Bevor sie sich jedoch für die eine oder andere Weise entscheiden konnte, platzten Grant und Layla durch die Tür. Ihr Gefährte kam direkt zu dem Sofa, auf dem sie lag. Iris trat zurück, und Grant berührte ihre Wange. „Es wird alles gut werden, Liebes. Layla ist hier."

Als Faye die tiefbraunen Augen ihres Gefährten sah, ließ sie die Tränen fallen. „Ich sterbe, Grant."

„Unsinn. Wer wird mir helfen, die Beschützer in Schach zu halten, wenn du weg bist? Außerdem, wenn ich das könnte, kannst du es auch."

„Du könntest das nicht."

Er zuckte die Schultern. „So schlimm kann es doch gar nicht sein."

Sie wusste, er wollte, dass sie sich besser fühlte, indem er widersprach. Es war ein Spiel für sie, eines, das nicht jeder verstand.

Aber Grant tat es, und das brachte sie noch mehr zum Weinen.

Layla sprach mit sanfter, aber fester Stimme. „Geh weg. Ich brauche Platz, um zu arbeiten, Grant. Du kannst ihre Hand halten, wenn du bei ihrem Kopf stehst." Als er sich über sie stellte, bellte Layla zu den anderen im Raum: „Verschwindet! Eure Angst macht alles nur noch schlimmer."

Grant knurrte: „Und Iris hat bis auf Weiteres das Sagen. Sie war die Einzige, die mutig genug war, um zu Faye zu stehen, und ich finde, das bedeutet, dass sie es verdient hat."

Iris nickte und entfernte alle, bis nur noch Faye, Grant und Layla da waren.

Faye konzentrierte sich auf Grants Gesicht über ihrem. „Ich liebe dich, Grant. Ich möchte, dass du das weißt."

Zweifellos hatte ihr Gefährte Angst, aber seine Augen blieben stark und hartnäckig. „Du stirbst nicht, Frau. Auf keinen Fall überlebe ich deine Familie ohne dich an meiner Seite."

Sie lächelte, aber dann stürzte eine Kontraktion über sie, und sie schrie auf, während sie ihren Rücken wölbte und Grants Hand mit allem, was sie hatte, drückte. Layla drückte ein wenig und berührte ihren Bauch, was den Schmerz nur verschlimmerte. Jedes Mal, wenn sie schrie, versuchte Grant, seine Zuckungen zu verstecken.

Als die Kontraktion aufhörte und der Schmerz ein wenig nachließ, sackte Faye auf dem Sofa zusammen. Laylas Stimme füllte den Raum. „Dein Kleines ist in Steißlage, Faye. Normalerweise würde ich mir etwas Zeit nehmen, um zu sehen, ob wir es umdrehen können. Aber mit der Blutung kann ich es nicht riskieren. Die beste Option ist, einen Kaiserschnitt zu versuchen."

Selbst durch den müden Dunst ihres Gehirns wusste Faye, dass das nicht gut war. „Dann hatte ich recht, ich werde sterben."

Drachenwandler konnten mit menschlicher Anästhesie nicht umgehen. Erwachsene konnten eine kleine Dosis überleben, aber ein Kind würde es töten. Und nach all der verdammten morgendlichen Übelkeit und dem Gefühl, fett zu sein, würde Faye Letzteres nicht zulassen.

Das bedeutete, dass Faye entweder bei dem Verfahren wach sein musste oder riskierte, ein milderes Beruhigungsmittel zu nehmen, damit Layla sie aufschneiden konnte, in der Hoffnung, dass es sie oder ihr Kleines nicht nachteilig beeinflusste.

Jede Sekunde, die verging, überzeugte Faye nur, dass sie nicht mehr lange da sein würde. „Wenn die Frage ist, ob ich oder das Kleine überlebe, rette mein Baby, Layla."

Layla sah ihr direkt ins Gesicht und sagte: „Du wirst nicht sterben, Faye. Aye, Kaiserschnitte sind selten bei Drachenwandlern, aber du bist jung und stur. Solange wir es innerhalb der nächsten halben Stunde tun, sollte es dir gut gehen."

„Sollte", seufzte sie und schloss die Augen.

Grant nahm ihr Gesicht in die Hände. „Sieh mich an, Faye."

Sie gehorchte und atmete kräftig ein bei der Heftigkeit, die sie sah. Ihr Gefährte legte jedes bisschen Dominanz in seine Stimme, als er sagte: „Ich werde die ganze Zeit da sein. Und du wirst nicht sterben, Faye. Ich werde das nicht zulassen."

Unter normalen Umständen hätte sie ihn damit aufgezogen, dass er nicht in der Lage war, alles um sich herum zu kontrollieren.

In diesem Moment war es jedoch genau das, was sie hören musste.

Sie nickte. Eine Sekunde später stürmten Holly und Chase in den Raum, gefolgt von zwei Pflegern mit einer Trage.

Ihre unerschütterliche Schwägerin blinzelte nicht einmal wegen der Situation, und sobald Holly in der Nähe war, lächelte sie. „Dein Kleines ist ein bisschen zu früh dran, wie meine. Du hast das bestimmt getan, um deinem Bruder eins auszuwischen."

Faye lächelte schwach. „Aye, nun, sie werden jetzt im Alter näher aneinander sein. Es wird leichter für mein Kind sein, deine Töchter zu beeinflussen."

Holly schnaubte und trat beiseite, damit die Pfleger Faye auf die Trage heben konnten.

Die ganze Zeit über ließ Grant ihre Hand nicht los.

Und als sie sie auf der Trage aus dem Hauptgebäude der Beschützer brachten, hoffte sie stillschweigend, dass alles in Ordnung sein würde. Sie war etwas zögerlich gewesen, Mutter zu werden, aber jetzt, da ihr Baby auf dem Weg war, wollte sie die Gelegenheit haben, es zu sehen, es zu halten und gelegentlich zu verwöhnen.

Und ihm oder ihr natürlich beizubringen, wie man gegen die Cousins kämpfte und gewann.

Sie musste nur am Leben bleiben, um all das zu tun.

Mit diesem Gedanken glitt Faye in die Dunkelheit.

Chase saß neben seiner Mutter auf dem kleineren von zwei Sofas im privaten Warteraum. Ihm gegenüber saß Lorna MacKenzie, auf beiden Seiten von ihren rothaarigen Zwillingssöhnen umgeben.

Lorna sah ungewöhnlich blass aus, und er hatte die Frau noch nie so still erlebt. Sogar Fraser, der schelmischere Zwilling, saß still und hielt nur die Hand seiner Mutter.

Obwohl Chase wusste, dass Layla alles tun würde, was sie konnte – wahrscheinlich sogar mit Dr. Sids Hilfe –, sah er weiter zur Tür und wünschte sich, sie käme mit einem Update.

Denn mit jeder Minute, die verging, wurden alle im Raum angespannter. Sogar seine Mutter saß stiller da, als er es je zuvor gesehen hatte. Faye war vielleicht nicht vom Blut her ihre Tochter, aber er wusste, dass sie sie liebte, als wäre sie es.

Sein Drache meldete sich zu Wort. *Layla wird kommen, sobald sie so weit ist. Gib ihr Zeit, zu arbeiten.*

Ich weiß, aber kannst du mir vorwerfen, dass ich die Nerven aller beruhigen will?

Und während er vor allem wollte, dass Faye die Prozedur überstand, erinnerte ihn die ganze Erfahrung nur daran, dass auch er Layla bei einer Entbindung verlieren konnte. Faye war jünger als Layla und hatte Komplikationen. Wäre es für seine zukünftige Gefährtin schlimmer?

Bevor sein Drache etwas sagen konnte, öffnete sich die Tür und enthüllte Holly in ihrem Krankenschwesternkittel. Obwohl ihr Blick sich auf ihren Gefährten Fraser richtete, sagte sie: „Sowohl Mutter als auch Kind geht es gut." Sie sah Lorna und dann Chases Mutter an und lächelte, als sie sagte: „Ihr habt eine Enkeltochter."

Die Atmosphäre im Raum änderte sich augenblicklich. Beide Zwillinge standen auf, zogen ihre Mutter hoch und umarmten sie. Seine eigene Mutter berührte seinen Arm, und er lächelte sie an. „Ich sagte doch, dass es ihnen gut gehen würde", murmelte er. „Und du hast endlich ein kleines Mädel in der Familie, das du lieben und verwöhnen kannst."

Fraser eilte zu Holly und gab ihr einen langen, anhaltenden Kuss, zweifellos freute er sich darüber,

Jessie Donovan

dass er immer noch seine Gefährtin hatte, obwohl sie vor nicht allzu langer Zeit Zwillinge zur Welt gebracht hatte.

Erst als er sich gelöst hatte, konnte Chase Holly fragen: „Können wir sie schon sehen?"

Sie nickte. „Kurz." Holly sah zu ihrem Gefährten. „Aber reg Faye nicht auf, Fraser. Sei ausnahmsweise mal nett zu ihr."

„Ich bin immer nett zu ihr", sagte Fraser. Doch Holly hob ihre Augenbrauen, und er seufzte. „Okay, ich halte mich zurück, bis es ihr gut geht. Aber wenn sie erwartet, dass ich sie nie wieder aufziehe, dann täuscht sie sich gewaltig."

Lorna schnalzte mit der Zunge. „Genug, Fraser. Lass uns gehen. Ich muss ein weiteres Enkelkind verwöhnen."

Chase widerstand einem Schnauben. Schließlich hatte Lorna bereits drei.

Lorna, die immer etwas unsicher gewesen war, wie sie sich bei seiner Mum verhalten sollte, streckte eine Hand aus. „Komm, Gillian. Als die Omas sollten wir zuerst das kleine Mädel kennenlernen."

Ihre Mutter nahm Lornas Hand und stand auf. „Aye, das denke ich auch. Es ist das erste weibliche Wesen, das seit einiger Zeit in meiner Familie geboren wurde. Ich habe vor, sie ab und zu zu verwöhnen."

Lorna schnaubte. „Nur ab und zu? Da dies dein erstes Enkelkind ist, werde ich dir ein Geheimnis verraten – es ist unsere Pflicht, sie so weit wie möglich zu verwöhnen. Dann können wir sie einfach unseren Kindern zurückgeben, und sie müssen sich danach mit ihnen rumschlagen." Sie senkte ihre Stimme zu einem lauten Flüstern. „Ich freue mich auf den Tag, an dem ich sie mit Keksen und Süßigkeiten vollstopfen, zurückgeben und sehen kann, wie sie sich mit dem daraus resultierenden Zuckerhoch rumschlagen. Meine eigene Familie hat das immer gemacht, und ich denke, es ist an der Zeit, die Tradition weiterzugeben."

Lornas beide Söhne seufzten, was sie nur zum Lachen brachte. „Das ist richtig, Leute. Ich vermute, es wird nur noch schlimmer, je mehr du hast. Denk daran."

Die beiden Mütter verließen zuerst den Raum, gefolgt von Fraser und Holly. Fergus, der andere Zwilling, blieb stehen und klopfte ihm auf die Schulter. „Du wirst der Nächste sein, Chase. Warte nur ab."

Da Chase Fergus MacKenzie am wenigsten von seiner angeheirateten Familie kannte – der Mann konnte ernster sein als selbst Chases älterer Bruder –, nickte er nur.

Fergus bedeutete ihm, vorauszugehen. „Geh du vor. Ich muss meine Gefährtin holen und sicherstellen, dass es ihrer Schwester und meinem Stiefvater gut geht, während sie allein auf Frasers Mädels und meinen Sohn aufpassen."

Chase ging in Richtung des Zimmers, das Holly erwähnt hatte, als sie vorhin ihr erstes Update gegeben hatte. Er wollte seine Nichte treffen, aye. Aber er brannte darauf zu wissen, dass Layla auch in Ordnung war.

Der Gedanke, dass sie so viele Jahre allein gewesen war und nie jemanden gehabt hatte, der sie nach einem schwierigen Eingriff oder Tag hielt, ließ ihn nur sein Tempo steigern. Von heute an würde er eine neue Tradition einführen. Sobald sie fertig war, würde er einen privaten Ort finden, an dem er sie festhalten und ihr sagen konnte, wie stolz er war und wie sehr er sie liebte.

Das konnte nicht alle Erschöpfung oder schlechten Tage wegwischen, aber es sollte helfen.

Als er jedoch in Fayes Zimmer ankam, war Layla nirgendwo zu sehen. Er ging zu der Krankenschwester, die neben Faye stand, und fragte: „Wo ist Layla hin?"

Die Krankenschwester antwortete, während sie etwas auf ein Klemmbrett schrieb. „Bei ihrer Schwester haben die Wehen eingesetzt, also sollte sie in Yasmins Zimmer sein."

Er blinzelte. „Was?"

Er versuchte, aus der Tür zu stürzen, aber seine Mum packte seinen Bizeps. „Du kannst jetzt nichts tun, um ihr zu helfen, Junge. Das weißt du. Also sag Hallo zu deiner Nichte, Isla. Es ist besser, als dich irgendwo allein zu beunruhigen und aufzuregen."

Sein Drache grunzte. *Sie hat recht. Und so wird es auch immer sein. Du solltest also besser lernen, damit umzugehen.*

Ich versuche es ja, Drache. Aber ich hasse es, so nutzlos zu sein.

Das bist du nicht. Nachdem wir unsere Nichte begrüßt haben, können wir in Laylas Cottage alles vorbereiten. Wir kümmern uns um sie, sobald der Tag vorbei ist. Sein Drache hielt eine Sekunde inne und fügte dann hinzu: *Und denk daran – sobald beide Babys auf der Welt sind, wird es nicht lange dauern, bis wir einen eigenen Rausch haben können.*

Chase warf einen Blick auf eine erschöpfte Faye, die ihre Tochter mit Grant an ihrer Seite hielt. Manche würden sagen, er sei zu jung, zu impulsiv, oder würde tausend andere Ausreden vortragen. Aber als Chase seinen Bruder mit seiner neuen Familie beobachtete, wusste er, dass er das auch wollte.

Selbst wenn es bedeutete, dass er einige Tage zu Hause mehr Verantwortung übernahm, während Layla arbeitete, würde ihm das nichts ausmachen.

Sein Drache nickte. *Dann sei der hingebungsvolle Onkel und fang an, die Dinge in Bewegung zu setzen, damit es passiert.*

Ich werde Layla zu nichts drängen.

Aye, ich weiß. Aber wenn sie genauso begierig darauf ist, den Rausch zu haben wie wir, dann finde einen Weg, es zu verwirklichen. Layla ist schließlich nicht die beste Person, wenn es darum geht, um Hilfe zu bitten.

Er wollte lieber nicht damit anfangen, für Layla zu sprechen, wenn er es verhindern könnte.

Aber als seine Mutter ihn zu Fayes Bett führte und er seine winzige, dunkelhaarige Nichte zum ersten Mal aus der Nähe sah, lächelte Chase, als er ihre weiche, rosa Wange berührte und alles außer dem winzigen Bündel in Fayes Armen vergaß. „Hallo, kleine Isla. Ich bin dein Onkel Chase. Wisse einfach, dass ich dein lustiger Onkel bin, was bedeutet, dass ich wahrscheinlich auch dein Lieblingsonkel sein werde."

Fraser grunzte. „Das wäre meine Rolle, Kumpel."

Der andere Mann hatte versucht, Dominanz in seine Stimme zu legen, aber es reichte nicht, um Chase davon abzuhalten, zu grinsen und zu antworten: „Dann haben wir wohl einen neuen Wettbewerb, aye?"

Grant seufzte und murmelte etwas, das Chase nicht hörte. Er ignorierte seinen Bruder, nahm Islas winzige Hand und flüsterte: „Mach dir keine Sorgen um deinen Dad. Er tut die ganze Zeit so, als wäre er ernst, aber er hat auch eine lustige Seite. Ich werde dir beibringen, wie man sie hervorlockt und wie du ihn dabei so richtig auf die Palme bringst. Es wird richtig Spaß machen, du wirst schon sehen, Isla."

Sie bewegte den Mund, und obwohl es wahrscheinlich nichts mit seinen Worten zu tun hatte, nahm Chase es als Zeichen dafür, dass sie bei seinen Plänen an Bord war.

Als er schließlich beiseitetrat, um einem anderen Familienmitglied etwas Zeit mit der Kleinen zu geben, warf Chase einen Blick auf die Tür. Er hoffte nur, dass mit Yasmins Wehen und der Entbindung alles gut lief. Er konnte den Gedanken nicht ertragen, dass Layla ihre Schwester verlor, gerade, nachdem sie sie gerade erst gefunden hatte.

Nein. Er würde diese Art von Gedanken jetzt nicht haben und die Atmosphäre im Raum ruinieren. Also schwärmte er noch ein wenig über seine Nichte, bevor er ging, um in Laylas Cottage alles vorzubereiten. Er musste sich auf eines von zwei Ergebnissen einrichten – eines glücklich und eines verheerend –, aber er wäre auf beides vorbereitet.

Kapitel Sechzehn

Layla waren lange Arbeitszeiten nicht fremd. Sie hatte jedoch Faye MacKenzie vorhin fast verloren, und jetzt war auch ihre Schwester in der zehnten Stunde der Wehen.

Dr. Sid hatte bei Faye geholfen, aber die Ärztin musste sich nun um einen Notfall mit einem der Kinder kümmern. Sogar der Assistenzarzt war beschäftigt und versuchte, Aimee King bei Cat MacAllister zu helfen.

Das bedeutete, dass Layla aus jeder noch vorhandenen Kraft schöpfen musste, um die Entbindung ihrer Schwester als Routine zu behandeln.

Logan hatte sich freiwillig gemeldet, um bei der Entbindung zu helfen, und hatte ihr wenig Gelegenheit gegeben, Nein zu sagen.

So beendete er derzeit den Aufbau der neuen Entbindungsstation, wo er sich das Kleine ansehen und sicherstellen würde, dass er oder sie stark und gesund war.

Yasmin brach am Ende einer Wehe zusammen, und Layla überprüfte, wie sehr sie geweitet war. Sobald sie damit fertig war, stand sie auf. „Gut, das nächste Mal wirst du pressen."

„Ich kann nicht", flüsterte Yasmin. „Ich bin so müde."

Wenn man bedachte, dass ihre Schwester noch nicht übermäßig lang in den Wehen war – manchmal konnte es mehr als einen Tag dauern, bis das erste Kind kam –, war das kein gutes Zeichen und bedeutete, dass Yasmin nach der langen Flucht immer noch schwach war.

Layla ließ nicht zu, dass sich die Angst einschlich, näherte sich dem Kopf ihrer Schwester und sagte: „Du schaffst das, Yas. Dein Kleines freut sich darauf, herauszukommen und dich kennenzulernen. Du musst nur noch eine Weile stark sein, und dann kannst du dich und das Kleine wochen-, sogar monatelang von allen anderen verwöhnen lassen."

Yasmin lächelte schwach. „Von dir?"

Layla schnaubte. „Etwas. Aber durch ein kompliziertes Gewirr von Paarungen – einschließlich meiner eigenen, sobald ich dazu komme – werden die MacKenzies dich auch für sich beanspruchen. Und da Faye MacKenzies Tochter am selben Tag geboren wurde, bin ich sicher, dass sie es als ein Zeichen nehmen werden, etwas ganz Besonderes für deinen Sohn oder deine Tochter zu sein."

Phillip wischte Yasmins Stirn ab und küsste sie dann. „Du schaffst das, Liebes. Du bist eine der stärksten Personen, die ich kenne. Wer sonst hätte es überleben können, fünf Jahre lang unter so rauen Umständen zu leben und nie erwischt zu werden? Nur die Klügsten."

Yasmin runzelte die Stirn. „Du machst aus mir mehr, als ich bin, Phillip. Du weißt genau, wie sehr ich mich beschwert habe."

„Aye, das hast du. Und doch hast du weitergemacht." Er streichelte weiter Yasmins Stirn. „Ich bin der glücklichste Mann, und ich werde es nie vergessen, Yasmin. Also lass uns das nächste Kapitel unseres Lebens genau hier beginnen, zurück in Lochguard. Wir sind zu Hause."

„Zuhause", sagte Yasmin, kurz bevor sie tief einatmete und hinzufügte: „Es kommt wieder eine."

Layla trat wieder zwischen die Beine ihrer Schwester. „Pressen, Yas, mit allem, was du hast."

Sie beobachtete das Gesicht ihrer Schwester, für den Fall, dass sie sie mehr ermutigen musste. Aber Yasmin grunzte und versuchte zu pressen. Als der Kopf sichtbar wurde, schrie ihre Schwester auf. Da alles normal aussah, konzentrierte sich Layla auf das Kleine. Beim Anblick des winzigen Kopfes ihrer Nichte oder ihres Neffen öffnete sich ein Riss in der Wand zwischen Ärztin und normaler Frau.

Sie wurde gerade Tante. Nun, zum zweiten Mal an einem Tag.

Ihr Drache hob den Kopf, wo er geschlafen hatte.

Reiß dich zusammen. Du kannst später noch das Tantchen sein.

Richtig. Layla brachte Yasmin durch die nächste Kontraktion. Nach ein wenig Grunzen, Schreien und Pressen schaffte es Yasmin, ihren kleinen Jungen herauszubringen. Layla grinste, stand auf und hielt ihn hoch. „Ihr habt einen Sohn!"

Yasmin brach in Tränen aus.

Phillip warf ihr einen aufmunternden Blick zu. „Sie hat immer gesagt, es wäre ein Junge. Sie ist glücklich, das verspreche ich."

Layla war sich mehr als bewusst, wie emotional eine Entbindung sein konnte, nickte und konzentrierte sich auf ihren Neffen. Sobald die Nabelschnur durchtrennt war, wickelte sie ihn in eine Decke und kuschelte ihn in ihre Arme. „Hallo, Kleiner. Ich bin dein Tantchen", flüsterte sie, bevor sie ihn in Yasmins Arme legte.

„Er ist so schön", sagte Yasmin, bevor sie dem Kleinen die Stirn küsste.

„Nicht er, Liebes. Jacob."

„Jacob", wiederholte Yasmin, bevor sie dem Jungen wieder die Stirn küsste.

Layla hatte sich immer gefragt, ob sie wirklich ein Muttertyp sei oder nicht. Obwohl sie wusste, dass sie einen Rausch mit Chase haben würde, der zu einer Schwangerschaft führte, hatte sie insgeheim Zweifel gehegt.

Als sie jedoch sah, wie ihre Schwester und ihr Schwager in Ehrfurcht auf ihr Kind starrten, sehnte sich Layla danach, das auch zu haben. Eine eigene Familie, um die sie kämpfen würde, damit sie sich nicht trennte oder distanzierte, wie ihre es getan hatte.

Sie musste nur so viel wie möglich organisieren, bevor sie diese Reise antreten konnte.

Ihr Drache schnaubte. *Endlich. Dann wirst du den Rausch nicht für immer aufschieben?*

Nein. Ich werde heute vielleicht nicht alles in Ordnung bringen, aber sobald ich kann.

Ihr Drache schnaubte. *Du musst der einzige Drachenwandler in der Geschichte sein, der seinen Rausch plant und organisiert.*

Ich bezweifle, dass das stimmt.

Logan kam, um den Kleinen zu nehmen, damit er ihn untersuchen konnte, und Layla konzentrierte sich wieder auf ihre Schwester und die Nachgeburt.

Sobald sie da war und sie alles gesäubert hatte, schickte sie Logan, um Chase zu holen. Schließlich würde Jacob bald auch sein Neffe sein.

Layla hatte endlich die Gelegenheit, neben Yasmins Bett zu stehen und einen guten Blick auf den kleinen Jacob zu werfen. Er sah aus wie die meisten Kleinen – faltig – mit ein paar dunklen Haaren auf dem Kopf.

Yasmin hob ihn hoch. „Halte ihn, Layla. Eine Weile hätte ich nicht gedacht, dass er jemals seine Tante kennenlernen würde. Aber jetzt, da er es wird, sollte er dich von der ersten Stunde an kennen."

Als sie ihn nahm, lächelte sie. „Ich habe ihn entbunden, erinnerst du dich?"

„Aye, aber das ist ein bisschen traumatisch und war nur deine Arztseite. Er muss einfach Layla kennen, meine liebe ältere Schwester."

Vielleicht waren es die Emotionen des Tages, aber Layla musste bei den Worten ihrer Schwester die Tränen zurückblinzeln.

Layla zog die Decke um Jacob zurecht, und er bewegte sich eine Sekunde, bevor er sich wieder entspannte. „Hallo, kleiner Jacob. Deine Mum denkt, wir brauchen ein weiteres erstes Kennenlernen, also hier bin ich."

Das Baby wachte nicht auf und lag einfach da.

Ihr Drache lachte leise. *Er ist müde. Eines Tages, da bin ich mir sicher, werden alle sich wünschen, dass er sich ein wenig beruhigt.*

Sie summte eine Melodie und reichte ihren Neffen gerade zurück, als Logan zurückkehrte. Chase war jedoch nicht direkt hinter ihm. „Wo ist Chase?", fragte sie.

Logan schüttelte den Kopf. „Er kann gerade nicht kommen. Ihr werdet beide in Finns Büro gebraucht, und er wartet dort auf dich."

Was könnte Finn von ihnen wollen?

Vielleicht, wenn sie nicht so müde wäre – es wurde immer schwieriger, allein schon ihre Augen zu fokussieren –, wäre sie neugieriger. Aber im Moment wollte sie es nur hinter sich bringen, damit sie nach Hause gehen und sich mit ihrem Mann im Bett zusammenrollen konnte.

Layla sah ihre Schwester ein letztes Mal an. „Wirst du kurz ohne mich auskommen?"

Yasmin lächelte. „Geh nur, Layla. Nachdem du zwei Kleine in Folge auf die Welt geholt hast, brauchst du ein bisschen Ruhe. Außerdem wird es uns hier mit all den Krankenschwestern und den anderen Ärzten gut gehen."

Da sowohl Mutter als auch Baby im Moment bei guter Gesundheit waren, warf Layla einen letzten Blick auf ihren Neffen und verließ den Raum, um zu Finns Cottage zu gehen.

Chase stand in Finns Büro und hoffte, dass er bei all dem die richtige Wahl getroffen hatte.

Aber nach den Ereignissen des Tages und wie nahe Faye dem Tod gekommen war – und ihn daran erinnert hatte, wie kurz das Leben sein konnte –, wollte er nicht länger warten. Er musste Layla für sich beanspruchen. Selbst wenn es nur vor Finn und Arabella war, ohne dass der Clan zuschaute, war er damit einverstanden.

Aber er konnte keinen weiteren Tag warten, um Layla MacFie zu seiner Gefährtin zu machen.

Finn beendete seinen Anruf mit Stonefires Clan-führer und wandte sich an ihn, um ihn zu mustern. Nach einer Sekunde stand Finn auf. „Letzte

Chance, Junge. Bist du sicher, dass du damit umgehen kannst, mit einer Ärztin gepaart zu werden?"

Auch wenn er normalerweise gut mit Finn auskam, hielt Chase ein Knurren nicht zurück. „Warum werde ich das verdammt nochmal ständig von allen gefragt? Muss ich ein T-Shirt mit der Aufschrift ‚Aye, ich kann der Gefährte einer Ärztin sein' tragen, damit die Leute mich in Ruhe lassen?"

Finn zuckte die Schultern. „Es könnte helfen." Chase öffnete den Mund, aber Finn hob eine Hand und fügte hinzu: „Beruhige dich, Junge. Ich urteile mehr nach Handlungen als nur nach dem Alter, aber du und Layla seid seit weniger als zwei Wochen zusammen. Und mit dem, was gerade mit ihren Eltern passiert, will ich nicht, dass sie sich, ohne nachzudenken, hineinstürzt und es vielleicht später bereut."

Verdammt fantastisch. Finn dachte, Chase wäre ein Fehler.

Er wollte gerade sagen, was er davon hielt, aber Laylas Stimme erfüllte die Luft. „Ich möchte gern denken, dass ich meine Entscheidungen allein treffen kann. Ich bin nicht gerade das, was man impulsiv nennen würde", sagte sie gedehnt.

Chase drehte sich um. Allein der Anblick von Layla, die lebte und ihn neckte, ließ sein Herz anschwellen. Er streckte eine Hand vor, die Handfläche nach oben. „Komm her, Liebes."

Sie zögerte nicht, ihre Hand in seine zu legen,

und zog dann eine Augenbraue hoch. „Worum geht es hier eigentlich?"

Finn schmunzelte, aber Chase ignorierte ihn. Er nahm Laylas andere Hand und zog sie an sich, bis sie gegen ihn gedrückt war. „Werde meine Gefährtin, Layla, genau hier, genau jetzt, vor Finn. Ich liebe dich und möchte nicht warten."

„Chase", keuchte sie.

Er legte eine Hand an ihre Taille und die andere an ihre Wange und fuhr fort: „Wir können den Rausch so lange aufschieben, wie du willst. Aber werde meine Gefährtin, Layla. Denn das Leben ist zu kurz, um zu warten."

Layla lächelte langsam, und sowohl Mensch als auch Tier nahmen es zur Kenntnis. Obwohl ihr Verhalten ihm bereits ihre Antwort sagte, erwiderte sie: „Aye, ich werde jetzt deine Gefährtin, Chase."

Sein Blick fiel auf ihre Lippen. Verdammt, es wurde immer schwieriger, seine Frau nicht zu küssen. Er sagte: „Wenn es Zeit für den Rausch ist, werde ich sicherstellen, dass sich mein Drache lange genug gut verhält, damit ich mich an deinen süßen Lippen laben kann, Liebes."

Sie errötete, und Blut strömte gen Süden. Er würde den Rest seines Lebens damit verbringen, sie so oft wie möglich erröten zu lassen.

Finn räusperte sich. „Ich hasse es, das zu überstürzen, aber ich muss mich heute Abend mit den iranischen Drachen zu einer Art Geschäftsessen treffen. Wenn ihr bereit seid, werde ich Ara reinrufen als weitere Zeugin."

Ohne den Blickkontakt zu unterbrechen, nickten beide.

Chase bemerkte kaum, wie Finn Arabella holte. Er war zu beschäftigt damit, Laylas Kiefer, ihre Wange und sogar den Nasenrücken entlangzustreichen. Er konnte an den Ringen unter ihren Augen erkennen, dass sie müde war, aber das machte sie für ihn nicht weniger schön.

Finn sprach schließlich wieder, was bedeutete, dass er zurückgekehrt war. „Dann lasst uns anfangen. Anstelle von Armmanschetten müsst ihr vorerst die Namen des anderen in der alten Sprache zeichnen."

Chase hörte sein Stichwort und sprach laut Tradition zuerst als Mann. „Layla MacFie, ich hatte zwei Jahre lang die Gelegenheit, dich aus der Ferne zu beobachten, zu beobachten, wie sehr du dich um andere kümmerst, alles gibst, um sie gesundzumachen, und ich habe auch deine täglichen Opfer bemerkt, um alles zu verwirklichen. In den letzten zwei Wochen habe ich jedoch das Mädel darunter kennengelernt, das mit seinen eigenen Dämonen und Prüfungen, das mit einem versteckten Sinn für Humor und auch eine seltsam unschuldige Frau, die mehr errötet als jeder andere, den ich kenne. Ich liebe alles an dir und freue mich darauf, dich noch mehr zu necken, dich zur Entspannung zu zwingen und einfach derjenige zu sein, auf den du dich vor allem verlassen kannst. Ich liebe dich, Layla MacFie. Wirst du meinen Anspruch akzeptieren?"

„Das tue ich", sagte sie.

Er nahm einen Marker von Finn entgegen und schrieb langsam seinen Namen in der alten Drachensprache auf ihren Oberarm, den, ohne Tätowierung. Obwohl Mann und Tier den Anblick mochten, konnten es beide nicht abwarten, dass sie die silberne Armmanschette trug, in die sein Name eingraviert war, während sie nackt und schreiend in ihrem Bett lag.

Sobald er fertig war, sprach Layla. „Chase McFarland, ich habe alles versucht, um dir aus dem Weg zu gehen und dich zurückzuweisen. Aber trotz alledem hast du nicht aufgegeben, bis zu dem Punkt, an dem ich nicht anders konnte, als dich zu bemerken. Als ich Hilfe brauchte, hast du sie mir, ohne mit der Wimper zu zucken, angeboten. Und als du dich immer wieder um mich gekümmert hast, habe ich mir endlich erlaubt, mich auf jemanden außer mich selbst zu verlassen. Nicht nur das, zum ersten Mal seit langer Zeit will ich einfach mit dir an einen hübschen Ort fliegen, um die Melodie des Windes zu hören, der durch die Heide und die Gipfel flüstert. Ich möchte das Leben leben, mit dir. Du bringst die Teile von mir zum Vorschein, die ich selten anderen zeige. Und dafür liebe ich dich, Chase McFarland. Wirst du meinen Anspruch akzeptieren?"

Er nickte, und sie nahm den Stift. Als sie jedoch

begann, den ersten Buchstaben zu schreiben, hielt sie inne und schloss die Augen. Chase fragte: „Was ist los?"

„Nichts."

Sein Instinkt sagte etwas anderes. Er beobachtete sie genau, suchte nach der geringsten Veränderung, während sie ihren Namen auf seinen Arm schrieb. War sie blasser als normal oder war das nur seine Fantasie? Zum ersten Mal wünschte er sich, ein wenig medizinisch ausgebildet zu sein, um es besser einschätzen zu können.

Als Layla versuchte, den Marker wegzulegen, ließ sie ihn auf den Boden fallen. In der nächsten Sekunde lehnte sie sich gegen seine Brust.

Etwas war definitiv nicht in Ordnung. Er sagte leise: „Layla, Liebes, sag uns, was los ist."

„Ich – ich kann nicht fokussieren. Alles ist verschwommen, und ..."

Layla wurde in seinen Armen ohnmächtig, aber er fing sie auf und hielt sie aufrecht. Während sein Herz doppelt so schnell schlug, ließ er sie langsam zu Boden sinken und tat sein Bestes, um ruhig zu bleiben, damit er seiner Gefährtin helfen konnte.

Seine frischgebackene Gefährtin, und eine, von der er sich verdammt nochmal nicht so schnell zum Witwer machen lassen würde.

Noch bevor er Layla abgelegt hatte, war Finn bereits an ihrer anderen Seite. Chase hatte Laylas Wange kaum gestreichelt, als sein Clanführer nach ihrem Hals griff, seine Finger darauflegte und nach einem Puls suchte.

Chase wünschte sich, dass Finn ihn fand.

Nach zwei Sekunden fluchte Finn.

Chases Magen sackte hinab. Nein, nein, nein, Layla durfte nicht tot sein. Sie durfte es nicht, nicht, nachdem er sie gerade endlich beansprucht hatte.

Er schob Finns Hand aus dem Weg, um es selbst zu überprüfen, aber der Clanführer packte sein Handgelenk und sagte: „Sie lebt. Aber ihr Herzschlag ist schwach. Du bleibst hier und sprichst mit ihr. Überzeuge sie, durchzuhalten, während ich Dr. Sid hole."

Sie lebte! Er wiederholte die Aussage in seinem Kopf als Rettungsleine. Jetzt musste er nur dafür sorgen, dass es auch so blieb.

Und selbst wenn er dafür Berge versetzen müsste, würde Chase einen Weg finden, seine Frau zu retten.

Finn ging, aber er bemerkte es kaum und beugte sich vor, um Laylas Kinn, ihre Wange, ihre Stirn zu küssen, wo immer er konnte. Sein Mädel hatte sich immer nach seiner Berührung gesehnt, und so streichelte Chase sie fortwährend mit seinen Händen und streichelte ihr Gesicht mit seinen Lippen, um sie wissen zu lassen, dass er da war.

Sein Drache sagte: *Sprich mit ihr, befiel ihr etwas, irgendwas. Sie darf uns nicht verlassen. Sie darf nicht.*

Er versuchte, seine Stimme dazu zu bringen,

nicht zu brechen, als er befahl: „Layla, Liebes, bleib bei uns. Sid wird dir bald helfen. Wag es nicht, mich so schnell zum Witwer zu machen, verdammt. Bleib am Leben, Liebes. Es gibt so viele Orte, die ich dir zeigen möchte, so viele Lacher, die ich aus deinem Mund locken möchte. Bitte, Layla, halte durch."

Seine Gefährtin bewegte sich nicht, zuckte nicht, nichts zeigte, dass sie ihn gehört hatte.

Aber er würde nicht aufgeben. Sie war der größte Preis seines Lebens, also versuchte er es mit liebevollen Worten, argumentierte einseitig und befahl ihr, sich zu bewegen. Er versuchte alles und jedes, um ihre Aufmerksamkeit zu erregen.

Und doch funktionierte nichts davon.

Tränen traten in seine Augen, als Laylas Haut etwas kühler wurde. Nur der Anblick ihrer Brust, die sich hob und senkte, hielt Mann und Tier davon ab, verrückt zu werden. Solange sie atmete, konnte sie zu ihm zurückkehren.

Er wusste nicht, wie lange er dort gesessen und Layla befohlen hatte, am Leben zu bleiben und aufzuwachen. Schließlich stürzte Dr. Sid herein, schob ihn zur Seite und begann, Layla zu untersuchen.

Auch eine Krankenschwester bückte sich, und alles wurde zu einer Unschärfe aus Befehlen, Nadeln und verschiedenen Dingen, deren Namen er nicht kannte.

Aber als Dr. Sid mit Herzkompressionen begann, hörte Chases eigenes Herz auf zu schlagen.

Layla könnte sterben, ihn verlassen und nie das glückliche Leben voller Liebe und Lachen haben, das sie verdient hatte.

Er musste wieder an ihrer Seite sein und ihr sagen, sie solle bleiben.

Chase versuchte, seine Gefährtin zu erreichen, aber Finn war zurückgekehrt und hielt ihn zurück. Es war ihm egal, dass Finn sein Anführer war, er beugte sich vor, stieß dem Mann den Ellbogen in den Rücken und trat ihn sogar. „Sie braucht mich. Lass mich los!"

Doch Finn hielt ihn immer noch fest und sagte: „Gib Sid eine Chance, Chase. Wenn jemand sie retten kann, dann sie."

Der Kampfgeist verblasste, als die Wut hochkochte. Chase rief: „Stirb mir verdammt nochmal nicht weg, Layla! Hörst du? Du wirst verdammt nochmal nicht sterben!"

Und als er sah, wie die Ärztin versuchte, seine Gefährtin zu retten, strömten schließlich Tränen über Chases Wangen.

Layla lag im Sterben – war vielleicht schon tot –, und es gab nichts, was er dagegen tun konnte.

Kapitel Siebzehn

Z wei Stunden später saß Chase wieder in einem privaten Wartezimmer auf dem Sofa, den Kopf in seine Hände gestützt.

Während Dr. Sid Laylas Herz zum Schlagen gebracht hatte, wusste er nichts darüber hinaus. Niemand war gekommen, um ihn auf den neuesten Stand zu bringen. Nicht einmal, um zu sagen, ob sie noch lebte oder gestorben war.

Der Gedanke an Layla, still, ihren Körper, der immer kühler wurde, während das Leben sie verließ, ließ ihn danach verlangen, jedes Möbelstück im Raum zu zertrümmern. Zur Hölle, auf der verdammten Krankenstation!

Chase hatte sich schon einmal hilflos gefühlt, aber das war nichts im Vergleich zu seiner Gefährtin, die an der Schwelle des Todes schwebte, während er in einem verdammten Wartezimmer saß, unfähig, etwas zu tun.

Seine Mutter legte eine Hand auf seine Schulter. „Dr. Sid ist einer der besten Drachenärzte. Sie wird deiner Gefährtin helfen, keine Frage, Chase."

Seine Mum hatte solche Dinge die letzte Stunde immer wieder gesagt, seit sein Bruder sie in den Warteraum gebracht hatte. Chase wusste, dass es ihm Hoffnung geben sollte, aber es wurde immer schwieriger, nicht zu blaffen.

Und als er das bemerkte, fühlte er sich wie ein Arsch. Seine Mum hatte ihren Gefährten für immer verloren. Vielleicht nicht durch den Tod, aber es war nicht weniger schmerzhaft gewesen. Er konnte doch wohl wenigstens etwas Geduld aufbringen und nett sein. „Das hoffe ich, Mum."

Sein Drache meldete sich zu Wort. *Layla ist eine Kämpferin und stark. Sie wird das durchziehen.*

Nicht du auch noch!

Soll ich sie lieber aufgeben? Denn das werde ich nicht.

Er seufzte innerlich. *Ich weiß. Ich habe nur Angst vor dem Schlimmsten.*

Die Tür öffnete sich, und sein Bruder kam herein. Chase sah zu Grant auf. „Irgendwas Neues?"

„Dr. Sid ist auf dem Weg hierher. Ich weiß nur, dass Layla noch lebt."

Gott sei Dank!, sagte er zu sich und seinem Drachen.

Natürlich war „am Leben" nur ein Teil der Gleichung. Er wusste immer noch nicht, was mit seiner Gefährtin los war.

Er nickte seinem Bruder zu. „Danke für das Update, Grant. Du kannst zu Faye und dem Baby zurückgehen."

Sein Bruder setzte sich neben ihn, auf die Armlehne des Sofas. „Faye sagte, wenn ich nicht eine kleine Weile bei dir bleibe, würde sie mich aus dem Zimmer werfen lassen. Also, hier bin ich." Grant legte eine Hand auf Chases Schulter. „Im Moment brauchst du mich mehr."

Chase und sein Bruder waren nie übermäßig liebevoll zueinander gewesen. Aber in diesem Moment gab Grants fester Griff auf seiner Schulter ihm einen Zustrom von etwas Kraft.

Dr. Sid platzte in den Raum. Sie standen alle auf. Sobald die Ärztin die Tür schloss, lieferte sie ihren Bericht. „Layla ist vorerst stabil. Obwohl ihre Drachenwandler-Hormone niedrig waren, war das nicht der Grund für ihren Absturz. Wir führen noch Tests durch, aber einige ihrer anfänglichen Blutwerte sind nicht normal."

Er ballte die Hand zu einer Faust bei dem, was nicht wirklich eine Antwort gewesen war. „Heißt was?"

Dr. Sid blinzelte nicht bei seinem knurrigen Ton. „Ich habe noch nicht alle Ergebnisse, aber all ihre Symptome und die ersten Blutwerte lassen mich glauben, dass sie eine seltene Blutkrankheit hat."

Er runzelte die Stirn. „Ist das nicht etwas, wovon sie gewusst hätte?"

„Wenn sie ein Mensch wäre, höchstwahrscheinlich. Aber wenn Drachenwandler von Jahrzehnt zu Jahrzehnt wechseln, verändern sich ihre Körper einen wenig, manchmal zum Besseren, aber normalerweise zum Schlechteren, über das bloße Altern hinaus. Wenn meine Theorie richtig ist, hat es wahrscheinlich nicht lange, nachdem sie dreißig wurde, angefangen. Es war reine Willenskraft, die sie so lange auf den Beinen gehalten hat, besonders bei den vielen Stunden, die sie arbeitet. Ganz zu schweigen davon, dass sie seit fast einem Jahrzehnt bei keiner jährlichen Untersuchung war. Wäre sie da gewesen, hätte sie schon vor Jahren gewusst, dass sie mit der Behandlung beginnen musste."

Verdammt, Layla. Er musste sie von jetzt an zwingen, sie anzunehmen, selbst wenn er sie über seine Schulter werfen und sie tretend und schreiend hinschleppen musste.

„Wann weißt du sicher, ob es diese seltene Blutkrankheit ist?", fragte Chase.

Die Ärztin zögerte nicht. „Innerhalb der nächsten Stunden. Aber wenn es sich um eine Blutkrankheit handelt, schafft das ein weiteres Problem. Das Medikament zur Behandlung ist selten, und die Pflanze, die benötigt wird, um es herzustellen, ist schwer zu finden. In diesem Teil der Welt wächst sie nur in den abgelegensten Teilen Schottlands und Irlands."

„Zeig mir ein Bild."

Sid runzelte die Stirn. „Du hast sie auf keinen Fall gesehen."

Er knurrte. „Ich habe in den letzten zwei Jahren viel Zeit damit verbracht, an abgelegene Orte zu fliegen, um mich von Layla zu distanzieren und der Anziehung zu meiner wahren Gefährtin zu widerstehen. Eines meiner Hobbys ist das Sammeln von Pflanzen von überall, wo ich hingehe. Es besteht eine gute Chance, dass ich sie gesehen habe und finden kann."

Es war fast so, als hätte ihn das Schicksal dazu gebracht, einen geheimen Garten zu schaffen, damit seine Ärztin ihn eines Tages nutzen konnte.

Wenn auch mit einem skeptischen Blick im Gesicht holte die Ärztin ihr Handy heraus, tippte ein paar Mal darauf und drehte den Bildschirm zu ihm.

Es war ein Busch voller roter Blüten, die wie Sterne geformt waren.

Und, aye, er hatte ihn schon mal gesehen, auf der Isle of Lewis and Harris. Er war sich ziemlich sicher, dass er ein oder zwei davon in seinem Garten hatte. „Den habe ich schon mal gesehen. Wenn die Jahreszeit richtig ist, kann ich welche holen." Wenn nicht, nun, darüber wollte er lieber nicht nachdenken. „Sonst noch etwas, wonach ich suchen sollte?"

Grant warf ein: „Chase, du solltest hierbleiben. Wenn du mir den Ort nennst, schicke ich einen der Beschützer."

„Nein. Das ist etwas, das ich tun kann, und es ist viel schneller, als zu versuchen, den Ort zu beschreiben." Einen Ort, den er für Layla aufsparen wollte, sobald es ihr besser ging. Denn es *würde* ihr besser gehen. „Lass mich meiner Gefährtin helfen."

„Es ist vielleicht nicht das, was sie braucht, wenn die Testergebnisse andere sind, als ich glaube", erklärte Dr. Sid leise.

„Das weiß ich. Aber ich hätte es lieber, falls Layla es braucht."

Dr. Sid nickte. „Dann schicke ich noch ein paar Bilder an dein Handy von anderen möglichen Pflanzen, die ich brauche, falls du sie auch siehst. Je mehr Gegenmittel ich zur Verfügung habe, desto besser."

Grant warf ein: „Und Cooper wird dich begleiten. Keine Widerrede, das ist nicht verhandelbar."

Cooper war Grants zweiter Kommandant, und Chase wusste, dass der Mann ein Geheimnis bewahren konnte, wenn er darum gebeten wurde. „Schön, er kann kommen. Aber ich gehe so bald wie möglich, also soll er mich am Hauptlandeplatz treffen." Er sah die Ärztin an. „Kann ich Layla wenigstens einmal sehen, bevor ich gehe?"

Traurigkeit blitzte in Dr. Sids Augen auf. „Nein, ich fürchte nicht. Ich suche immer noch die Ursache, und wir halten sie in einer sterilen Umgebung und in Quarantäne, bis ich alles geklärt habe."

Er hätte fast geknurrt und verlangt, sie zu sehen, aber dann murmelte sein Drache, *Dr. Sid würde uns Layla sehen lassen, wenn sie könnte. Das weißt du.*

Jetzt war sein Tier der ruhigere von ihnen beiden. *Aye, das weiß ich. Aber es gefällt mir nicht.*

Mir auch nicht. Aber konzentrieren wir unsere

Energie darauf, so schnell wie möglich in unseren versteckten Garten zu gelangen.

Nachdem er sich verabschiedet hatte, verließ Chase die Krankenstation und ging direkt zum Landeplatz. Während er seine Kleider ablegte, konzentrierte er sich auf das, was er kontrollieren konnte – in seine Drachengestalt wandeln und so schnell wie möglich nach Süden fliegen.

Kapitel Achtzehn

Cat MacAllister starrte auf die geschlossene Tür ihres Gästezimmers und wünschte sich, Aimee King würde eine friedliche Nacht verbringen.

Dem Mädel war es gut gegangen, während sie an einem ihrer Gemälde gearbeitet hatte, aber dann hatte das Geräusch eines fliegenden Drachen über ihr sie in Panik versetzt. Keine noch so große Überredungskunst war in der Lage, das Mädel aus seinem Alptraum zu ziehen, und so hatte Cat die Ärztin angerufen.

Die hatte sie in ein medizinisch induziertes Koma gezwungen, das noch eine Weile anhalten sollte.

Es gefiel ihr gar nicht, dass die Drachenfrau unter Drogen gesetzt werden musste, aber sie wusste nichts über Medizin und vertraute dem Urteil der Ärztin.

Sie hoffte jetzt nur, dass die Aussage der Ärztin, Aimee werde insgesamt achtundvierzig Stunden schlafen, sich bewahrheitete, und nicht nur um der Frau willen. Cat hatte ihren Bruder Connor gebeten, herüberzukommen und auf alles zu hören, was nicht stimmte, während sie etwas erledigen musste. Cat wollte Aimee nicht verlassen, aber sie hatte schon lange einen Termin. Und wenn das Ministerium für Drachenangelegenheiten eine Person kontaktierte, um ein Projekt zu leiten, sagte man als Drachenwandler einfach nicht Nein.

Ihr Tier meldete sich zu Wort. *Du hättest den Termin umlegen können, wenn du gewollt hättest. Und komm mir nicht mit der Ausrede, dass du nicht kannst. In Wirklichkeit willst du* ihn *nur wiedersehen.*

Cat widersetzte sich, in den Raum zu schauen, den sie als Atelier benutzte, wo mehr als ein Gemälde des fraglichen Mannes zu sehen war. *Wenn ich ihn wiedersehen will, dann nur, um mein Gedächtnis aufzufrischen und mir mehr Details seines Gesichts und seiner Gestalt zu merken, um mein nächstes Bild zu verbessern.*

Ihr Drache schnaubte. *Gut, red dir das nur ein.*

Ein Klopfen war an der Haustür zu hören. Sie ignorierte ihr Tier, öffnete und fand ihren jüngeren, aber viel größeren Bruder Connor davor. Sie winkte ihn herein.

Da Cat die Älteste von fünf war, konnte sie nicht anders, als sich ein bisschen gerader aufzurichten und einen Hauch von Dominanz in ihre Stimme zu legen. „Denk an meine Worte, Connor. Belästige sie nicht, wenn es nicht absolut notwendig ist. Ich weiß, du hältst dich für ein Geschenk an alle Frauen, aber sie hat Schwierigkeiten und kann nicht gut mit Männern umgehen. Lass sie in Ruhe."

Connor hob eine dunkle Augenbraue. „Ich bin keine zehn mehr, Cat. Und ich bin kein Geschenk an alle Frauen." Er legte eine Hand über sein Herz. „Frauen, die auf Frauen stehen, verpassen all das."

Sie verdrehte die Augen. „Das sagst du nur, weil Jade und ihre langjährige Freundin dich abgelehnt haben. Wenn ich mich recht erinnere, haben sie über die Idee, das Bett mit dir zu teilen, so heftig gelacht, dass ihnen beiden die Tränen kamen."

Er zuckte die Schultern und tat so, als würde es ihn überhaupt nicht stören. Cat hatte jedoch den Sekundenbruchteil bemerkt, als er die Lippen aufeinandergepresst hatte, bevor er wieder ein Lächeln erzwang. „Das gibt mir nur mehr Energie für diejenigen, die einen Mann wie mich zu schätzen wissen."

Als Cat spürte, dass sie Kopfschmerzen bekam, drehte sie sich von ihrem Bruder weg und nahm ihre Tasche. „Aye, aye, du bist so brillant und fit, ich weiß." Sie sah über ihre Schulter. „Aber ich bin deine Schwester, und ich weiß genau, dass in dieser Brust ein liebenswertes, fürsorgendes Herz unter all dieser Arroganz steckt. Wenn du nicht aufpasst, kann ich ein oder zwei Geheimnisse über unsere Zeit erzählen, als wir uns um unser altes Tantchen Maude gekümmert haben.“

Connor knurrte. „Wenn du jemandem sagst, dass ich ein schickes Abendbrot für unsere Tante zusammengestellt habe, dann könnte ich zufällig ein Foto teilen, das ich von diesem Bild gemacht habe, das mit deinem halbnackten Menschen.“

Sie drehte sich stirnrunzelnd um. „Wann warst du in meinem Studio? Das ist nicht nur tabu, sondern ich schließe es auch ab, wenn ich nicht da bin.“

Ihr Bruder grinste. „Als würde mich das abhalten.“

Sie wollte Connor am liebsten beschimpfen und ihn wie ein Kind behandeln, es war ihr egal, dass er dreiundzwanzig Jahre alt war. Sie musste jedoch in den nächsten ein oder zwei Minuten gehen, wenn sie nicht zu spät zu ihrem Meeting kommen wollte. Und wenn man bedachte, dass Lachlan Mackintosh Mr. Pünktlich war, wollte sie ihm nicht die Genugtuung geben, dass sie zu spät kam.

Nicht, dass sie immer verspätet sein wollte, aber manchmal verlor Cat das Zeitgefühl, wenn es ums Zeichnen, Malen oder auch nur um Tagträume ging.

Sie starrte Connor kurz finster an und sagte dann: „Wir werden später darüber reden. Sei einfach nett und ruhig bei Aimee hier, aye? Ich sollte in einer oder zwei Stunden zurück sein.“

„Natürlich werde ich auf sie aufpassen, Cat. Ich kann frech sein, aber ein Bastard bin ich nicht.“

Sie lächelte. „Ich weiß." Als sie zur Tür ging, warf sie ihrem Bruder einen letzten Blick zu, bevor sie ihr kleines Cottage verließ.

Als sie sich auf den Weg zum Hauptsicherheitsgebäude der Beschützer machte, wo das Treffen stattfinden sollte, knurrte ihr Drache, bevor er sagte, *Dass Connor in unser Studio eingebrochen ist, gefällt mir nicht.*

Mir auch nicht, Drache. Aber ihn zu beschimpfen, wird ihn nur dazu provozieren, das Foto zu teilen. Also müssen wir vorsichtig sein.

Ich weiß nicht, warum du dir solche Sorgen machst. Ist ja nur ein Gemälde.

Aye, aber das Gemälde eines Menschen, der uns nie erlaubt hat, ihn zu malen. Und angesichts seiner Position und seiner Persönlichkeit, glaube ich nicht, dass es ihm gefällt, wenn er es herausfindet.

Ursprünglich bestand das Projekt darin, ein albernes Gemälde zu machen, eines, das Lachlan den Ernsten zum Lächeln bringen sollte.

Aber als sie an dem Ding gearbeitet hatte, war es etwas mehr geworden. Etwas, das sie gern zeigen und damit prahlen würde, da es wahrscheinlich ihre beste Arbeit war. Es würde jedoch auch den Verdacht erregen, dass Cat den Menschenmann wollte.

Und im Moment brauchte sie definitiv keine weitere Herausforderung in ihrem Leben, da es ihrer Mutter in den letzten Monaten nicht gut ging und Cat immer mehr in ihrem Restaurant helfen musste. Lachlan mochte auf seine eigene, ruhige, reservierte

Art sexy sein, aber sie hatte keine Zeit, herauszufinden, was den Menschen so zurückhaltend und verkrampft machte.

Nachdem Cat geholfen hatte, ihre vier Geschwister aufzuziehen und sich um sie zu kümmern, war sie es leid, andere heilen und sich um sie kümmern zu wollen. Vielleicht würde sich das ändern, wenn sie den richtigen Mann fand. Aber Lachlan war definitiv nicht der Mann für sie.

Sie kam schließlich am Sicherheitsgebäude an und machte sich auf den Weg zum ersten Konferenzraum, der immer für menschliche Besucher genutzt wurde, um zu vermeiden, dass das Gebäude zu viel von seinem Grundriss preisgab. Sie hielt an der Tür an und begrüßte Iris, eine der höheren Beschützer. „Hallo, Iris. Ist er schon da?"

„Aye, obwohl ich nicht überrascht wäre, wenn er vom Auf-und-Abgehen schon ein Loch in den Boden gegraben hätte."

Sie murmelte ihren Dank, atmete tief durch und ging hinein.

Lachlan Mackintosh hielt mitten im Gehen auf der anderen Seite des Raumes an, und sie musste blinzeln. Er hatte sich in den fast neun Monaten, seit sie ihn das letzte Mal gesehen hatte, verändert.

Aye, er war schon stark genug gewesen, aber jetzt hatte er muskulöse Oberarme und konnte mit denen eines Drachenwandlers konkurrieren. Nicht nur das, sein Haar war weicher, ein bisschen heller, entweder von einem sonnigen Ort, oder er hatte Highlights im Haar.

Ihr Drache schnaubte. *Ich bezweifle, dass er still in einem Salon sitzen würde.*

Angesichts seiner gebräunten Haut stimmte Cat zu, dass es wahrscheinlich von der Sonne stammte. Und auf jeden Fall auch nicht von einem Aufenthalt in Großbritannien, da es Winter war.

Er hob fragend eine Augenbraue, sagte aber nichts. Die Geste brachte sie zurück zum Zweck des Meetings. „Wenn du auf eine Entschuldigung wartest, weil ich zwei Minuten zu spät bin, bekommst du keine."

„Ich habe keine Entschuldigung erwartet. Aber du hast gestarrt, und ich war neugierig, warum."

Der Mann und seine verdammte Höflichkeit. „Du fischst nach einem Kompliment, stimmt's?"

Er zuckte mit seinen wohldefinierten Schultern. „Nein, aber, aye, ich bin anders als früher. Wenn man bedenkt, wie sehr ich in den kommenden Monaten mit Drachenwandlern arbeiten werde, habe ich beschlossen, mich besser vorzubereiten, falls das Schlimmste passiert."

Sobald sie die Tür geschlossen hatte, fragte sie langsam: „Für welche Aufgabe musst du so trainieren?"

„Meine Antwort hängt davon ab, wie dieses Meeting läuft."

Sie widersetzte sich, bei seiner vagen Aussage die

Augen zu verengen. Wenn sie mit ihren jüngeren Geschwistern umgehen konnte, insbesondere Connor und Jamie, dann konnte sie das sicherlich auch mit einem höflichen, arroganten Menschenmann.

Cat zog einen Stuhl hervor, setzte sich und schlug die Beine übereinander, dabei zog sie ihren langen Rock zurecht. „Und? Ich bin hier, also fängst du nicht an? Ich erinnere mich, dass du es liebst, alles nach einem Zeitplan zu tun."

Sie hätte schwören können, dass seine Lippen zuckten, aber wenn, dann war das Lächeln weg, bevor sie blinzeln konnte, ersetzt durch seine üblichen fest verschlossenen Lippen.

Lippen, die sie mehrmals gemalt hatte und deren Fülle – die pralle untere und die etwas schmalere obere – sie nie hinzubekommen schien.

Da sie nicht darüber nachdenken wollte, was diese Lippen tun könnten, wenn sie die eines angenehmeren Mannes wären, neigte sie fragend den Kopf.

Lachlan setzte sich nicht, antwortete aber schließlich: „Die kleinere Ausstellung, an der du letztes Jahr teilgenommen hast, war größtenteils ein Erfolg."

Größtenteils stimmte. Irgendwann hatte es eine Bombendrohung gegeben, und sie hatten sie früher schließen müssen.

Er fuhr fort: „Die MDA-Direktorin möchte ein engagierteres Projekt starten, das sowohl Menschen als auch Drachenwandler einbezieht und eine Art Kollektiv bildet."

Ihr Herz setzte einen Schlag lang aus. Sie hatte davon geträumt, eines Tages Seite an Seite mit anderen Künstlern zu arbeiten, hatte die Idee aber immer auf Eis legen müssen, um ihrer Mutter und ihren Geschwistern zu helfen.

Natürlich hatten sich die Gründe, warum sie ihrer Familie helfen musste, noch nicht geändert. Ihre Hochstimmung ließ einen wenig nach, da es wahrscheinlich zu weit weg wäre, um daran teilzunehmen. „Wo würde sich dieses Kollektiv treffen?"

„Der ursprüngliche Standort war irgendwo zwischen London und Glasgow."

Wie sie vermutet hatte, waren beide Orte zu weit entfernt, um hinzufliegen, an einem Meeting teilzunehmen und innerhalb eines Tages zurückzukehren.

Sie öffnete den Mund, um zu sagen, dass sie nicht dorthin reisen konnte, aber Lachlan gab ihr keine Gelegenheit. „Wie auch immer, dein Clan-Führer hat mich über deine Verantwortlichkeiten hier informiert, und dass diese Orte nicht in Frage kämen, wenn du teilnehmen sollst. Nachdem ich mit Mr. Stewart verhandelt habe, sind er und ich zu einem Deal gekommen. Das Kollektiv wird sich hier, in Lochguard, treffen, wobei gelegentlich längere Aufenthalte für die besuchenden Künstler gewährt werden."

Sie blinzelte. „In Lochguard?"

„Aye."

Sie beäugte seine muskulösen Arme. „Ich bin mir nicht sicher, warum du trainieren musstest, um meinen Clan aufzusuchen. Wir sind mit Stonefire zusammen in Großbritannien der freundlichste Drachen-Clan gegenüber den Menschen."

„Da ich hier für kurze Zeit wohnen werde, Touren, Ausstellungen und Vorträge mit Menschen und Drachenwandlern veranstalte, wollte ich vorbereitet sein."

„Moment mal, was? Du wirst hier wohnen?"

Ihr Drache summte. *Gut. Dann kannst du ihn so viel studieren, wie du willst. Ihn vielleicht sogar ein- oder zweimal ausprobieren, um mir etwas Sex zu geben. Es wird auch helfen, deine Bilder realistischer zu machen, also eine Win-win-Situation.*

Lachlan antwortete, bevor sie ihr Tier rügen konnte. „Aye, das habe ich gesagt. Im Sommer komme ich, um alles fertig zu machen. Die anderen Künstler werden im Herbst ankommen." Lachlan trat einen Schritt vor. „Du bist meine Hauptkoordinatorin für Lochguard. Und bevor du sagst, dass du das nicht kannst: Dein Clan-Führer erstellt gerade einen Zeitplan, damit andere im Restaurant deiner Familie aushelfen können."

„Mit anderen Worten, ich kann nicht Nein sagen."

Er hob die Brauen. „Warum solltest du das wollen?"

Sie spiegelte seinen Gesichtsausdruck wider.

Jessie Donovan

„Gefällt es dir, wenn andere Entscheidungen für dich treffen?"

Er kam zwei Schritte näher, und Cat tat ihr Bestes, nicht darauf zu achten, wie seine Arme schwangen oder wie seine Hose an seinen muskulösen Oberschenkeln spannte.

Er legte seine Hände auf den Tisch, stützte sich darauf und fragte: „Manchmal, aye, das tue ich, besonders wenn es offensichtlich etwas ist, das so vielen anderen helfen könnte."

Und so einfach schaffte er es, dass sie sich selbstsüchtig fühlte und als wäre sie ungefähr zehn Jahre alt.

Denn die Arbeit mit menschlichen Künstlern, die Erlaubnis von Touren und vielleicht sogar ein Tag, an dem Kinder zusammenkamen, um ein Wandgemälde oder so etwas zu kreieren, würde eine Welt des Guten schaffen. Abmachungen, Verträge und Gesetze waren eine Möglichkeit, einen dauerhaften sozialen Wandel herbeizuführen. Aber Kunst und Kultur waren eine andere.

Ihr Drache grunzte. *Würdest du wirklich Nein sagen, nur weil er die Entscheidung für dich getroffen hat?*

Natürlich nicht.

Dann sag ihm einfach, dass wir es tun.

In einer Sekunde.

Cat stand auf, und Lachlan tat dasselbe. „Wenn ich dem zustimme, versprichst du mir, dass du das letzte Mal eine Entscheidung für mich getroffen hast. Wir arbeiten zusammen, du fragst, und dann sehen wir weiter. Vielleicht haben einige Leute Angst vor deiner höheren Position im MDA, aber nicht ich." Sie ließ zu, dass ihre Augen zu Schlitzen blitzten und wieder zurück, aber man musste ihm zugutehalten, dass der Mensch nicht einmal blinzelte. „Sind wir uns einig?"

Vielleicht hätten manche nach Luft geschnappt, weil sie so mit dem Menschen umging, aber sie hatte schon in jungen Jahren mit ihren Geschwistern gelernt, dass, wenn sie nicht früh Grenzen setzte, sie später fast nie hielten.

So sehr sie ihre Geschwister auch liebte, wie wild sie auch sein mochten, dieser menschliche Mann war nicht verwandt. Ganz zu schweigen davon, dass er sie, so vermutete sie, im Großen und Ganzen mehr brauchte als umgekehrt.

Lachlan unterbrach ihren Blick nicht und bewegte sich um den Tisch, um sich neben sie zu stellen. Es gefiel ihr gar nicht, dass sie aufschauen musste, um sein Gesicht zu sehen. Schließlich war er nur ein *Mensch.* Und Menschen sollten nicht größer sein als sie.

Okay, vielleicht waren es einige von ihnen. Aber sie wollte nicht, dass er es war, weil sie das nur noch mehr verlockte.

Und sie durfte nicht verlockt sein. Ihre Familie und jetzt Aimee King waren zu sehr auf sie angewiesen.

Als sie einander anstarrten, begann Cats Herz zu

rasen. Sie hatte noch nie jemanden gehabt, der sich mit solcher Intensität nur auf sie konzentrierte.

Als Lachlan schließlich sprach, war seine Stimme grob. „Dann zusammen. Aber denk daran, Drachenfrau, dass ich letztendlich das Sagen habe."

Sie spürte eine doppelte Bedeutung in seinen Worten, aber bevor sie mehr sagen konnte, fügte er hinzu: „Ich schicke dir den Papierkram nachher. Wende dich an meine Assistentin, wenn du Fragen hast."

Damit verließ er den Raum in ein paar langen Schritten.

Cat stieß einen Atemzug aus. Was zum Teufel sollte das denn?

Und warum wollte sie, dass er zurückkam, damit sie es herausfinden konnte?

Als sie den Gedanken beiseite drückte, verließ sie den Raum und ging zurück zu ihrem Cottage. Um die Zukunft würde sie sich kümmern, wenn die Zeit gekommen war. Im Moment brauchten andere sie, und Cat würde sie nicht im Stich lassen.

Kapitel Neunzehn

Layla hörte vage weibliche Stimmen, als sie langsam aufwachte.

„Komm, Faye. Wäre das nicht fantastisch? Denk doch nur, deine Tochter könnte sich mit dem Mann paaren, der am selben Tag wie sie geboren wurde. Das ist eine ganz schöne Geschichte, um sie später zu erzählen."

„Mum, ich werde Islas Zukunft *nicht* für sie planen. Hör einfach auf." Eine Pause. „Richtig, Yasmin?"

„Aye."

Es waren Faye, Yasmin und Lorna MacKenzie.

Aber war Chase da?

Ihr Drache war schwach in ihrem Kopf. *Wir müssen unsere Augen öffnen und uns umsehen. Das kriegen wir hin.*

Es sollte leicht sein, ihre Augen zu öffnen. Und

doch dauerte es einige Minuten Konzentration, bis sie sie auch nur einen winzigen Spalt weit aufbekam.

Vielleicht hätte sie es früher tun können, aber Faye und ihre Mutter stritten weiter, und Layla tat ihr Bestes, um es zu blockieren. Im Allgemeinen war es schwierig, sich zu konzentrieren, und sie wollte keine Energie für ein sinnloses Gespräch verschwenden.

Endlich schaffte sie es, die Augen zu öffnen, und es dauerte ein paar Sekunden, sich zu fokussieren. Layla konnte nur sagen, dass sie in einem Bett in einem der Räume ihrer Krankenstation war.

Als sie versuchte, ihren Mund zum Laufen zu bringen, keuchte Yasmin, und ihr Gesicht kam in Sicht. „Layla! Du bist wach!"

Sie bekam nicht mehr als ein Stöhnen zustande.

Fayes Kopf erschien. „Das ist sie. Mum, geh und hol Chase!"

Chase. Aye, sie wollte ihn sehen. Vielleicht würde er ihr die Wahrheit darüber sagen, was passiert war. Die anderen könnten es irgendwann auch, aber Layla würde wahrscheinlich nicht lange wach bleiben, und sie müsste möglicherweise viele Fragen stellen, um die Frauen dazu zu bringen, ihr alles zu sagen.

Faye sprach wieder. „Kannst du sprechen, Layla?"

Sie krächzte endlich: „Ein wenig."

Faye schmunzelte. „Es wird dir gut gehen, wie

ich mir dachte. Und ich denke, die Heilschwingungen des Kleinen haben auch geholfen."

Hätte sie mehr Energie gehabt, hätte Layla die Stirn gerunzelt.

Zum Glück sprach Yasmin, bevor Faye noch mehr Unsinn ausspuckte. „Spar dir deine Kraft, Layla. Chase wird bald hier sein. Und, aye, ich weiß, dass du uns auch liebst. Aber ich glaube, er muss dich mehr sehen. Er ist dir so ergeben wie Phillip mir."

Sie überlegte, ob es sich lohnte, nach weiteren Informationen über Yasmins kryptische Aussage zu fragen, als Chase in den Raum stürzte und in Sichtweite kam. Selbst mit den Stoppeln mehrerer Tage und blutunterlaufenen Augen war er so sexy wie eh und je.

Er streichelte sanft ihr Gesicht, und ihre Züge entspannten sich ein wenig. „Layla, Liebes, du bist zurückgekommen."

Er küsste vorsichtig ihre Stirn, und sie bemühte sich zu fragen: „Was ist passiert?"

Chase streichelte ihre Wange, als er antwortete: „Du bist fast gestorben, Liebes. Aber es geht dir besser, und es sollte dir gut gehen. Dr. Sid sagte, wenn du aufwachst, ist die Gefahr vorüber."

Sie runzelte die Stirn. Gestorben? In der einen Minute hatte sie ihr Gefährtengelübde mit Chase beendet, und in der nächsten wachte sie hier auf.

Als hätte er ihre Gedanken gelesen, fuhr er fort: „Du hast eine seltene Blutkrankheit, Liebes. Eine, die man in den Griff bekommen kann, aber du hast jahrelang ohne Medikamente dafür gelebt." Er runzelte die Stirn. „Du wirst nie wieder mehr als sechs Monate auf deine Gesundheitskontrolle verzichten."

Faye warf ein: „Es ist ohnehin nicht so, als würde sie in absehbarer Zukunft mehr als ein paar Wochen darauf verzichten, einen Arzt aufzusuchen."

Chase knurrte seine Schwägerin an. „Faye, das war nicht dein Geheimnis."

„Geheimnis?", krächzte Layla.

Chase blickte sie kurz an, bevor er die beiden anderen Frauen finster ansah. „Jetzt möchte ich ein privates Gespräch mit meiner Gefährtin führen."

Faye seufzte. „Gut, gut. Wir sind dann jetzt weg. Die Kleinen haben ohnehin schon ihre Magie gewirkt."

„Ich komme später zurück, Layla", fügte Yasmin hinzu.

Sobald beide ihre schlafenden Kinder aus dem winzigen Bettchen an der Seite des Zimmers genommen hatten, schlurften Faye und Yasmin davon. Layla flüsterte: „Wovon redet sie? Magie?"

Chase schüttelte den Kopf. „Faye glaubte, deine Nichte und deinen Neffen ins Zimmer zu bringen, würde dir helfen, dich zurückzuholen. Ihre Niedlichkeit sei zu schwer zu ignorieren, was bedeutet, dass du aufwachen musstest, um es irgendwann zu bemerken."

Sie lächelte schwach.

Chase streichelte ihr Gesicht, bei jedem Finger-schlag fühlte sie sich ein bisschen lebendiger.

Er beugte sich hinab und küsste ihre Lippen.

Ihre Augen weiteten sich, und sie wartete darauf, dass der Gefährtenrausch sie durchfuhr.

Doch das tat er nicht.

Er zog sich schließlich zurück. „Layla, Liebes, du trägst unsere Kind, weshalb es keinen Rausch gibt – eines Tages müssen wir uns selbst einen machen." Chase hielt inne, um sie noch einmal zu küssen, bevor er leise hinzufügte: „Dr. Sid ist sich immer noch unsicher, ob du in der Lage sein wirst, es auszu-tragen, aber ich weiß, wie dickköpfig mein Mädel sein kann. Und ich weiß, dass am Ende alles in Ordnung sein wird."

Eine Million Gedanken rasten ihr durch den Kopf. Schwanger? Mit einer seltenen Blutkrankheit? Je nachdem, welche, konnte sie nie ein Kind bekom-men. Würde das Chase zerstören?

„Layla."

Chase zog ihre Aufmerksamkeit zurück auf sich. Er fuhr fort: „Wir werden das alles gemeinsam hinbe-kommen, Liebes. Alle Ärzte in Großbritannien sind bereit, bei Bedarf zu helfen – auch einige in Irland vom Clan Glenlough – Dr. Sid hat dafür gesorgt. Dann kannst du noch mich hinzufügen, auch wenn ich Mist bin, wenn es um Medizin geht, und wir alle werden dich unterstützen, egal was passiert."

Tränen drohten zu fallen. Nach so vielen Jahren,

in denen sie keine Hilfe gehabt hatte, würde sie mehr haben, als sie sich je vorgestellt hatte.

Und nichts davon wäre je passiert, wenn nicht ein junger, sexy Drachenmann ihr Kaffee auf die Krankenstation gebracht hätte, und wiederkam, egal, wie sehr sie versuchte, ihn zu ignorieren.

Sie platzte heraus: „Ich liebe dich, Chase."

„Ich liebe dich auch, Layla MacFie."

„McFarland", sagte sie. „Ich bin jetzt Layla McFarland. Ich möchte deinen Namen, nicht den meines Vaters."

Chase berührte ihre Wange und küsste sie vorsichtig. „Dann haben Sie ihn, Dr. McFarland. Mit dir als Chefärztin und Grant als einer der Hauptbeschützer brauchen wir nur noch einen von uns als Clan-Führer, und wir werden alles beherrschen."

Sie verdrehte die Augen, und er lachte.

„Okay, Mädel, wir überlassen das eines Tages unserem Kleinen, aye? Denn wir wissen, dass ich nicht dafür gemacht bin."

Sie verdrängte den Zweifel, dass sie je eines haben könnten, und antwortete: „Nein, das bist du nicht."

„Du willst mich nur ganz für dich, aye?" Er beugte sich vor. „Und das ist okay für mich, da ich selbst ein bisschen egoistisch bin und mehr Zeit für dich haben möchte."

Auch wenn ein Teil von Layla sich danach sehnte, jedes Detail darüber zu erfahren, was passiert war, seit sie bewusstlos geworden war, befal sie in diesem Moment nur: „Küss mich nochmal, Chase."

Er senkte den Kopf und nahm noch einmal ihre Lippen, diesmal brachte er sie auseinander. Als seine Zunge langsam gegen ihre streichelte, stöhnte sie bei dem köstlichen Geschmack ihres Mannes nach so langer Zeit ohne.

Und er küsste sie weiter, bis sie schläfrig wurde. Und selbst dann saß Chase neben ihrem Bett und hielt ihre Hand, während sie neben dem Mann schlief, der ihre ganze Welt zum Besseren verändert hatte.

Irgendwann am nächsten Tag saß Layla aufrecht und aß ihre Mahlzeit mit Begeisterung, als Sid in den Raum marschiert kam.

Und ja, sie marschierte. Sid schien nie einfach zu gehen. Das war ein Trick, den Layla eines Tages selbst lernen müsste.

Die Drachenfrau setzte sich neben ihr Bett, nahm das Stethoskop vom Hals und legte es in ihren Schoß. Sie fragte ohne Umschweife: „Fühlst du dich besser?"

„Aye, ich kann wahrscheinlich morgen aus dem Bett raus."

„Das entscheide natürlich ich. Aber solange du deine Medikamente jeden Tag nimmst, solltest du ein normales Leben führen, größtenteils."

Größtenteils war der Schlüsselbegriff. Laylas Zustand machte es schwer, ein Kleines auszutragen. Und es war gefährlich, mehr als eins zu haben.

Chase hatte bis zum Überdruss wiederholt, dass sie stark war, und eins sei genug. Er würde die Wiederbesiedlung des Clans gerne den MacKenzies überlassen.

Und wenn sie keins hätten, wäre es ihm auch egal. Sie war alles, was er wollte.

Ihr Drache knurrte. *Wage es nicht wieder zu weinen.*

Ich kann nichts dafür. Warum der Mann mich ausgewählt hat, werde ich nie ganz begreifen.

Weil wir brillant sind?

Sids Stimme hinderte Layla daran, zu antworten. „Aber ich bin nicht hier, um Befehle zu erteilen oder Ähnliches. Ich denke, es ist an der Zeit, dass wir endlich dieses Gespräch haben, denn ich vermute, dass Chase dich ganz für sich behalten wird, wenn du hier raus bist."

Ausnahmsweise schaffte es Layla, nicht zu erröten, wenn sie daran dachte, was Chase ihr versprochen hatte, sobald sie wieder Sex haben durfte. Stattdessen konzentrierte sie sich auf die ältere Drachenfrau. „Wenn du mir sagen willst, dass ich mich auf andere verlassen muss, langsamer machen und mich nicht zu Tode arbeiten darf, glaube ich, dass mich der Beinahetod mehr als davon überzeugt hat."

Sid neigte den Kopf. „Das habe ich schon vermu-

tet. Was ich aber nicht verstehe, ist, warum du dich
nie an Gregor gewandt hast. Ich verstehe ja, dass du
mich nicht so gut kennst und da ein wenig gezögert
hast, aber er war dein Mentor, dein Lehrer, und ihm
liegt so viel an dir, als wärst du eine kleine Schwester. Warum hast du ihn nicht um Hilfe gebeten?"

Sie biss sich in die Lippe, aber überwand ihr
jahrelanges Zögern, Schwächen und Fehler einzuge-
stehen. „Weil es für eine Ärztin schwieriger ist. Ich
bin sicher, du verstehst das. Aber ich wollte nicht als
schwächer angesehen werden, weniger. Such dir ein
Adjektiv aus. Ich wollte beweisen, dass ich so gut bin
wie er. Lochguard hat sich in den letzten Jahren sehr
verändert, und der Clan brauchte Stärke und Zuver-
lässigkeit."

„Vielleicht. Und ja, es ist für Frauen schwieriger,
etwas in der Drachenwandlerkultur zu tun, wenn sie
sich nicht nur paaren und Nachwuchs bekommen
wollen. Das habe ich selbst erlebt. Aber wenn du
dich zu Tode arbeitest, was bewirkt das? Ich bin dem
Selbstmord wahrscheinlich noch nähergekommen als
du, ehrlich gesagt. Wenn Gregor nicht wäre, wäre ich
wahrscheinlich jetzt tot. Und nicht nur wegen
meines ehemals stillen Drachen und des Wahnsinns,
der damit einherging." Sid beugte sich vor und
begegnete Laylas Blick. „Du sollst nur wissen, wenn
du noch einmal versuchst, diesen Scheiß abzuziehen,
werde ich hier raufkommen und dir Bettruhe verord-
nen. Das muss ich vielleicht sowieso, mit dem Baby,
aber selbst, wenn er oder sie zehn Jahre alt ist, werde

ich es im Handumdrehen tun. Wenn du denkst, ich bluffe, versuch's nur." Sie lächelte. „Gregor kann dir sagen, wie das ausgeht."

Trotz der Drohungen mochte Layla Sid Jackson. „Mir wird es gut gehen, das verspreche ich. Ich bin sicher, dass Chase mich ohnehin in Ordnung bringen wird, bevor du es kannst."

Sid lehnte sich wieder zurück und schnaubte. „Wenn Finn es nicht zuerst tut. Ich vermute, jeder wird dich in Zukunft genau beobachten. Nicht, weil du schwach bist, sondern weil du vielen am Herzen liegst, Layla."

Ein Klopfen an der Tür erklang, und Sid rief: „Herein!"

Layla blinzelte, als Gregor den Raum betrat, ein kleines Bündel in seinen Armen. „Gregor", murmelte sie.

„Aye, ich bin's, Layla. Ich habe auch meinen kleinen Sohn Wyatt mitgebracht, damit er dich kennenlernt. Er hat fast alle anderen kennengelernt, nur dich noch nicht. Und wenn du Lochguard nicht für mich übernommen hättest, hätte ich ihn oder Cassidy vielleicht nie mein Eigen nennen können. Also muss er dich unbedingt treffen, Mädel."

Sie lächelte. Gregor war der Einzige, der es wagte, Dr. Sid bei ihrem vollständigen Vornamen anzureden. „Das war doch nichts."

„Es war verdammt nochmal mehr als nichts." Sid räusperte sich, und sein Stirnrunzeln verschwand. „Aber ich bin nicht gekommen, um zu streiten."

Gregor legte den schlafenden Wyatt in ihre Arme. Sie lächelte den Jungen an, bevor sie Gregors Blick wieder begegnete. „Er ist ja so brav. Das muss er von Sid haben."

Gregor grunzte, aber Sid schnaubte und sagte: „Ich denke, du und ich müssen bessere Freunde werden, Layla."

Gregor knurrte: „Ich bin mir nicht sicher, ob mir die Idee gefällt."

Als die drei lachten und ein wenig über alles und nichts redeten, erkannte Layla, wie sehr sie nicht nur ihren alten Chef und seinen Humor vermisst hatte, sondern es war auch schön, mehrere Leute zu haben, mit denen sie über Medizin und ihre Arbeit diskutieren konnte.

Ihr Drache schnaubte. *Dann ruf sie auf jeden Fall öfter an.*

Aye, das werde ich, Drache. Sobald ich aus diesem Bett raus bin, muss ich eine ganze Reihe von Veränderungen vornehmen.

Manches würden Zeit brauchen, vielleicht Jahre, aber sie tat nicht mehr so, als bräuchte sie keine Hilfe, und sie würde auch nicht mehr alles von sich verbergen, außer der Arztseite. Layla wollte mehr Zeit mit ihrem Gefährten, ihrer Schwester und sogar, um mit Sid und Gregor zu reden.

Und um das zu tun, musste sie sich auf mehr Leute verlassen und die Krankenstation so einrichten, dass sie reibungslos lief, auch wenn sie nicht jeden Tag da war.

Kapitel Zwanzig

C hase fuhr die letzte Meile die Schotterstraße entlang, bevor er das Auto parkte, das er sich von den Beschützern geliehen hatte. Er sah zu Layla. „Da sind wir."

Sie verschwendete keine Zeit, um aus dem Auto zu steigen, und Chase tat dasselbe.

Nach drei langen Wochen hatte Dr. Sid Layla endlich erlaubt, den Ausflug zu machen. Bis das Kleine geboren wurde, durfte Layla jedoch nicht fliegen. Es war zu riskant. Daher hatte er fahren müssen.

Sein Drache schnaubte. *Ich will nur mit unserer Gefährtin fliegen. Zuerst mussten wir darauf warten, sie zu haben, und jetzt das.*

Aye, und so wie es sich gelohnt hat, auf sie zu warten, wird es auch diesmal das Warten wert sein. Auf keinen Fall werde ich das Leben des Kleinen aufs Spiel setzen, geschweige denn Laylas.

Und da sie beide alles tun wollten, um ihr Kind zu behalten, hatte Layla den Bedingungen zugestimmt, auch wenn sie sie nicht besonders mochte.

Als Chase Layla erreichte, legte er einen Arm um ihre Taille und zog sie an seine Seite. „Bist du sicher, dass du keine Augenbinde tragen und die Enthüllung überdramatisch machen willst?"

Sie sah zu ihm auf. „Damit ich stolpern kann, in einen Baum krache und dann eiligst zurück nach Lochguard muss?"

Er küsste ihre Nase. „Ich weiß, ich weiß, wir wollen jede zusätzliche Arbeit für dich vermeiden."

Sie lehnte ihren Kopf auf seine Schulter und antwortete: „Aber es ist mehr als das. Ich möchte nur den freien Tag mit meinem Mann genießen. Und ich würde lügen, wenn ich nicht sagen würde, dass ich unbedingt deinen Garten sehen will. Er hat schließlich mein Leben gerettet."

Die Grundlage ihrer Medikamente war eine Pflanze, die er anbaute. „Und ich hoffe, ihn zu erweitern, damit er auch andere Leben retten kann. Ich kann vielleicht keine Operation durchführen oder eine Krankheit diagnostizieren, aber ich weiß, wie man Pflanzen anbaut. Nach dem heutigen Tag kannst du mir sagen, was sonst noch gebraucht wird, und ich werde mein Bestes tun, um es bereitzustellen."

Sie pikste ihn in die Seite. „Dann beeilen wir uns. Je eher wir ankommen, desto eher kannst du dein Hemd ausziehen und mit dem Graben beginnen oder Unkraut jäten oder irgendeine andere Art von manueller Tätigkeit, die mir erlaubt, deine schwitzige Brust und deinen Rücken zu bestaunen."

Er schnaubte, als er sie den etwas versteckten Weg zu seinem Garten hinunterführte. „Draußen ist es verdammt kalt, Layla. So sehr ich nichts dagegen hätte, wenn meine Frau sich um mich kümmert, wenn ich krank bin, würde ich lieber eine kleine Weile warten." Er senkte den Mund an ihr Ohr. „Schließlich ist heute das erste Mal seit Wochen, dass ich dich haben kann."

Sie sah zu ihm auf, Hitze in ihren Augen. „Vielleicht hättest du dich darum kümmern sollen, bevor du mich mitten ins Nirgendwo schleppst, mitten im Winter."

Er schmunzelte. „Ich sagte doch, ich habe ein paar Überraschungen, oder etwa nicht? Also komm schon, damit ich anfangen kann, sie meinem neugierigen Mädel zu enthüllen."

Als sie langsam weitergingen – er wollte Layla nicht zu sehr drängen, auch wenn sie wieder für gesund eingeschätzt worden war – streichelte er Laylas Seite und schwelgte in ihrer Hitze und ihrem Duft an seiner Seite. Sie allein für sich zu haben, ohne Ärzte und Krankenschwestern – ganz zu schweigen von der Familie –, war reine Glückseligkeit. Aye, sie hatten ein ganzes Leben vor sich, aber Chase würde nie genug von seiner Frau bekommen.

Es dauerte nicht mehr als ein paar Sekunden, bis Layla fragte: „Wie hast du diesen Ort gefunden?"

„Wie ich bereits erwähnt habe, brauchte ich etwas, um mich von einem schönen Mädel abzulenken, das mir bestimmt war, aber mich keines zweiten Blickes gewürdigt hat. Und als ich es leid war, hin und her zu fliegen, ohne ein Ziel vor Augen, fragte ich Finn, ob ich einen der verlassenen Wildjagdwälder für ein spezielles Projekt nutzen könnte. Da ich damals einen ganz schönen Ruf dafür hatte, Ärger zu machen, musste ich ihm sagen, dass es für nichts Schlimmeres als für einen Garten war. Er gewährte die Bitte und versprach, es geheim zu halten. Und jede Woche habe ich versucht, etwas mehr zu tun, immer einen neuen Abschnitt hinzuzufügen oder einen Bereich aufzuräumen. Aber es ist nicht mehr nur ein Zufluchtsort für mich. Ich will, dass es unser geheimer Ort ist, weg von allem anderen, wo wir nichts als zwei verliebte Gefährten sind."

Und vielleicht könnte er eines Tages seinem Sohn oder seiner Tochter beibringen, ihm zu helfen. Wenn er und Layla das Glück hatten, ein Kind zu haben.

Wenn nicht, wäre er zufrieden damit, Layla ein Buch lesen zu sehen, während er arbeitete, zufrieden, seine Gefährtin in der Nähe zu haben.

Layla seufzte. „Das klingt hübsch." Sie sah auf. „Obwohl ich hoffe, du erwartest nicht, dass ich mein Hemd ausziehe und auch mit einer Schaufel grabe.

Es ist nicht eitel zu sagen, dass diese Hände zu viel wert sind, um zu riskieren, dass sie versehentlich beschädigt oder gar verstümmelt werden."

Er lächelte zu ihr hinab. „Natürlich nicht, Liebes. Dein bewundernder Blick ist alles, was ich brauche."

Sie strahlte ihn an, und obwohl er darauf brannte, ihr den Ort zu zeigen, hielt er eine Sekunde inne, um ihre Lippen in einem langsamen, anhaltenden Kuss zu nehmen.

Obwohl er das inzwischen tausend Male getan hatte, bekam er nie genug von Laylas süßem Geschmack.

Als er sich schließlich zurückzog, standen Mann und Tier etwas aufrechter da, als er ihre geschwollenen Lippen und geröteten Wangen sah.

Layla sagte: „Dieser Kuss lässt mich fast wünschen, wir könnten hierbleiben und deinen geheimen Garten mit überwältigendem Sex feiern."

Er schob eine Hand hinunter auf ihren Po und drückte. „Führe mich nicht in Versuchung, Mädel. Führe mich nicht in Versuchung." Es erforderte eine herkulische Anstrengung, aber er wandte sie zurück zu dem Weg. „Komm. Wir sind fast da."

Obwohl Layla darauf brannte, Chases Garten zu sehen, war es schwer, neben ihrem sexy Mann zu sein, seine Wärme zu spüren und seinen Duft einzuatmen, und nicht darüber nachzudenken, was sie stattdessen in ihrem Cottage tun könnten.

Heute war der erste Tag, an dem sie wieder Sex haben durfte, und selbst wenn es keinen Gefährtenrausch gab, wollte sie loslassen und ihren Mann beanspruchen, als gäbe es kein Morgen.

Ihr Drache schnaubte. *Und man sagt, Männer sind schlecht.*

Ach, hör doch auf. Du bist genauso heißt darauf wie ich, ihn zu beanspruchen.

Ich hätte nichts dagegen, seinen Schwanz zu lutschen, bevor ich ihn reite, aber ich werde es nicht draußen in der verdammten Kälte tun.

Ich dachte, Drachen sollte die Kälte nicht so viel ausmachen?

Aye, wenn wir in Drachengestalt sind. Aber wir nehmen unseren Mann, wenn wir menschlich sind, und es ist eiskalt. Außerdem schrumpfen Männer in der Kälte, und ich will ihn ganz in uns, jeden Zentimeter.

Als sie noch überlegte, wie sie darauf antworten sollte, blieb Chase stehen und sagte: „Ich werde für ein paar Meter meine Hand über deine Augen legen. Keine Sorge, ich lasse dich nicht fallen, Mädel."

Sie vertraute Chase mit ihrem Leben und schloss die Augen. Es war merkwürdig, auf einem unbefestigten Pfad zu laufen, ohne ihn zu sehen, aber nach ein paar Minuten sagte er: „Warte hier und halte die Augen geschlossen."

Sie nickte, bevor sie Chase weglaufen hörte. Sie

scharrte mit den Füßen und versuchte ihr Bestes, warm zu bleiben. Schließlich rief er: „Mach sie auf!"

Layla gehorchte und keuchte.

Weiße Lichterketten waren um die Bäume geschlungen und entlang der Zäune auf beiden Seiten; die Lichter führten nach hinten, wo sie den Dachüberstand einer kleinen Hütte umrahmten.

Es war fast so, als wären Garten und Hütte in Sternenlicht gehüllt.

Chase kam zu ihr gerannt und lächelte auf sie hinab. „Gefällt es dir?"

Sie konnte ihren Blick nicht lösen und fand neue Lichter in einigen Büschen und sogar um einen Stuhl vor der Hütte. „Es ist schön. Aber woher kommt die Hütte? Ich weiß, dass du praktisch veranlagt bist, aber ich glaube nicht, dass du das innerhalb weniger Wochen hättest bauen können."

Er schmunzelte. „Aye, du hast recht, so sehr ich mir wünschte, ich könnte so schnell etwas bauen. Die Hütte war schon da und musste nur etwas modernisiert werden, hauptsächlich die Elektrik und das Dach." Er zog sie an seine Brust. „Ich wollte einen Ort für dich, an den du entkommen kannst, um einfach nur deine Zeit zu genießen. Das ist unser kleiner Ort weg von allen, Liebes. Und Finn sagte, wir können es so lange haben, wie wir wollen."

Sie hob eine Hand und berührte seine Wange. „Du verwöhnst mich schon wieder."

„Aye, und ich werde das auch weiterhin tun, also gewöhne dich besser daran."

Sie lehnte sich mehr gegen ihn und legte ihre Hände hinter seinem Nacken ineinander. „Ich nehme an, das bedeutet, ich sollte dich belohnen, aye?"

Seine Pupillen blitzten. „Ein edlerer Mann würde sagen, er brauche keine Belohnung. Aber in der Hütte ist ein Bett mit unseren Namen drauf, und ich denke, es verdient etwas Verwendung."

Als sich seine Lippen auf ihre senkten, stöhnte Layla und ließ sofort seine Zunge in ihren Mund. Sobald er sie streichelte, kam sie ihm entgegen und grub ihre Nägel in seinen Nacken.

Als er eine Hand auf ihren Po legte und sie gegen seine Erektion schaukelte, schaffte sie es, sich zu lösen und zu sagen: „So schön dein Garten auch ist, aber ich bin für das Bett."

„Gut." Er hob sie hoch und trug sie zur Hütte.

Sie küsste seinen Hals, sein Kinn, seinen Kiefer, und die Luft wurde zu heiß trotz der kalten Temperaturen.

Irgendwie öffnete Chase die Tür und trug sie hinein. Im nächsten Moment lag sie auf dem Bett, ihr Mann über ihr, seine Augen blitzten wild. „Ich denke, es ist an der Zeit, unseren eigenen Rausch zu kreieren, Dr. McFarland."

Layla legte ihre Hände über den Kopf und bog ihren Rücken. „Das denke ich auch, Mr. McFarland."

Mit einem Grollen riss Chase ihr die Kleidung herunter und dann seine eigene, bevor er die

Fantasie ausspielte, die er in den letzten Wochen oft ausgesprochen hatte.

Es war noch besser im echten Leben, aber sie vermutete, dass alles besser wäre mit Chase, dem Mann, den sie mehr liebte als alles andere auf der Welt.

Epilog

Viele Monate später

Layla starrte auf die beiden kleinen Bündel in ihren Armen und konnte nicht aufhören zu weinen.

Ja, sie waren zu früh und klein, aber sie waren gesund.

Und sie war endlich eine Mum.

Sie verschluckte sich an einem Schluchzen, und Chase schmiegte seine Wange gegen ihre und säuselte: „Liebes, es ist okay. Du wirst gut mit Zwillingen klarkommen. Du hast ja auch mich zur Hilfe, denk dran.“

„Nein.“ *Schnief.* „Das ist es nicht.“

Chase schlang seine Arme unter ihre und half,

ihre Söhne zu halten. „Was ist dann los, Liebes? Sag es mir. Ich kann es nicht ertragen, wenn du weinst."

Sie lehnte sich an Chases Gesicht. „I-ich wusste nicht, ob wir jemals so weit kommen würden."

Layla hatte eine schwere Schwangerschaft gehabt und hatte die letzten drei Monate im Bett verbringen müssen.

Sie hatten beide früh erfahren, dass sie Zwillinge bekam. Sid hatte ihr gesagt, sie müsse es so schnell wie möglich wissen, um vorsichtiger zu sein und sie austragen zu können.

Sie hätte sie einmal fast verloren, aber mit Chases Einsatz und der Hilfe von mehr Ärzten, als jeder Einzelne brauchen würde, hatte sie es geschafft.

Und jetzt hielt sie zwei winzige, schöne Söhne in ihren Armen.

Chase schmiegte sich an ihre Wange. „Aber sie sind beide hier, du bist gesund, und ich bin sicher, eines Tages wirst du dich fragen, warum du überhaupt jemals Kinder wolltest."

„Niemals", antwortete sie mit einem Schniefen. „Beide werden immer wissen, dass sie geliebt werden und gewollt sind."

„Natürlich sind sie das. Obwohl ich vermute, dass ihre Cousins gelegentlich versuchen werden, sie im Wald zu verlieren, oder wer weiß was. Die MacKenzies sind schließlich gut darin, Ärger zu machen."

Die MacKenzies hatten mittlerweile sechs Nachkommen, plus Finn und Arabellas drei. Ganz zu schweigen von Yasmins Sohn, und ihre Schwester war schon schwanger mit dem nächsten.

Aye, ihre Söhne hätten mehr Cousins, als sie wussten, was sie damit anstellen sollten. Und Layla konnte sich keine perfektere Zukunft vorstellen, voller Liebe, Necken und viel Lachen.

Sie blickte von einem Kleinen zum anderen und bemerkte dabei immer neue Details. „Wenigstens sind sie nicht identisch, also sollte das die Dinge ein bisschen einfacher machen.“

Der eine hatte ihr dunkles Haar, der andere äußerst blasse Härchen auf dem Kopf und kam nach dem Blond seines Vaters.

Chase küsste ihre Wange, bevor er fragte: „Wer wird dann also wer sein?“

„Da wir beide einen Namen ausgewählt haben, wie wäre es, wenn wir dem einen Namen geben, der die gleiche Haarfarbe hat wie wir?“

Er schnaubte. „Was für eine willkürliche Art, das zu tun!“

„Hast du eine bessere?“

„Nein.“ Er berührte den dunkelhaarigen Jungen. „Hallo, Caelan.“ Und dann den Blonden. „Und Harris. Wir haben lange darauf gewartet, euch zu treffen.“

Als Caelan den Mund bewegte, nickte Layla zu Harris. „Nimm ihn für eine Weile, Chase. Ich muss versuchen, Caelan zu füttern.“

Vor der Tür war Aufruhr zu hören, und Chase

seufzte, als er einen ihrer Söhne nahm. „Wir können sie nicht länger draußen halten, Liebes. Dr. Sid hat uns etwas Zeit für uns gelassen, aber sie werden die Tür schon bald einbrechen, und es wird ihnen egal sein, wessen Zorn sie sehen."

Während Layla ihre Brust freilegte und versuchte, ihren Sohn anzulegen, antwortete sie: „Dann lass sie rein."

Chase knurrte: „Ich will nicht, dass sie einen Teil von dir nackt sehen."

Caelan hätte es fast geschafft, scheiterte aber dann doch. Layla versuchte es erneut. „Sie sind alle gepaart und ihren Frauen ergeben. Sag ihnen einfach, sie sollen ruhig sein."

Er sah sie mit gehobenen Brauen an. „Dir ist schon klar, dass die meisten von ihnen MacKenzies sind, aye? Sie zu bitten, still zu sein, ist wie einen Drachen zu bitten, sich die Flügel abzuschneiden."

„Chase!", schimpfte sie.

„Aye, aye, ich versteh' schon. Obwohl es kein langer Besuch sein wird. Du magst ja Ärztin sein, aber im Moment bin ich für deine Gesundheit verantwortlich."

Sie konnte nicht anders als zu lächeln, als Chase zur Tür ging. Vielleicht mochten manche Frauen keinen überfürsorglichen Mann, aber Layla liebte es insgeheim, nachdem sie so viele Jahre lang alles allein gemacht hatte.

Sie streichelte sanft die Wange ihres Sohnes, versuchte es erneut und brachte Caelan schließlich dazu zu saugen. Das Gefühl war immer noch etwas seltsam, aber in dieser Sekunde gab es nur sie und ihren Sohn, der Rest der Welt verschwand. „Mein kleiner Caelan. Deine Mum wird immer da sein, um über dich zu wachen, egal was passiert."

Dann öffnete sich die Tür und die friedliche Ruhe verschwand.

Yasmin und Faye waren zuerst an ihrer Seite. Faye versuchte, ihre Stimme leise zu halten, was, wie Layla wusste, nicht leicht für die Frau war. „Schau dir nur an, wie klein er ist. Ich erinnere mich noch, als Isla so klein war. Jetzt läuft sie, bevor sie zu krabbeln gelernt hat, und ich kann kaum mit ihr mithalten."

Yasmin lächelte. „Er ist hübsch, Layla. Wie heißt er?"

„Das hier ist Caelan. Und Chase hat Harris."

„Caelan und Harris McFarland", wiederholte Yasmin. „Schöne, ungewöhnliche Namen."

Layla lachte. „Aye, nun, wir brauchen nicht noch einen Jamie im Clan, das ist sicher. Außerdem hat es schon etwas, den Namen seines Kindes zu rufen, ohne dass sich sofort vier Köpfe umdrehen!"

Grant, die MacKenzie-Zwillinge, deren Gefährten und Tante Lorna – sie hatte darauf bestanden, dass Layla sie so nannte – und ihr Gefährte Ross, alle drängten sich um das Bett. Finn und Arabella blieben hinten an der Tür und bewunderten das Bündel in Chases Armen.

Als Layla sie erneut vorstellte, begegnete sie

schließlich Chases Augen durch den Raum. Liebe und Glück erfüllten sie, und er sagte lautlos: „Ich liebe dich."

Sie tat dasselbe, kurz bevor Caelan losließ und weinte.

Während sie sich um ihren Sohn kümmerte – es war immer noch surreal zu glauben, dass sie jetzt eine Mum war –, war Layla so glücklich wie noch in ihrem Leben. Nach zwei Jahrzehnten ihres Lebens als ein Schatten ihrer selbst war sie von Familie und Liebe umgeben. Und obwohl sie nicht genau wusste, was die Zukunft brachte, solange sie Chase, ihre Söhne und auch ihre neu entdeckte Familie hatte, wäre es perfekt.

Das Drachenkollektiv

Lochguard Highland Drachen #8

In den letzten zehn Jahren hat Lachlan Mackintosh seine Nüchternheit durch harte Arbeit, Konzentration und strenge Routinen bewahrt. Dann trifft er ein Jahr zuvor eine Drachenfrau, deren unbeschwertes Lächeln und Humor ihn ins Grübeln bringen –

Sind seine Routinen genug? Als er für ein bedeutendes Projekt in Lochguard eingeteilt wird, das menschliche und drachenstämmige Künstler zusammenbringen soll, ist er gezwungen, mit den Drachenwandlern zu leben und mit der Frau zu arbeiten, die ihm seit Monaten nicht mehr aus dem Kopf geht. Er versucht, ihr zu widerstehen, wohl wissend, dass Versuchung sein Untergang sein könnte. Doch mit jedem Tag verfällt er mehr ihrem Charme und fragt sich, ob er stark genug ist, seine Dämonen zu besiegen, um sie zu gewinnen.

Cat MacAllister jongliert unermüdlich die Bedürfnisse ihrer Familie, doch Kunst ist ihre wahre Leidenschaft. Als sie gebeten wird, bei einem großen Kunstprojekt für Menschen und Drachen mitzuwirken, ergreift sie die Chance sofort. Der einzige Haken ist der Mann, der das Sagen hat – er ist der Mensch, den sie vor einem Jahr kennengelernt und seitdem ständig skizziert hat. Sie bemüht sich um eine professionelle Beziehung, doch bald bittet sie ihn, sie zu küssen, und ihr Leben verändert sich für immer.

Während die beiden versuchen herauszufinden, ob sie zusammenpassen, müssen sie sich nicht nur Lachlans Vergangenheit bewältigen, sondern sich vor dem Start des Kunstprojekts einer neuen Bedrohung stellen. Werden sie einen Weg finden, zusammenzubleiben, oder muss Lachlan alles aufgeben, um die zu schützen, die ihm wichtig sind?

Die Wahl des Drachen

Die Gefährten der Tahoe-Drachen #1

Nachdem José Santos' jüngere Schwester beide heimlich für die jährliche Drachenlotterie angemeldet hat und sie ausgewählt werden, stimmt er widerwillig der Teilnahme zu. Das bedeutet, eine Menschenfrau aus einem riesigen Raum voller Kandidatinnen auszuwählen und gerade lange genug zu bleiben, um sie zu schwängern. Doch als sein Drache eine Frau bemerkt, die sich hinter einem Buch versteckt, hat José einen neuen Plan – seine vom Schicksal bestimmte Gefährtin für sich zu gewinnen, koste es, was es wolle.

Victoria Lewis fühlt sich mit einem Buch zu Hause, fern von Menschenmassen, am wohlsten. Doch sie sehnt sich danach, Drachenwandler aus nächster Nähe zu studieren, und so kratzt sie all ihren Mut zusammen, um sich für die Drachenlotterie zu bewerben. Als sie als eine der potenziellen Kandidatinnen ausgewählt wird, beschließt sie, tatsächlich mitzumachen. Schließlich ist es ja nicht so, dass der Drachenwandler ausgerechnet sie wählen würde – eine introvertierte Leseratte, die Jeans und Lounge-wear Röcken oder schicker Kleidung vorzieht. Bis er plötzlich vor ihr steht, mit blitzenden Augen, und sagt, dass er sie will.

Während José versucht, seine Schicksalsgefährtin für sich zu gewinnen, braut sich Ärger in seinem Clan zusammen. Wird er seine Gefährtin für immer bei sich behalten können? Oder wird das American Department of Dragon Affairs sie in einem anderen Clan unterbringen, um sie zu schützen?

Bücher von Jessie Donovan

Die Stonefire-Drachen

Lochguard Highland Drachen

Über die Autorin

Jessie Donovan hat mehr als eine halbe Million Bücher verkauft, Hunderttausende weitere kostenlos an ihre Leser*Innen verschenkt und es sogar auf die Bestsellerlisten der *NY Times* und *USA Today* geschafft. Sie ist vor allem für ihre Drachenwandler-Serie bekannt, schreibt aber auch über Elfenhexen, Vampire, Alien-Krieger und hat sogar eine verrückt-komische Liebesromanreihe aufgelegt, die in Schottland spielt. Wenn sie nicht gerade ein Buch liest, auf ihrem Laufband joggt oder mit nur wenigen Groschen in der Tasche durch ein fremdes Land reist, findet man sie oft auf Facebook oder TikTok, wo sie mit ihren Lesern interagiert. Sie lebt in der Nähe von Seattle. Dort regnet es zwar oft, doch der Regen macht auch alles grün.

Besuchen Sie ihre Website unter: www.JessieDonovan.com